U0487036

有一种力量，叫文学；
有一种美好，叫回忆；
有一种感动，叫青春；
有一种生命，在鲁院！

鲁迅文学院「百草园」书系

给你一把水果刀

奚同发 ◎ 著

本卷汇集作者多年来最具代表性的作品，显示了作者在题材、文本形式等多方面的探索和创新，而有些作品对人性的挖掘及对现实的介入，令人读来心颤。

GEI NI YIBA SHUIGUODAO

江西高校出版社

图书在版编目（CIP）数据

给你一把水果刀 / 奚同发著. —南昌：江西高校出版社，2017.5

（鲁迅文学院"百草园"书系）

ISBN 978-7-5493-5348-4

Ⅰ.①给… Ⅱ.①奚… Ⅲ.①中篇小说—小说集—中国—当代②短篇小说—小说集—中国—当代 Ⅳ.①I247.7

中国版本图书馆CIP数据核字(2017)第100149号

出版发行	江西高校出版社
社　　　址	江西省南昌市洪都北大道96号
总编室电话	（0791）88504319
销售电话	（0791）88595089
网　　　址	www.juacp.com
印　　　刷	北京一鑫印务有限责任公司
经　　　销	全国新华书店
开　　　本	700mm×1000mm　1/16
印　　　张	12.75
字　　　数	156千字
版　　　次	2017年5月第1版 2019年5月第1次印刷
书　　　号	ISBN 978-7-5493-5348-4
定　　　价	36.00元

赣版权登字-07-2017-456

版权所有　侵权必究

图书若有印装问题，请随时向本社印制部（0791-88513257）退换

目录 Contents

雀儿问答……………………………… 1
彼　此………………………………… 21
你敢说你没做………………………… 56
出　卖………………………………… 82
给你一把水果刀……………………… 98
月　姐………………………………… 129
皇甫口的劫数………………………… 138
求　离………………………………… 156
当我想你的时候……………………… 173
别吵，别吵，让我想想……………… 186
小说与现实：以奚同发的小说为例… 190

雀儿问答

准确地说，杨小一将在未来的许多日子想起那次蹲在城市寒风中的傍晚，那天，他卖掉了那个他自称是"鸟儿问答"的搪瓷缸子。当然，那种回忆也将不止一次让他联想起一个蹲在大学门卫室里的下午。

应该说，杨小一是那种男孩子——即使村里的年轻人仅剩下他自个，他也没想过要去城市打工。但那个意外，那个来自小妹的突然一问，使得自出生历经十六载成长的他，静静且坚决地在内心告诉自个，我要出去，要去那个虽然从未去过，却早在心的深处埋了种子的远方。

清平乐

在杨小一生活了多年的村庄，如今真是除了孩子就是老人，而且多是根本没有多少能力和体力外出的老人。外出谋生已经不是进城务工的村民的唯一目的了，他们中的一些佼佼者已经在城里买了房，孩子也被接进城念书，有的甚至还娶了城里的俊俏女子。当然，更多人是因为觉得农村的地没多大种头，进城做工虽然与农村同样是下苦力，但挣钱多，何况大伙聚在一起，干活不干活时，生活都因这种扎堆而增添了许多乐趣，于是进了城。与他们不同，杨小一进城务工是缘于一个说法，一个在那个年代流行得不能再流行的说法，只不过他之前没关注而已。

那个秋日午后的暖阳下，正逢当地习惯一天吃两顿饭的午饭时间，他跟爹一起先吃了饭。爹吃过饭便出了门，他等小弟小妹自学校回来后，把热在蒸笼里的饭菜端上桌，便坐在炕边儿上，手头不知怎么翻到爹曾用过的小学课本，再随手呼啦啦翻动已泛了黄的书页，无意间停在《毛泽东诗词二首》那一页。其中一首是《念奴娇·鸟儿问答》。他当然不陌生，爷爷留下来的一个搪瓷茶缸上就有这首词。

这个缸子的第一任主人——杨小一的爹的爹，也就是杨小一的爷爷。那年月，爷爷还年轻，参加公社的"大干三十天，进入共产主义"劳动竞赛，当了劳动模范，奖品正是那个搪瓷缸子。那是无上的荣誉，无上的荣光，是亲朋邻里进他的家门都不禁要多瞅几眼的物件。爷爷在世时哪里舍得用，宝贝似的、神似的，敬着、供着，摆在屋里的正桌上，下面还特意以一个方形的硬纸板盒子为衬托。爷爷去世后，爹成为那个搪瓷缸子的第二任主人，似乎已经没有人把那个年代的物件当回事。在爹的眼里，那不过是个喝水的家伙，跟碗、跟盆、跟玻璃瓶子没啥两样，有一天真的拿着它喝起水来。只是不知何故，在磕掉几处白色搪瓷片后，爹换了一个罐头瓶子作水杯。搪瓷缸子成了一个零碎物件的集纳容器，还是摆放在家里进门正对的桌上，只是那个托儿早不知去向。掀开杯盖儿，可以发现其中物什五花八门，可能是半管儿药膏或没吃完的几粒片剂，也可能是别针、指甲剪、谁写的纸条、缴费的收据，甚至还有一条塑料软尺。搪瓷茶缸给小一的记忆，让他无形中一遍又一遍熟悉这首词，以至于常常口中自语其中一句或两句，比如"鲲鹏展翅，九万里，翻动扶摇羊角""土豆烧熟了，再加牛肉。不须放屁"云云。但他一直不明白，为啥吃了烧熟的土豆和牛肉就不许放屁。难道人放屁还有许和不许，不是说管天管地管不住放屁？那时候，为啥不许吃了烧熟的土豆和牛肉而放个屁呢？当然，这个问题搁在他肚里，他从来不曾问过别人。

杨小一盯着书页发愣，似乎以前没注意过课本上也有这首词。忽然，正在小饭桌上吃饭的小妹问他："大哥，你幸福吗？"他不知所云，一时间接不上话茬。小弟说道："谁不知道中央电视台的记者见人就伸出话筒问：'你幸福吗？'"小弟、小妹相对哈哈大笑，然后各自埋头争着往嘴里吭吭哧哧地扒饭，他们饭后还有许多作业。小弟上初中，小妹念小学。十六岁的杨小一失魂落魄了半天，决定进城打一次工。

"你幸福吗"这个话题，杨小一之前从来没有想过。自小学开始，他有一个梦想，上大学。他的生命中如果能有上大学这个环节，那或许就体验到了幸福。可是，这个梦想破灭了，考上高中后，他毅然放弃上学而回了乡。也就是说，他以退学断送了自个儿的梦想，他不知道会不会也因此断送了自个儿的幸福。

坐在田头，耳听头顶树枝上的雀儿啁啾，杨小一大声问它们："你幸福吗？"雀儿哗啦啦腾空飞起，一阵盘旋，大展各自的翼姿，然后又落回树枝间，似在与他逗乐嬉戏。

是啊，如果不是小弟小妹饭桌上的问话，杨小一或许此生也不太可能去认真考虑"你幸福吗"这样的话题。他是那种安分、内向、不多言语的孩子，自小便没有多大的脾气。妈妈为生女儿，也就是小一的妹妹，家中的第三个孩子，躲避计划生育工作组而赔上性命。他主动与爹一起承担起家的重负。每每面对小妹的笑脸，他内心的感觉都难以名状。小妹长得真像娘，尤其是那笑。难道真是邻人说的，一命抵一命？娘的命就是为了让小妹托生来世？

杨小一至今仍记得小妹出生的那个雨天。他和爹以高举的四只手顶撑着一块塑料布，护送着大腹隆起的娘往山里跑。后来娘给他留下的印象就是血红血红。在乱糟糟的争吵声中，五六岁的他被大人们冲撞到泥水里，爹拖着一条残疾的左腿，手横锹柄、带着哭腔大喝道："谁敢上前，我先铲了他的头！"

那是他此生头一回见到爹发狠到如此程度，雨水顺着脸流淌，仍不能掩盖他的丝毫怒气。就在双方剑拔弩张那一刻，娘发出一声撕心裂肺的尖叫，身下一片血红……被计生工作组的女人们七手八脚送回乡卫生院的娘,最终在手术台上微笑着离去。她如愿以偿为杨家生下一个女儿,使得丈夫终于儿女双全。小妹活了下来,是那些天天执行计划生育而扼杀了不少尚在娘腹中的生命、被村人咒骂着个个将来生孩子没屁眼的阿姨们救下了她的小命……

　　杨小一决定进城务工的原因,他不能给爹讲,也不能给弟妹们说,更不能跟他的发小们——那些光着屁股玩过的伙伴,去聊些什么。他们多数在县城的高中上学,寒假、暑假回来,个个都已人高马大,不少人还戴上了眼镜。如果他在其中,应该也上到高二了。想想辍学这一年多来,他已成为一个地地道道的农民,整天忙于田间,左腿残疾的爹终于可以稍作喘息,不用那样没明没暗地耕种,而是在家里做饭洗涮之类。考县高中前,小一对爹说了要退学。爹没有表态,既不说同意,也没反对,可以看得出他内心是赞同的。杨小一坚持参加中招考试有一个重要原因,他要向同学们证明他自己。虽然考试中出了些差错,比如考物理时,他有些发烧,但总体还是顺利的。他考上了县一高,如果他不辍学的话,应该正在读那所高中,在那所县城最好的重点高中度过自己的高中时代,从十五岁至十八岁,留下自己人生中最有记忆的一段时光,而后考进大学,完成自己的人生梦想。

　　是的,在杨小一心中还没有考虑过"幸福"这个词语。从小至退学前,他都一直琢磨着长大能念大学,大学毕业可以在城里工作,可以天天洗澡、穿干净衣服,有电影可看、有公园转悠。从小开始他都是把上大学当成自己的人生理想。至于理想与幸福有什么关系,他没有想过。当弟弟妹妹问到他时,一瞬间,大脑变得一片空白的杨小一,感觉自己与这个世界这么快就脱节了。一年来,他忙于耕种,即使农闲,也是修整农具、整饬田畔、积粪成肥之类,一旦进入农村生活,实际上是没有闲可言的,你总有做不完的事情。而这一年中,他几乎与外界断了联系。家中只有一部收音机,是爹的娱乐工具,他不过用来听听本地戏。他觉得听戏是老人们的事,戏剧那种慢腾腾的音腔,他一点兴趣都提不起。其他就没有什么了,报纸没有,图书没有,他收存的自己的课本,辍学后一咬牙全部装进纸箱,抱到田头,挖了个坑,一把火化为灰烬。

在土坑前，一张张撕扯平时珍爱的书页时，他没有用眼睛瞅它们。即使不看，他也清楚哪本书的哪一页的哪个位置有他曾做过的笔记。记在一页页空白处的内容，似乎一摸触书纸便能感受到。与许多同学的书没读几天便卷角、裂边相比，他的书实在是太过整洁。同学们取笑他像女娃娃一样，给书的封面用旧报纸或牛皮纸包皮、压边压角。实际上，他比许多同班的女娃娃还珍惜课本。虽然一年年光阴荏苒，但那些他曾一个年级一个年级用过的课本的页角、边缘仍都平整如新，除了纸面开始泛黄……在这之前，他做梦也不会想到，经年累月珍藏的课本最后竟遭如此境遇，而且由他自个儿亲手埋葬。

从家里出门时，杨小一曾预想过烧书的情形。他觉得自个儿可能会泪流满面，或仰天咆哮几声。实际上，这一切都没有发生。多年后，他回忆起那个烧书的下午，风轻日暖，鸟儿嬉戏，似乎让他能体会到日后听到的一曲《百鸟朝凤》，那美妙的音乐，似有鸟儿在你问我答。而在多年前的那个午后，杨小一耳畔不是艺术家的演奏，而是大自然的歌手在原创唱和。完全没有一点悲怆，反而一派祥和，太过美好。不过，时隔多年，杨小一才开始自我怀疑那段回忆或者记忆的真实性。但烧书的事确实发生过，确实烙印于他的大脑深处，虽然他并不愿意轻易触碰。

烧书时的神情竟然冷静到麻木，像帮别人做什么。既没有喃喃自语，也没有决绝似的与苍天对话，总之，是把那件事做了。甚至在手拿铁锨铲土掩埋书的灰烬时，他仍没有正视它们一眼，仅凭感觉，一铲又一铲把坑侧的那个土堆慢慢处理掉。当地面平整后，有零星的纸灰飘落他的肩头，或轻舞飞天。雀儿往来盘旋，叽叽喳喳，似有私语，又似在演练队形。他听不懂鸟语，却能感觉出鸟儿是快乐的。而此时此刻的他，快乐吗，又或者不快乐？

在自我思考了几天后的一个晚间，小一给爹提出要外出务工。父子俩坐在自家院里，爹抽的是那种用烟袋的旱烟，忽亮忽暗的烟头，混了辛辣的烟草味在满是星斗的夜空弥漫。杨小一不会想到，在未来的几个月里，在灯火通明的城市，这样的星空也成了奢望。爹的嘴里当时发出吧嗒吧嗒的声响，之前的多少年，小一都习惯于这种声音，从来没有想过为什么。而那一刻，他真的想问一下爹，这是爹的必须动作呢，还是这样会吸得更香更过瘾？

　　杨小一是在爹换了另一锅烟时说出来的。即使夜幕下，看不清爹脸上的表情，他也能感到爹吸烟的动作稍微停滞了一下，很细微的。爹没有立即言语，而是继续自己的吧嗒，直到那锅烟吧嗒完，然后把烟袋在自己的鞋帮上磕了几下，再用嘴"噗"地一吹，觉着整个烟袋的管儿、头儿尽皆通畅，然后好像比儿子还坚定地说了一句，"成，要去，就去！"说完，爹拖着那条残腿一瘸一拐自个儿回了屋。杨小一望着天空，木头人似的，内心像做了贼欠下了谁的。

　　最关键的是，杨小一曾一次次回忆起那个夜晚，比如说当时的天气，比如说自个儿到底是怎样开口跟爹说的。可每次回忆总对接不到一起，好像是这样不是那样说的，在还没确定时又觉得是那样而不是这样，只是爹那句"成，要去，就去"却一字也不差。多年后杨小一常常想起这个细节，总认为自个儿应该有两行清泪忍不住悄无声息地滑落，实际上是否当时真的出现这一幕，他仍持质疑的态度。

踏莎行

　　带了十个馒头当作两天的干粮，杨小一出发了。他另外带的还有那个搪瓷茶缸，环绕白色杯体的是凸漆红色毛泽东行草书法《念奴娇·鸟儿问答》，缸子有一个草帽似的盖儿和一个耳朵形的把儿。正如前文所述，这个茶缸上的毛词，小一虽没有认真研究过，但他几乎天天都会瞄两眼，其中的不少词句，早熟稔在心，朗朗上口。

　　实际上，一遍又一遍完整地读这首词，是小一在此番途中，在车站或乘车中。接杯免费的开水，等待水温降下来，他的目光会无意间落在那首词上，转着茶缸一个字一个字看，甚至念出声来。那是无聊的等待中消耗时间的办法之一。如此玩转着杯体，他把这首词反复地看了几十遍，或上百遍。

《念奴娇·鸟儿问答》

鲲鹏展翅，九万里，翻动扶摇羊角。
背负青天朝下看，都是人间城郭。
炮火连天，弹痕遍地，吓倒蓬间雀。
怎么得了，哎呀我要飞跃。
借问君去何方，雀儿答道：有仙山琼阁。
不见前年秋月朗，订了三家条约。
还有吃的，土豆烧熟了，再加牛肉。
不须放屁！试看天地翻覆。

这是一首伟人借鲲鹏与雀儿寓言式的问答的词。即使读了多次，他也不是真的明白伟人到底想干什么，而在未来的某个傍晚，他卖掉这缸子的一刻，他突然觉悟，难道当年伟人也曾一次次叩问未来？自问或他问幸福吗？很惭愧，若不是弟弟妹妹所言，他竟对这个人生命题未做过任何思考。

杨小一至今记得小学、初中课堂上，谈到理想和未来时，许多同学脸上那幸福的光芒。

"将来我要做一名将军。"一个整天流着口水的同学，不仅仅是写作文，就是上课谈理想时，也从来没有含糊过自己这个想法，且每每提起，都目光炯炯，手指远方，自豪得俨然话音落地，立马横刀化作指挥千军万马的将军……

"我长大了要做科学家，为人类发明科学设备，让大家都能像飞机一样长一对儿翅膀，想怎么飞就怎么飞。"即使平常胆小如鼠，说话总似窃窃私语的那个扎着羊角小辫的女生，谈起理想来也毫无怯意，显然她确信未来某一日肯定能让自己的理想变成现实……

"我长大了要做老师，让我的学生全考上大学，将来留在大城市，北京或上海工作……"

"我长大要当医生，治好俺娘的病和天下人的病，还不给穷人要钱……"

谁在学生时代不曾被老师问及理想，不曾把目光投向充满希望的未来？只是才几年过去，谈及这些，尤其是幸福这个话题，怎么会陌生到自己都有些不相识？成长似乎让曾经的希望离我们越来越远。成长让我们从群体中慢慢地渐渐地不知不觉地分离出来，变成一个个孤独的人。随着年龄的增大，朋友变得越来越少，直至仅剩自己。玩伴们无话不谈，打架一窝蜂，抢着分吃好东西的时光，都遗落在梦的深处……

离开家乡的第一站，他选择的是省城。这里只是他的一个中转站，但需要在此为下一站挣到路费。

出了车站，找了个水龙头，接一缸子水喝着，再啃几个馒头，小一告诉自己，必须立即找到事做，否则，要面临饥饿。火车站候车室凭票候车，他进不去，住的问题同样需要找到事做才能解决。

尚迷惘于找个什么事做时，早有人盯了他半天。

"找活儿干？"来人问。

小一起初惊吓了片刻，很快放了心。自个儿是没有什么害怕的资本的。既无美色可图，也没有钱财可夺，身上穷得正在找饭吃，如果找不到活儿做，跟乞丐相差不远。

原来对方是找民工去砸墙拆房的，一天三十块，管吃住。对方说话时，小一连连点头回答没问题、没问题。他心想，拆房砸墙不过是些体力活儿。庄稼人，谁怕出苦力？倒是对方说的工资，有点吓住了他，这么多？他险些问出口，终是咽了回去，小心地问："是三十块？怎么结工钱？"

对方答，当天现结，干一天活儿给一天的钱，不拖欠。

找到工作的杨小一第二天就失了业。随着一帮民工在城里拆迁的是民宅，里面尚有老人死扛着不愿搬迁，没人的房间早砸得墙倒屋坍。听说之前还砸死压伤了人，小一这次真的吓坏了，借了个去撒尿的理由，快逃。他气喘吁吁跑回火车站，城里人的"多"第一次让他感觉到安全。

接下来，杨小一在车站帮别人扛货物，不管住，管吃，一天二十元。他肯定干。只要有饭吃，晚上可以在附近桥下随便躺一夜，这是他白天拆房时听别的民工介绍的。

二十来天，小一不断变换工种，扛麻包、拉垃圾、装车卸沙，他甚至想到浴池去给别人搓背。哪想到那也是手艺活计，玩伴们在河沟里洗澡搓背那办法自然行不通，一批扬州师傅占领了那座城市的洗浴场所。

好在，小一并没有忘记自己为什么出发，毕竟我们上路有不同的原因。买了车票和馒头、烧饼，他再次行动。这次是他人生的第一次真正意义的长途乘车，下一个目的地在火车运行十六个小时之后的那座城市……

声声慢

省城的打工生活，使小一心里有了底，至少那种当初进城的莫名怯意不复存在。来到一座陌生的新城，头一次走出那个火车站出站口，在人声鼎沸中，对长途汽车、旅游、宾馆等各色人等频频拉客，他已能做到置若罔闻。双脚踏着大地，他心里的一块石头总算落了地。

小一熟练地在车站附近询问，不久便找到马路牙子劳务市场。这个名词他已不再陌生，在那个年代，在中国的任何一座城市，都会存在类似的一种进城农民与城里人对接的地方。一方总有自己做不了或不愿意亲手去做的事，需要找别人来做，比如说下水道堵了，水龙头坏了，新房要铺地板砖，玻璃要清洁……另一方总要找一些事来做，比如说去清洗抽油烟机、去疏通抽水马桶、往楼上抬东抬西……双方不知从何时起在那个火车站附近的马路牙子形成市场，现场面对面，一边儿说要干什么活儿，另一边儿报多少工钱。在这个自发形成的人力市场，家电维修、洗衣、理发、搓背、汽车维修、修治屋顶漏水、按摩、护理、跑腿、陪聊、刷墙、砸墙、搬运、电脑维修、销售、保洁……你尽管大胆地去想，能想到的任何事，都有人来做。这些等待的人，可以包罗到城市生活的方方面面、角角落落。当然，这个市场，常常是供大于求，往往有雇者来，哪怕只需一人，也会引发群围。一番讨价还价，在一堆人羡慕的目光中，那个或那一群被挑中者兴奋地收拾自己的铺盖卷，乐颠颠跟了来人而去（或许第二天，他或他们又出现在等待的人群里），其他人则鸟兽散，又回到写着各自工种的小木板或硬纸片前，蹲着聊大天吹牛不上税，吸烟、下棋、打牌、玩石方子、掰手腕、如此等等，当然还是等待。在那个年代，面朝黄土背负青天的农民，几乎学会了服务城里人的一切可能的本事。在那个年代，每天飘荡在街头的一半以上，甚至有些城市百分之八十的都是外地人。而城里人多是猫在家里，宅着，电视、电脑、网络、手机，对外界的关注都通过虚拟世界进行，所以网购大行其道，还带火了威胁到邮政业务的快递行业，QQ或微信炙手可热，甚至不少人因为不同的对象使用不同的号码，且加入多个这样的号码群。网络上每天要数十遍打招呼问候，现实中近在咫尺却心隔天涯。当时有幅画流行，两个肩并肩坐在一起的人，各自玩着手机……

小一来到那座城市的当天，便幸运地被一个建筑队的工头相中，随即进入一个简易的铁皮围墙工地，吃、住在瞬间都有了着落。

那一夜在满屋人的连通地铺上，他倒头便睡，梦都没做，睡得很香。第一次坐长途火车，曾让他下车后数个小时，两腿仍错觉似的乘车时微微抖动。一座他心里幸福之城的生活，从那个香甜的酣畅入眠开始。第二个白天，杨小一闷着头在盖了半截儿就直戳半天的大楼里开始运砖送沙。

再陌生的民工相熟也很容易。住的是工棚里的连通地铺，睡前总有大把的时间瞎扯胡拉。有些能编故事的或扯笑话的，往往成为话语中心。杨小一不大参加这种闲拉呱，师傅们扯的多是女人，有时为哪种女人的胸或屁股还争执到一跃而起，要大打出手。面红脖子粗的情形肯定有，真正动手前，往往被大伙按到床上睡觉。另外是谈孩子。一旦谈到儿子，再闷瓜的民工脸上也挂满得意。比方说起孩子的作业，一个民工说，老师让以"况且"造句，他儿子竟写的是"一列火车经过俺村子，况且况且况且"。另一民工立刻接了话头，俺儿子用"好吃"造句，他说"好吃个屁"，嘿嘿嘿，这臭小子！他自己说着，先逗笑的也是自己。再一个早急不可耐地说，俺儿子才捣蛋哩，老师明明写的是"恳求"，你们猜他咋造句哩？他还卖个关子，稍顿，等大家目光都集中向他，才说，俺儿子造句是，俺娘见俺爹大老远回来，杀了一只鸡炖了，结果俺爹说，恳求不动……一棚人哄笑。

与众不同的是，沉默寡言的杨小一最初的开口，是向邻铺工友提起一所大学。

邻铺的吃了一惊，满目疑惑地打量着他问："恁是大学生？"他立刻羞愧地解释，是自个儿当初非常非常想上的那所大学，因家庭拮据最终无法去上。

对方笑，"我说哩，上了大学，咋还睡这工棚……"

接下来的日子，杨小一禁不住说的仍是一个话题，而且每次说法都是"我的大学"。那口气那表情，俨然真的上过那所大学。说多了，便有工友取笑：恁的大学的门是朝南还是朝北？哦！小一的脸顿时红到脖子根，他忙点燃一根烟，或递给对方一根烟，或给周围几人分别递上烟……

有时，他倒在地铺上，心里自问，在这水泥钢筋遍布的工地，竟然连老鼠也见不到。昔日无处不在的老鼠，终于因为无力撼动水泥钢筋而在人口密集的城市隐退，缺失了老鼠的人类，是否也损失了些什么？自然，这里也见不到他最熟悉的麻雀，昔日田头村舍聒噪的鸟儿，竟成为稀罕？那时候，他想说什么，便坐在树下冲枝头啁啾的麻雀大声问话。雀儿受了惊吓，倏地飞去，却并不飞远，盘旋几圈后返回枝头，叽叽喳喳，似回答他刚才的问话。从踏上打工之路开始，似乎生活中再没了麻雀。偌大的城市到处都是人，在车站见到那么多人，是他此生头一回见到那么多的人，也是他第一次对如此之多的人产生了恐惧，第一次对如此之多的同类心怀怯意。

杨小一怀念在田头村间的雀儿。

没有雀儿，他少说了许多话。"我的大学"门朝哪个方向，即使没有鸟儿可问，他迟早也是要弄明白的。不过，因为工友的一个玩笑问话，一切都将提前到来。

经过连续三个夜晚的失眠，杨小一决定休半天假，找到工头，预支五十块钱。

对方说:"不行,开发商还没结账,我哪来的钱,没钱。"

小一脸涨得通红地强调:"急用,真的急用,必须用,而且下午还要请半天假。"

工头纳闷地问:"啥事?"

小一不答。

工头"切"的一声笑出来,"你个小屁孩,算啦,我先借给你吧,算我个人的,开工资时直接扣。"

小一连忙连连点头说:"那谢了!"

道谢是他进城不久学会的,看大家彼此都这么说。在农村,这种口头道谢,多少显得虚头巴脑、油嘴滑舌。

午饭是蹲在工地厨房的水泥预制板上吃完的。大海碗,大伙都吸溜吸溜往嘴里扒,个个饿死鬼托生似的。一碗饭下去,满头是汗,然后添了饭,才开始有人慢吞吞地吃着,扯起闲话。杨小一平时没多少话,自个儿呼呼地吃着,有时听了大家扯的笑话,便停下筷子,眼望扯话的人笑笑,也算在听。基本上大伙吃了饭,吸支烟,就要重新上工。

小一在街头三轮车上买到一件棉衣,花去三十多块,然后用五块钱买了一包平时舍不得买的好烟。他是在工地慢慢学会吸烟的,但还是那种可吸可不吸的,没烟瘾,吸着玩,不吸也不想。他知道在人多的地方,烟至少可以向对方表示友好,至少是说话前可以使用的一个道具。你本想问别人个啥,你空口问,对方或许忙着就不搭腔。如果你递了根儿烟,他一般都会客气地,甚至有些殷勤地给你拉呱话……

一切妥当!看一眼手腕上那块七块钱买的电子表,想象着火车站广场上,一个个招揽客人所喊的一日游、二日游、三日游,他自我宣布:"杨小一半日游"现在开始!

一边查阅地图上横七竖八的街道,这个路那个巷或什么街、什么大街或大道,一边跟实际街道路牌相对照,有些小街没路牌,逢人便问。他当然记得爹的爹和爹都爱说的那句话,"鼻子下面就是路。"一离开村子,才知道,老人们说的很多话,真是很有用。

破阵子

舍不得花钱坐公交车的杨小一,足足走了两个多小时,才终于来到目的地。

虽然上午落了场薄雪,路面打滑,他嘴里呵着白腾腾的雾气,但全身热乎乎的,甚至能感到体内血液汩汩沸腾,咚咚的心跳声清晰在耳。

俺的娘哎,平静,平静!

小一双脚并拢,紧闭双眼深呼吸再深呼吸,以便平复全身的激动。默数了六十下,他才慢慢将双眼启开一道缝儿,再尽力睁大。远眺那所大学的校门时,他禁不住再次一阵战栗。

校名金光闪闪,横镶在高大的牌楼上。真气派,太气派,太壮观,真巍然!高楼、道路,那残存些许落雪的绿草坪,那些四季翠绿的大树,都让他充满自豪。

俺的娘哎,这就是俺的大学哎!

小一哪还止得住双脚,早扯开壮实的长腿,甩着大步迎了那门迅疾而去。昔日的梦如此近在眼前!

"干什么的?你,你!喂,说你呢。就是你,说你呢!"

美滋滋的杨小一吓了一跳,距大门十多米,门卫已冲他喊上。

还真负责,瞧,"我的大学"连门卫都比别的地方负责。虽如此想,但门卫明显不友好的呵斥,让小一有点怵,轻松的脚步瞬间泛沉,有点磨磨蹭蹭。

掏出烟,杨小一满脸笑容地递上去,同时小声说:"没啥事,想进校园瞧瞧!"

门卫乜了一眼他手举的烟,没接,"哼"了声慢条斯理道:"不行,学校又不是农贸市场,哪能随便进、随便看。"

左手捏着地图和烟盒,右手长长伸出的烟凝固在半空,被噎在那儿,小一不知所措,脸烫烫的。足足一分钟后,他执拗地坚持把那支烟往门卫面前伸了一拳头说:"先拿着,吸不吸,先拿着。"

想象着对方即使不吸,也会接着,他自然会赶紧近前擦燃火柴;对方若顺手把烟夹在耳朵上,他就再掏一支递过去。

孰料门卫不仅没接,还用手臂一搁——根本没挨着他,只做了个坚决拒绝的动作,厉声道:"不吸!啰唆什么呀,快离开这,别影响咱工作。"

这!这!这、这、这……

进退两难的小一只好悻悻地大红着脸把烟插回烟盒,自嘲道:"不吸好,不吸健康,吸烟对肺不好,报纸上说容易得癌症不是!"

门卫瞪他一眼,"去去去,一边去,离远点,咱没空儿听你瞎嗞嗞。"

这轻蔑而厌恶的口气,激得杨小一突然冲对方高喊:"我来这座城市打工,就是为了能来看看'我的大学'。"

门卫上身向后一仰,明显被吓着了。片刻,琢磨过来那句话的味道后,他"切"的一声笑了。"什么,你的大学?呵呵,你的大学?"他转身向另一个坐在大门口一侧小木桌后的门卫张开双臂,还耸了耸肩,装作极为不解地说:"老天爷呀,王母娘娘哎,你听到他说什么?他说这是他的大学啊!"

两个门卫先是做瞠目结舌状,倏地爆炸出哄然大笑,其中那位坐着的门卫夸张得仰面冲天,哈哈不止,另一只手还连拍自己的膝盖,以啪啪啪的响声回应同伴,确认这真是件天大的可笑之事。

小一的脸由红变成青紫,没法再说下去。

失望至极的他立即转身,仅仅走了两步,一想,就这样回去?

再转过身来,小一眼里已没了门卫,只有那高牌楼的学校大门和门口进进出出的行人。是的,虽然刚才那门卫已坐回门口的桌子后面,吸着烟,戴着大檐帽,弄得像个警察似的,年龄也跟杨小一差不多,大也大不出三两岁,但他那副颐指气使的小样,正因为当了门卫而很是底气充足。此时的杨小一眼里确实已没了他们,他的目光沿着学校大门向右侧远望,他刚从左侧沿着门前大路来,知道连接学校围墙延伸很远的是一家家单位的大门。而右侧不同,似乎学校围墙的尽头空着或是凹进去一段。他前行二三百米，大喜过望，瞅一眼手表，立刻高声宣布："杨小一的大学两小时游"现在开始。

小一先是立正，迈了几个正步走，然后甩开长腿忘情地奔跑，直到气喘吁吁地站在围墙的南墙与西墙交接处，心才彻底放下。哈哈，嗨嗨。学着爹常用的收音机收听的戏里人物的腔调，面对西墙外那片农田，他心花怒放，喜上眉梢。正是因为有了这片农田，他完全可以沿着校园的西墙从南往北而行，依此感受到学校的大小，也可以侧面望见校园里的楼舍，同样感受"我的大学"，即使不能进去。

多亏这片尚待建筑的农田。一个月或两个月、半年，或许明天，轰隆隆的大型机械一进入，这里的一切都化作乌有，未来将被另一片钢筋水泥建筑占据。至少今天，它依着人类改造自然后的农耕形式存在，让他一个庄稼汉踏着踩着，去圆人生的一大梦想。这梦想是否意味着小妹小弟问的那句"你幸福吗"。

农田里尚存积雪，一踩两脚泥，没走几步，鞋底已粘得厚厚的，他必须走几步侧蹽几脚甩去一些泥巴。更多时候顾不了鞋上的泥，时而踮起脚尖行走，仰着脖子，目光贪婪地尽可能伸向一人多高的围墙里：高耸的楼舍、幽静的小树林、整齐的电线杆子……

树丛阻挡了视线，他匆匆往前小跑，不久发现了围墙上那个缺口。看来有人经常出入，墙上有蹬踏的黑脚印，时不时谁就拆掉一块砖，天长日久，形成了豁口。小一自然不会放弃这个有利地形，他本能地手扒豁口往里眺望，视线范围果真扩大许多。刹那间，他双臂一用力，身体便腾空升起，然后脚下一阵胡乱蹬踏，扭身坐上豁口。他担心被人发现，忙把墙外那条腿一翘，转身到墙里一侧，再纵身一跃，顿时离开墙头……

意外的是，随着"咚"的一声，杨小一摔躺在地，浑身泥水。原来缺口里面是片低洼，地面又是草枯，又是半雪半水，熟悉的人进出自然都贴着墙体小心翼翼而下。他怎能晓得？加之心里焦急，怕被谁瞧见现场抓到，匆匆自墙头纵身跳下，待到脚着地面时，根本站不住，一滑一摔，疼得"哎哟哟"叫出声。还算无大碍，手脚并未扭伤或跌伤，只是屁股生疼。望一眼偏西的太阳，小一咬咬牙关爬起来，一瘸一拐走向不远处的水泥大道。

只顾低头看路担心再跌了跤，不料刚接近大路，正好迎面走来一个保安，他顿时愣在那一动不动。保安起初并没在意，只是哼着歌前行，不过是随意瞥了他一眼。就在小一觉得保安应该不会再回头时，对方竟停下脚步，慢慢转过头若有所思，然后目光紧盯杨小一，问道："你……你站那干吗？"

浑身发毛的杨小一，回答是没过脑子的，急喘喘地说："我不是坏人，真的，我跳墙进来，只是想看看学校，没别的意思……"

保安顿时英雄似的冲向小一，迅猛地扭了他的胳膊，然后喝令："不许乱动，不许乱动，我告知你，不许乱动，老实点，老实跟我走。"

杨小一龇牙咧嘴大喊："哎哟哟，疼、疼，你轻点，我不是坏人……"

对方根本不听解释，很快把他扭到保安室。一身的泥水，还粘着枯草败叶，保安认定他是贼，没有赃物，是还没作案机会。小一双手抱头蹲在墙角。

"咋回事？老实说。"三名保安威胁他若不交代便会被送去派出所，关进监狱。小一反复强调，他只想看看校园他在附近打工，觉得这个学校好漂亮，想进来瞧瞧，不该就近翻了墙。有两件事他没敢提，一是"我的大学"，二是大门的门卫不让进。

保安们轮番连吓带唬，也没审出他们想要的结果，只差动用其中一人手中的腰带（那是杨小一的皮带，进屋后被要求抽下来），虽在小一面前晃了几晃，终于没有抽下来。半小时后，其中一人不耐烦地建议道："让他走吧，蹲这烦眼！"另一个道："别让我再瞧见你，否则，有你好看的，把你关监狱去，你信不？"

小一如释重负表态："信，信，我马上走，走得远远的……"

跟着保安出来，杨小一低着头，生怕多左右瞧几眼再被扭回去。七拐八拐，走上大道，又经过一个圆形花坛——校园的一个十字路口，他才暗下决心鼓起勇气一边走一边四处张望。保安并不理睬他。

此时的小一觉得很美气，在心底宣布："杨小一的大学游"正式开始。虽然受了罪，却能亲自走在校园，很划算，太美了！

有的学生胳膊下夹着书，有的谈笑着从他身边经过。他想，如果，如果……或许他跟这些学生一样。但此念头转瞬即逝，他如饥似渴地东张西望，教学楼、餐厅、实验楼、足球场、篮球场、排球网，还有乒乓球台案……他恨不得把这些都装进自己眼里……

听到保安断喝："朝这边，一直走，快点出去！再让我们抓住你，可有好果子吃。"

小一忙不迭应承："一定，一定，马上走。"

他两眼根本不看保安，只注意着眼前那条通向校门的笔直大道，这么宽，这么阔，几辆汽车并行都没问题，路边是高大成行的树木，电线杆上吊着漂亮的路灯……他很满足，他的大学比想象中还漂亮，简直像做梦一样。昔日的几个汉字，如今立体地成为林立的大楼，树木丛中时不时露出亭子高翘的尖角，诱惑得他多想进去瞧一瞧，坐一坐，甚至读本书。当然，他手里没有书，也只能默诵一遍那个自己用来喝水的搪瓷茶缸上的毛词《念奴娇·鸟儿问答》。是啊，如果能身处亭廊台榭之间，朗诵一遍这首词，冲天而吼："鲲鹏展翅，九万里，翻动扶摇羊角。背负青天朝下看，都是人间城郭。炮火连天，弹痕遍地，吓倒蓬间雀。怎么得了，哎呀我要飞跃……"那或许就是一种发自内心的幸福！而随口低吟的还有吃的，"土豆烧熟了，再加牛肉。不须放屁"，让他还是忍不住"扑哧"笑出声……

接近学校大门口，他禁不住回首，大道另一端早不见了那保安的影子，取而代之的是高耸的图书馆大楼，像本打开的巨书，窗户宛如一行行码得整整齐齐的文字。俺娘哪！刚才正是从那幢大楼前经过。如今远眺，才识别出整栋楼的书状外形设计。壮观，完美，自豪，挑大拇指！

看了手表，他嘴角泛起笑意，有生以来最满意的一次旅行即将结束——尽管不到一小时。他并步立正，庄严郑重地宣布："杨小一的大学一小时游"到此结束！

出大门时，瞅了一眼坐在桌后的门卫，杨小一突然走上前说："登个记，出去！"

门卫正在聊天的兴致被打断，奇怪地瞥他一眼道，"出门登什么记？"

扭脸回去给同伙继续说什么的门卫，下句话只说了半句，便警惕地把脸重新扭向杨小一，立刻气愤地站起来问："你是咋进去的？瞧你身上，咋回事，一看就不是好人。"

俩门卫显然训练有素，配合娴熟，一左一右扭押了杨小一的胳膊。虽然他想抵抗，还是被连扭带拉推进门房。又是那一路数，抽了裤腰带，让双手抱头蹲下。区别的是，俩门卫让他蹲下后什么也没问，出去了。

屋里是另外俩保安，一边喝着大玻璃杯子的茶，一边吸着烟看着床头的电视侃大山，也不理他。

杨小一想解释几句，没人让他说话，那先蹲着呗！

反正蹲，对他来说，还算是舒服的姿势。从小就跟爹学会了蹲，乡里乡亲常常端一碗饭蹲到老树下，或自家门口，彼此一边吃一边拉呱闲话。这是他家乡的风俗。他不知道这种风俗后来还有摄影家拍了一系列照片，命名为"赶饭场"，还弄了国际大奖。

今天离开工地前的午饭，小一还蹲着与大伙一起吃。一工友说，记者采访一个正在捡破烂的老太婆，你幸福吗？问了几次，老太婆都说，你说了啥，听不见。记者大喊几遍，老婆子还是那句话。记者没办法只好没趣地走开。老婆子冲他的背影呸了一口说，累死你，我七十多岁还在捡破烂，你说我幸福吗？

另一人讲，面对记者问改革开放后家里日子是否好过了，他村的贾叔说，是哩，想吃肉就吃肉，以前过年才吃一回。记者说，好日子来之不易，你是否会考虑回报社会，回报国家？他寻思着不知咋回答，记者提示他，假如你家有辆小汽车，你愿意不愿意借给国家用，或是捐献给国家。他爽快答，愿意！记者显然很满意这个答案，认为还可以再深入，继续问，假如你家有十万块钱，在国家遇到困难时，你愿意捐给国家吗？贾叔略做迟疑，还是坚定地表示，愿意！记者立即转身面对摄像机感慨，瞧瞧我们的国民，改革开放极大地改善了他们的物质生活，让大家品尝到幸福滋味，同时，人们的精神层面也迈入一个新的阶段，一个新的更高的境界。国民素质整体提高多少倍？没有国家，哪有小家？大河没水小河干啊！观众朋友们，你们说对吗？然后记者再次转身，摄像机镜头也随之转向贾叔，只听记者又问，假如你家有两头猪，你愿意捐给国家吗？蹲在田头的贾叔忽然站起，慌张得声音都有些变调，硬硬地说，那不愿意。记者的表情僵硬了，这个答案让她措手不及，停顿了半天，她既迟疑又纳闷地小声问，大叔啊，那车，还有十万块钱都能捐，为什么这两头猪……没等记者说完，贾叔已不满地说：俺家确实有两头猪啊……

蹲在门卫室的小一想起这事就乐得合不拢嘴。进城打工几个月，饭后有时溜达到某小卖部前，常看到电视里记者田头或街边采访，问人家幸福吗。幸福不幸福，哪能那么好回答。这个年代，你幸福吗，似乎不是关注老百姓，而是老百姓在关注记者。不过，联想到此刻的自个，如果记者问他，杨小一肯定会如是回答，今天下午很幸福！而且他的幸福，会与雀儿分享，他会冲雀儿喊话，会听雀儿应答。不过，他明白，在这水泥钢筋构成的城市里，好多天已没有了雀儿的叽叽喳喳的叫声，他要回到乡村，在那棵田头的老树下，大声告诉那一群雀儿，曾经有一天的下午，我很幸福。至少我有过那一个小时的幸福。你们知道吗？雀儿！

双手抱头蹲在保安室正如此想象的杨小一，忽然听到有雀儿在叫，他吃惊地摇摇头，确定不是在做梦，自个还很清醒，一切都是真实的。他仰脖循着窗口望去，嘿，真有鸟儿在叫，一个老者提着鸟笼从校门出去遛鸟……

一个保安警告："蹲好，小心收拾你！"

小一半伸展的身子赶紧下缩再次全蹲……

卜算子

杨小一不会想到，一个月后，他将蹲在街头出卖那个"鸟儿问答"搪瓷茶缸。因为讨不到回家过年的工资，又找不到四处躲藏的工头，一位工友决计以跳楼的方式引起市领导关注，结果被警察拘留了。为了凑足回程路费，小一突然想起刚进城时有人要买他那个搪瓷缸子。他没同意，一是爹给他的，二是还要用它来喝水。对方说，那是"文革"时期的东西，用作喝水太浪费。他没卖，还是用作喝水。

蹲在寒风中一个十字路口，面前的破报纸上只放着一个旧搪瓷缸子。有人停住脚步蹲下瞅一眼，嘴里念叨着这杯子、这杯子，觉得有些不可思议。第四天傍晚，小一几乎绝望了，一个戴着黑框眼镜，其中一条镜腿好像还用胶布粘着的中年男子，起先已经过了他，然后折回来，慢腾腾蹲下，跟他面对面，认真地盯住他几分钟，简直要让他很不自在了才把搪瓷缸子捧在眼前，翻来覆去、一点一点转动，眼睛像放大镜，时不时用中指轻轻弹敲白色搪瓷，还用右手拇指肚儿推搓一下书法字面凸起的红漆，半个多小时后，问多少钱？他就是小一最后的买主，也是那个搪瓷缸子的第四任主人。

杨小一清楚地记得，当时，他望着那个渐行渐远、不断缩小的背影，喃喃自语："还有吃的，土豆烧熟了，再加牛肉。不须放屁！试看天地翻覆。"如果没记错，他还冲着望不到星星的夜空高声呐喊："鲲鹏展翅，九万里，翻动扶摇羊角。背负青天朝下看，都是人间城郭。"

失去了搪瓷缸子做伴的回程，杨小一想起家乡，心头发热，眼窝泛潮。他甚至想到有一天，儿孙满堂，绕膝天伦，自家院子里的石榴树洞里，麻雀也落了窝，叽叽喳喳的——虽然他不是先知。

彼 此

邹晓亮做梦都想留住自己的工作岗位，他做梦也想不到董震欧做梦都想放弃已工作了半年的岗位。至于冯峻，晚间做的什么梦，他常常记不得，睁开双眼一准忘个一干二净。当然也有例外，那就是噩梦。二黄是那种从梦中醒来能记一半梦境的人，就是一半截儿记得清清楚楚，另半截儿朦朦胧胧需要使劲儿想，或许能回忆起来，否则只能任之永远消失。比如说，二黄曾有天半夜醒来发现自个儿一脸泪水，循着梦往回走，那泪从何而来？终于弄清楚后，把自个儿感动得又流半天泪。当然还有像冯晓霓这样的黄毛丫头，晚上一般不做梦，头沾枕头便入眠，一觉醒来大天亮。自从她上了学，或是从进了幼儿园起，这种神仙日子便没了，常常正在酣睡中就被妈妈连哄带骗地弄醒了，一边揉着惺忪的双眼，一边一万个不乐意，有时哼哼唧唧娇娇地干哭几声。

是啊，如今这社会，能睡到自然醒的有几个人啊？自然人成为社会人，自然属性也只得退居其次。甘蔗没有两头甜，顾此的结果，便是失彼。而如今大白天能睡到十点七分的人，更是微乎其微。我小说中的人物无一例外是这微乎其微之外的，在那个时刻，他们都在忙活着各自的事……

邹晓亮

八点刚过一会儿，半醒半睡的邹晓亮接到总编室电话，一个激灵全身的细胞尽皆苏醒。报社记者虽然工作时间自由，但行政人员是按照国家事业机关的上下班时间，八点钟必须到岗签到。

说这个电话惊了邹晓亮的美梦，也不完全准确。他哪里还有美梦，本来一夜就没睡好。无根无底的一片叶子似的飘着，今天就要决定身落何处，估计是谁也难以睡个安生觉。再说明白一点，今天是决定他在这个试用了三个月的单位最终去留的日子。

邹晓亮手脚并用，上衣裤子一起忙活着往身上套，半截上衣在身，便蹦踏着往洗手间跑。再然后，牙刷已塞进口里，嘴角泛着白沫儿，像宠物犬叼根儿瘦骨头……

许多时候，我们都不知道下一分钟会发生什么。如果知道，肯定不让它朝着不如意的方向发展，可惜时间没法倒回去重来。实际上，如果时间真的可以倒流，该发生的还要发生，这好像是那个谁谁谁说的。不过谁说的并不重要，重要的是你是否认这个理。人们是没法预测下一刻会发生什么的，正如我们无法预测自己的人生。邹晓亮常常以这句话为自己的未知作结，说这话时，便不像实际上的年轻愣头，而是故意表现得慢慢的，上了把年纪似的，有点回望的感觉，也有点摆弄思想哲学之类的样子。但是，这次他不再从容，反而是一副电闪雷鸣十万火急的样子。在路上，他特意查看手机来电显示，接听是八点四分。而八点半，他已出现在总编室主任的办公室。

虽然出门时阳光明媚，这对多数人来说或许预兆着一个舒服的日子，可能一切做起来会很顺手。如今城市被物欲左右，人的轻松和笑脸并不多见，尤其在街头彼此陌生相向而行。笑，对许多人来说，并不意味着快乐、放松和开心，只是一种表情，或者必要的脸谱。邹晓亮认为今天还是与往常有所不同，陌生者那种孤独、冷漠、处处防范的面孔，都被这冬日暖阳改变，甚至中途与一美女擦肩而过，对方还向他努了努红唇。虽不明白那代表的意思，却能觉出那善意的微笑！如此好天气，一切都该朝着有点儿意思的方向发展。虽然心怀忐忑，但他坚持自己的预感，结果会好的！他真的努力了，要比同单位其他见习记者努力得多。他明白，除了努力，自己一无所有！

八点三十五，邹晓亮从总编室主任办公室出来。虽然尚不知自己下一刻会发生什么，但上一分钟的过去，他十分清楚。总编室主任那比脸还光亮的秃顶，是过多用脑消耗的见证，说话老到、滴水不漏，早在邹晓亮初来乍到时便领教过。所以，他娓娓道来，声音不高，或是有意如此低音，为了让你更关注他说话的内容，邹晓亮已根据自己的经历明晓了答案。那么，说再多的话有何意义？绕来绕去，核心不就一句吗？他既猜中了前头，照样也可以猜中后头。

前后五分钟不到，邹晓亮的身份已被对方改变。明确地说，他已不再是这家都市报的一员。他没有急着去办公室那个临时隔断收拾自己的东西，而是背起相机走出报社大厦，把自己甩进喧嚣的街道。一时间，车水马龙，人来人往，尽是一张张匆匆的紧张的脸皮。两侧林立的摩天大厦，让行人如坠落于夹岸的深渊，早已失去昔日主人的姿势。

"他母亲的！他母亲的……"

邹晓亮这样骂娘，下意识地从包里翻腾出相机，抱在胸前。这一抱，才觉着踏实，神归到其位，恰似一个穿梭在战场的士兵，预备随时随地可能遭遇敌情。这是近三个月来，他在这座城市的常态和表情。有时，手与大脑步调不一，是行走中常常走神的状态！

邹晓亮无意中踢到一个纯净水瓶子，让他立刻想起大学时与同学上街捡塑料瓶子的往事。当时，对未来还没有现实的幻想，只以这种行为提倡爱护环境、保卫地球。如今这一脚，让他把大学与现实对接起来。难道这就是自己读了大学、研究生连贯七年的结果？连份体面的工作也留不住？

邹晓亮读本科时，以为同等学历就业"亚力山大"，便玩着命考研。这一考,他才体会了那句,你要是恨他,就让他考研吧!看来,是他自己恨自己啊!走出考场,他的下巴瘦尖成刀片子。谁料想,事到如今,报社并不在意你本科、研究生,有门路的人,三本毕业照样可以在单位瞎混,而他一个堂堂的硕士研究生却被告知:被辞掉了!他母亲的,他母亲的,让人情何以堪?

毕业前夕,曾听从一校友前辈的肺腑之言。他厚颜地向父母伸手,在他们已给他投入七年学费外,在他们单薄的工资之外追加了另一笔不小的开支,购买了一款单反相机。正如那位语重心长的学兄建议,新闻系或中文系毕业能做文字记者的,多如驴毛;而懂摄影的相对少些,能写文章又能摄影的,比率自然又少了不少。背着自配的单反,他本是自信满满地来。岂料,三个月后,报社一句"觉得你不合适"就打发了他。

最让他恶心的是,总编室主任甚至建议他改行做教师之类,或许比做记者更有前途。当然,对方还说出一个理由,他无力反击:在实习的三个月里,他没有拍到一次特别的新闻,几乎是随着四季唱歌。在新闻圈里一说都明白,就是国庆时拍红旗,八月十五拍月饼,五月端午拍粽子。新闻单位百分之九十不都是如此?有特别新闻的记者多是有线索,或有门路,都需要在媒体行业工作些时间才能打下人脉基础。他怎可能位列其中?

刚到单位,曾听说一副对联,上联是"一名记者两千工薪三餐不定四季无休累成五脏俱伤虽然六欲尽废还得七点起床八点上班找九个选题不敢说十分辛苦",下联对"十年编辑九回肠断八方约稿周周七道禁令搅得六神无主即便五内如焚仍要四番检讨三番道歉临两头不是也只好一声叹息"。横批是"两部手机"。媒体人天天替别人维护合法权益,临到头,自己的权益被眼睁睁侵犯却无力维护。谁人替你伸张正义?比如说,不办三金,不签合同。单位说得明白,你想干就干,不想干该干吗干吗去!

人话吗?是人话吗?有地方去,还来这儿?

自己该干吗去?谁能告诉他,他该干吗去?唉……

人多的地方有新闻!这是哪个谁谁谁说的。似乎读大学、读研时都有人在他耳侧如此聒噪。记忆如烙，早从腠理深入骨髓，一提新闻，脑海中横刀立马凸现。

是啊，他能干什么？能干什么去？转了半天，还是奔人多的地方去。等大脑从一锅粥明白过来，已身处美美商厦入口。这里是距报社最近的一家大型商场，往常的吃喝用度一应在其超市采购。此处对他还另有一个意义，若在周边采访可以轻车熟路跑来解决内急。别的地方不是不熟悉，便是人家有门岗，谢绝入内。

虽是上午，商场开门不久，但人气还是颇旺，熙熙攘攘。邹晓亮如厕时，才觉得周边顿时静下来。虽然尿急，邹晓亮站在便池前费了半天劲却没解放出来。从实习第二个月开始偶然如此，难道是工作或生活压力，整出了什么状况？想起中学时，大伙比谁尿得高，他一射就翻过一人高的砖墙，引来墙另一侧女生的一片尖叫和责骂。现如今却……悲催啊！若真出了问题，看病需要人民币，他手里的人民币极度匮乏，生病也生不起。他本来还盼着早点工作转正办了医保再去医院，转瞬间一切都成为难以实现的虚空。身边的人进进出出，一阵子高压水枪扫射，大珠小珠落玉盘的悦耳，甚至终了还狗抖毛似的打个尿颤，他真是羡慕忌妒恨。久久地站在那儿不能一泻千里，倍感悲催的同时，也很难为情。他对身后的等待者感到抱歉，挤出一点僵硬的笑意，人家便排到另一队去了。晃悠半天，他终于甩出几滴，才算了事。

邹晓亮是乘观光直行电梯到五楼的。此处是商场的最高层，他可以在通透的天井边缘，凭栏俯瞰，借用长焦镜头对准下面寻找拍摄目标，对方一般不易觉察。通过取景器望去，时而变换焦距放大某某的面容。一楼有什么人进来了，二楼那个母亲怀抱的宝宝，脸都哭歪了。四楼俩美女的叽叽喳喳，似乎都能听到，一个指着另一个的胸，笑得前仰后合，女伴儿则握着粉拳做出要狠狠攻击对方的样子。只有美女才会在众目睽睽之下，不管不顾别人，以自己的嬉戏和夸张，吸引着他人的目光。

手机震动，提醒邹晓亮，是条短信，又是卖房子的，还是湖景房。唉！他何时才能拥有属于自己的房子，别说什么湖景房、复式了。

十点了！商场的自鸣钟伴着音乐报时。

从那个给他带来坏消息的房间出来，近一个半小时。糊里糊涂过了这么久？再一晃是否一上午便没了？到底是度日如年，还是白驹过隙，时间消费之快抓不住？两种情境在他内心翻江倒海，时而前一种感觉占上风，时而后者很强大。他又走神了，不知道自己在想着什么。

董震欧

董震欧从八点三十五分狂奔出派出所，便再没有接过办公室打来的电话。一股子气冲出天灵盖，面对所长，他一摔警帽，老子不干了，不伺候了。撂下这话，董震欧把全办公室给震了。难怪多年后，还有人提及此事，说，这小子有种，他爹给他起名时就知道，这小子的人生总要那么震一下。有同事多年后甚至给子孙们讲，震欧，他妈的八字，是从震了派出所开始演练的，以致终于震了欧洲。瞧瞧，过程是不可超越的吧！当然，做警察的或许没几人知道，那些年河南有个作家李佩甫，总喜欢说这句话。还以自己的创作为例，去证明这个说法。比如最初写作发不出来稿，然后到一发表便被各大刊物争相转载，然后成为专业作家，等等，等等，再等等等等。

到炒掉所长那天，仔细算来，董震欧干警察已过半年，还是顶烦这职业。派出所天天都那些破事，有时被借出勤，要么是领导来了在路上站班，要么是球赛或明星演唱会去当人墙。他一个大小伙子，难道非这样把自己的青春乱糟糟地报废了？

他知道，现在工作难找，老爸为他能当上警察没少费劲，花了不少银子，托了一个又一个甚至转弯抹角的关系，但他确实不想当警察。烦警察由来已久，幼年一旦调皮，母亲便会说，我喊警察了。当时一听警车鸣笛，他会不自然地哆嗦，甚至正在撒尿都可能突然中断尿线，直至警笛声远去。上了半年班，他发现这个职业太刻板、太机械，没节假日、没有昼夜，军事化管理，二十四小时待命。身着警服，即使在大街上遇到当年的发小、老同学、好朋友，也要注意自己的形象，不得大声喧哗，不得玩笑。这身衣服如同枷锁，让天性好动的他，被动得无以复加。

董震欧是公开招警招进来的，而招警也并非你想进就能进来。虽然他当时并不十分情愿，毕竟在家闲了一段时间，何况老爸跑了很长时间的路子卖面子，连考试都不参加，也太不像话。他想过故意砸锅，考不上拉倒，又想到老爸那番折腾，于心不忍。何况试题他本来就会做，凭什么不好好考？考好了不去与考不好，明摆着两个心态嘛！

老爸知道他不喜欢这行业，但老爸的关系有限。自托人开始，老爸便给他找来《刑警吴一枪》《最后一颗子弹》《玫瑰杀手》《绝杀》等写警察的微型小说。他清楚儿子不愿意阅读其他与警察相关的书籍，也没耐心阅读太长的文章，千把字的微型小说总算看得进去。通过阅读，或许能让儿子内心突地腾升一股英雄气概，说不定就喜欢上这个职业。

唉……老爸常常叹气的是，如今男孩看上去总缺少阳刚，白白净净，却显得柔柔弱弱。儿子一当警察，肯定可以改变这种情况。但董震欧从内心瞧不上老爸的说法。什么逻辑？当警察又能怎么着？现在跟从前没什么两样！现在干什么都讲究个出身，他没上过警校，而且是通过关系进来，哪可能长久不为人知。别人一旦知道他的家里就这样，老爸老妈开个小卖店讨生活，也没什么真的铁关系，不就是花了银子，其他还有什么发展机会？何况进警察这个门，家里的银子几乎倾囊而出，甚至寅吃卯粮。

虽然董震欧不喜欢，但干警察毕竟是份工作，可这工作怎么如此不顺，这么拧巴？这么抗磨的岁月，难熬的日子，甚至从里到外被压迫的日子，爆发是迟早的事儿。

自认为在自家王国老大的所长，天天没个好脸色，好像全世界都欠他的，好像以他的本事早该去当局长、厅长，甚至在公安部当个什么长才不屈材。望着他那样子，董震欧的胃都难受。最烦所长把自己弄得像个没教养的大老粗，动不动爆粗口。比如说今天早上八点半集中开会，他仅迟到一分钟，或许自己的手表与所长的仅那么一分钟之差，何况他不过是在厕所里裤腰带扣出了点问题，便被所长放开嗓门几世仇似的骂娘。吃了哪门子枪药？被领导臭骂了一顿，或有别的窝心事，堵着找人发泄？哪有迟到一分钟开骂得狗血淋头？分明找事嘛！找不痛快吗？

这不是第一次，也不可能是最后一次。当个领导，即便是最基层的毛毛头儿，都很把自己当回事。若有丝毫冒犯，不知道要被他摆治成什么样。老同事给他说过，老爸也给他讲过，还以自己为例证，不就是在单位说领导为了自己的利益，要把厂子卖了吗？立马有犹大出卖了他。于是，在单位还没改制前，他先一步下岗。老爸终于可以看懂达·芬奇那幅油画——《最后的晚餐》。宽大的餐桌，以耶稣为核心，十二门徒神态各异，唯有犹大的脸色灰暗，右手紧抓钱袋。呵呵，不可思议的是，老爸由此延伸，还对意大利画家乔托的《犹大之吻》也津津乐道。餐桌上暴露后的犹大提前溜走，带领敌人冲进客西马尼园，并以与耶稣之吻作为认人的暗号……唉，上个班多不容易，既要提防毛毛头儿，还要防犹大。君子报仇十年不晚，小人报仇时间不限，却是从早到晚。

下了岗，失却发言权，老爸在失业中心领了一年失业金，成为名副其实的社会自由人，或者说闲散人员。失业中心最后煞有介事地登记他是否再就业，老爸当然就业了，不然吃什么穿什么？东凑西拼，自开了爿日杂小店。对方立即在登记表格上填到：自主创业，成为企业家。原来，虚报如此不打马虎眼。这个糊弄那个，那个糊弄这个，彼此之间再糊弄，还有什么是真的？难怪目前最大的危机并非经济危机、金融危机，而是诚信危机。试想，你身边的人，你遇到的人，你相信谁？谁相信你？董震欧质疑老爸的话，老爸怀疑儿子的说道。现如今，谁还能彼此说掏心窝子的话？老爸认为家里管教不好儿子，送到警局让别人、让单位、让集体、让社会好好给他上上生活课吧！除了家长，谁给他上课都是无情的，甚至是残酷的。不如此，儿子早晚也难以硬着翅膀单飞。在教育后代这一点，人比动物，尤其是野兽差远了。

　　从他上班第一天起，老爸遇到邻居总喜欢显摆，我儿子当警察啦！哈哈……不仅嘴合不拢，脖子也比以往挺直许多，脸上整天泛着红光。听者打呵呵，好好好！擦肩而过，那人便朝同行者咬耳朵，这老董，真是的，说几百遍了，自个儿也不嫌烦。是啊，这是老爸的平衡，也是他跟老爸之间的平衡。令人遗憾的是，今天早晨八点半刚过，原本与往常类似的一个上午，这个平衡被他率先打破。而平衡的另一端，老爸正坐在自家的小店，极满足地一匙匙喝豆浆，吸溜吸溜的声音很是响亮，另一手举着油条在面前摇来晃去，突然便袭击油条一嘴……

　　老子不干了还不行吗？董震欧脱去警服，甩了警帽，一扭身把滔滔不绝还在嚣张开骂、正过瘾的所长晾在全所人面前，还故意拍拍自己的屁股。第一次在派出所像个"老子"，脖颈一硬，头一昂，走人。完全能想象来自己走后办公室静止了半分钟，一分钟，或两分钟、三分钟，总之持续一段时间的尴尬场面，个个嘴都张成英文字母"O"，接下来顿悟似的纷纷围了所长，这个一声所长，那个一声所长，争先恐后挤入所长义愤填膺的视野。所长所长所长，不用跟他小屁孩一般见识……所有人纷纷坚定不移地站在所长一方，既劝慰，也对董震欧一致开骂同仇敌忾。兔崽子，混蛋……常用的口头禅上此刻肯定形成集中火力，恨不得气冲霄汉。

　　董震欧离开那个停满警车、三轮摩托车的小院，没有回望一眼那小楼。

　　人是没法预测下一分钟有什么事情发生的。董震欧也不明白下一分钟对他意味着什么，有什么可以发生。根本不用经过大脑，他放任双脚在周边胡同玩魔方似的溜达了半天，一拐弯竟来到美美商厦门前——这是一家离他单位最近的大型商场，平日值班，没少来这购买方便面、面包、火腿肠、榨菜之类。对这儿的熟悉，不亚于办公室。可以说，除了办公室和家里，这半年，他进这个商厦是最多的，虽然每次来都是很匆忙地直奔超市。

　　进商场大门时，他看了一下手腕上的表：九点三十二分。这是当警察时养成的习惯，之前哪戴过手表？半年来煎熬度日的感觉，第一次消失了。时间过得如此之快，是否意味着上午半天会在不知不觉中弹指间而去？那必须的！伟人弹指一挥间，三十八年都过去了啊！

　　商场中部从底层至五层通透的天井设计，让内部显得张弛有度。加上穹顶是曲线型的有色玻璃，白天阳光打在玻璃上，既节省内部照明，又层层贯通敞亮不显压抑；傍晚彩灯开放，天幕玻璃上十字花宛如璀璨的宝石，深邃典雅，令人充满遐想。与天井东侧的透明直通观光电梯相对，西侧是一个盘旋而上的步梯，像音符一般，曲线优美，富有动感。不少顾客十分愿意走这种步梯，可以边走边俯瞰或是仰望，你在梯上观风景，别人在风景中欣赏风景里的你，且有步步高升之寓意。

　　董震欧手抓光滑似婴儿肌肤的弧线木制扶手，沿着步梯一步一步慢悠悠盘旋而上。至于去哪一层，没有固定。随意而行，若消磨时间，可能从一层走到五层，再从五层返回一层，循环往复，直至走累为止。

　　楼梯拐弯处出售奶茶、香肠、烤红薯、爆米花之类，董震欧最嗜好的是后者。从小至今，即使做了警察仍痴情未改。曾有几次还买了分给同事，却遭到对方取笑，说那是娘儿们的零嘴之物。不是有人有洁癖？自然也有人有食癖，就算他有食癖好了。他一下子买了五大桶爆米花，现场热爆的，闻起来特香，吃起来香脆耐嚼，回味浸透唇齿。双手怀抱纸桶，并不影响他一边上楼，一边伸出舌头舔食眼前的垂涎美味。

　　上到五楼，董震欧快行三五步把爆米花放在一张木条连椅上，舒了口气，转身坐下，三指捏了几粒抛至空中，张嘴去接。接中了，便在嘴里夸张地大嚼特嚼。他就是爱吃爆米花，那是他个人自由，他愿意，招谁惹谁了，谁又管得着呢？

　　为了隔离嘈杂，他给手机连接了耳麦，莎拉·布莱曼的《卡斯布罗集市》如天籁之音，行云流水般飘入双耳。Are you going to Scarborough Fair? 他不禁随着唱起来。说不清楚从何时起喜欢上这首歌，它成了董震欧高兴或烦恼时的首选。Remember me to one who lives there 记得代我问候那里的朋友，She once was a true love of mine 她曾经是我最爱的人……空灵，幽远，凄美，无坚不摧的穿透，董震欧不禁饱含泪水，不知是快乐还是悲伤。

当然，这首歌还有别的歌名，比如斯卡布罗集市，或斯卡堡集市、斯卡博洛集市以及其他，他独喜欢《卡斯布罗集市》，他觉得"卡"字起头响亮，嘴里发音时过瘾。其实，什么名字又能怎么着？反正他都可以一边嚼爆米花，一边听莎拉·布莱曼；一边脚打拍子，一边中英合唱。谁管得着？

那句 She once was a true love of mine，常常让他想起一个女生。初中时他曾像喜欢爆米花那样喜欢她，但他一直在反复地做决定如何向她表白，她却突然远走他国。再没见过她，也没能留下一张她的照片，就连她的模样在他脑际也被时光消磨得淡化，直至模糊。后来，可能在街头看到哪个剪头发的女生，偶然觉得像那个她。自己的记忆不过是把曾经混乱成一种发式。人这种动物，多么悲哀，内心总在自己的小圈子里打转，打转，像蒙了眼拉磨的驴子，自以为走出很远，实际还在原地踏步。

董震欧的目光随着意识不知飞到何方，行人过往，他是视而不见的。

第一桶爆米花消灭干净后，他不用眼睛去寻找，便精准地抓过第二桶，翻开交叠的纸盖儿，深深地吸嗅，让爆米花的香甜充溢鼻腔，沁入心脾。伸手抓几粒，扔进嘴里，舌头舔一下黏黏的手指。如果央视这时采访他幸福吗？他肯定回答，幸福！

他的音乐换成猫王埃尔维斯·雷斯利的《Hound Dog》，音量调到最高，咚咚锵的激烈节奏，一波波冲撞他的耳鼓。在他喜欢的音乐中，只有摇滚可以让他物我两忘。不过，需要在酒吧或迪厅才能真正感同身受。他现在太需要这种感觉，真想忘却这世界，也被这世界遗忘。

实际上，他无论怎样去忘却世界，世界却没有忘却他。此刻，不远处的一位保洁，正十分厌恶地盯着他脚下的空纸桶和手纸团儿。啥素质？刚打扫过的地方，怎能随便扔垃圾？要是被经理瞧见，又要挨训。坐那么长时间不走，难道还要不停地制造垃圾、乱丢垃圾？有玩垃圾的癖好？

保洁返回洗手间找来拖布。当然不能直接去他脚下拖地，现在的小屁孩，个个娇生惯养，脾气大着呢！蝎子尾巴摸不得，弄不好，他犯浑，你来一句，他回你十句八句，谁受得了？何必呢！她思谋着从他附近的楼梯口开始拖地，慢慢向那个连椅靠近，到他跟前儿顺理成章批评他几句，总不算过分吧！

二　黄

这是咱的名字，并非两个姓黄哩，只是咱在家排行老二。本来习惯应该喊黄二，但不知咋转嘴便喊成二黄。起初咱一次又一次纠正，一个人一个人纠正，恁想想，自个儿名字被喊错，那喊的哪是恁？虽然名字只是个代号，但它毕竟与一个人相连，这个人就是恁自个儿！一个人咋可能对自个儿的名字都不认真、不在乎？所以咱纠正把咱喊成二黄，早已费了不少工夫和口舌。没想到，越纠正，人家越故意似哩，后来每每见了咱要喊名字时，还装出卡壳的样样儿，接下来还是喊出二黄。唉，恁解释纠正还有些啥用？二黄，二黄，二黄，便这样被喊开了。

生活中有时就是这样怪，正确的常常被错误的所取代。咱一个的力量抗衡不了大伙，如此纠正，一方面用劲不小，另一面反作用力更大。喊就喊吧！二黄这喊法自小伴着长大，一直到高中，老师刚开学还喊了几次黄二，随后也跟同学喊咱二黄了。班级花名册上明明写的是黄二，他们偏偏喊二黄，竟然不算错？若谁做作业或考试，把某某的姓名顺序弄颠倒，不给恁打叉或判错才怪哩！比如说达尔文，写成尔文达；祖冲之，写成冲祖之；成龙，写成龙成……恁试试？何况有些领袖导师的名姓，咱也不敢举例说白。弄不好，恁都成了现行反革命。

真正不喊黄二，是咱考上大专。在新学校没人知道咱以前被喊作二黄，不像中学时许多同学从小就认识。这里不但没有人喊咱二黄，连黄二也没人喊。是哩，咱有大名大号，户口本上的名字是黄敏。这名字才要跟咱一辈子，直到高考报名前，咱才正式启用。

黄敏是咱爹给起哩，他意思是希望咱能像啥动物一样敏捷。其实咱爹没啥文化，嘴里有点词都是看电视或听戏学来哩。大专学校里的同学来自五湖四海，一般一个省就一个人。起初别人喊黄敏，咱自然不习惯，会愣怔半天。黄敏，黄敏，咱很快由不知喊谁到习惯地应答了。可能边应答边听别人说，咦，是男哩！哈，当然是男哩，让那些以为咱是美女的男生有些失望。他们顺道把啥东西从学生会或邮务处帮咱捎来，还以为可以跟个美女套近乎，哪想到竟然为了一个纯爷们辛苦跑腿，有些不值吧！咱笑，不仅是偷笑，望着他们那吃惊非小的样样儿，一边接过咱的东西，一边还冲他们笑。然后说，恁没想到是咱吧！后来看电影《天下无贼》，里面有打劫者被警察抓了，摘去面罩，露出脸来的尤勇对葛优饰演的黎叔说，恁没想到是咱吧？哈哈，跟咱当年的台词一个样样儿。

习惯了黄敏，忘记了二黄，一到假期回家，别人喊二黄，还是十分爽快地应承。也不想想，二黄的称呼之前跟了咱多少年？在家习惯了二黄，再到学校，有时点名黄敏，咱可能又要愣怔半天，直到同学提醒才想到答应——有！两年大专，咱在黄敏与二黄中反复切换，终于熟练到别人称呼二者中任何一个，都能自若地快速反应。黄敏，二黄，像一个大名、一个小名的一样样儿，咱的名字与外号同样深入咱的身心。当然啦，二黄成为咱的外号，从这个意义上说，它本来就不是咱的小名，也不是咱的名字，不过是乡人瞎喊起的一个外来名号，这种名字就是外号。

外号就外号吧，学校毕业后一工作，肯定把这外号彻底涂掉，说啥也不可能再回那个小村子生活。恁想想，咱上大学图个啥？还不是立志改变生活面貌。若再回去，还上啥大学？一旦工作，就逢年过节再回一趟半趟，别人可能早把二黄这称呼忘到爪哇国。即使忘不掉，也不打紧，恁想想，那才能喊几天？一年三百六十五日，不过喊个零头。喊就喊吧，也不影响咱是黄敏。

大专毕业后，哪想到找工作找得那么辛苦，真是别提啦！仅复印的个人简历、求职材料就花了不少钱，咱要求不高，也就找个能把咱留城里的事干，自然不敢提住房、户口、高薪，还是没人用咱。那个急啊！娘先摔了一跤，后半生都离不开拐棍，一家人只能靠爹一年到头在土里刨食。爹为咱上学费了老大劲，还借了债。现在小妹高中，小弟初中。咱急于工作正是为了能早一天解决家里的重负。上学时打零工发传单，都没少干。毕业了是不能再去干那些朝不保夕的事，但稳定一些能长期干活的单位，咋那么难找？

当个清洁工，或站在马路十字口的交通协管员，咱肯定能做，但人家不要咱。人家安排的都是下岗职工。咱还没上岗，不在人家安排的范畴内。唉，不久前咱给家里说已在城里上班，不需要家里再给钱。本意是让爹娘放心，谁想，爹很快带来口信，让给家里捎点钱回，多少都中，现在借钱难。是哩，真正是屎难吃，钱难借。爹的话说到这份上，恁说咱咋弄？所以，一提找工作，急得咱头发都想泛白。突然间额前真的冒出几根银白丝，很扎眼地点缀在乌黑的头发里，咱一气之下把它们连根拔起。龟孙子，不瞅个时辰，这么早光临，咱自个儿催自个儿也罢，恁算老几，也来催咱？

是哩！正焦头烂额，街上遇到同村的扁担。咱俩小时候一块儿光屁股玩哩！

扁担那时候好吹牛，吹急了常常把说话的次序弄乱。有一次，课间同学们坐在校园的乒乓球水泥台案上，扁担说，他去城里了，回来坐的是卡车。大家知道他在吹牛，便问他，坐在卡车哪儿，是后车厢哩？他一摆手，哪可能哩，咱坐哩是司机开车坐的"机司楼"哩！有同学追问，是鸡屎楼？他说，是哩！大伙猛笑……他醒悟过来，急得去追打刚逗他的同学，追不上，站住喊，恁小心点，咱抓住恁，会吐恁一脸溏鸡屎……又引来一阵大笑。恁的嘴水平真高。哈哈哈……

现在，扁担吸着烟，在城里打工，就是在工地上盖楼房。咱起先也动过这念头，可没工地愿意用咱。一看咱的样样儿，说没力气，胳胳腿儿麻秆细，干啥没劲，都不好使。现在遇到扁担，咱也没啥好遮拦，便想着能先找点活干，给家里弄俩钱捎回。

扁担还真中，说不吹牛，跟咱走，在工作地上找个事没问题。像恁上过大学，不会让恁跟咱一样儿干粗活，有个事很适合恁。比如记个东西、要个账啥哩。

咱一听，中，老中！这对于咱来说，肯定没问题。恁想想，毕竟咱有文化，虽然不是学建筑的，但总比他们更有文化。真要是代表他们给某某去谈个判啥哩，比如为干啥活或工程，签个字之类，咱肯定比他们的字写得好。再说，虽然咱不是学法律哩，但有关签个啥合同，还是比他们更有识别能力，看相关的条款是否对咱有利。咱这么一说，扁担也高兴，像个驴喷喷地打了好几个响喷嚏。扁担说，娘哩，家老婆想咱哩，嘿嘿……

这不，咱跟了扁担来到铁皮墙围的工地，躺在工棚里，与村里一帮打工的人搅和在一起。扁担给他们介绍，那个谁，这是二黄，他们就喊咱二黄。是哩，想不到，大专毕业后，咱又从黄敏回到那个喊咱二黄的人当中，又变成了二黄。

跟着扁担的工程队，还算可以。扁担当然不是队长，他也是个打工哩。队长是咱们一个乡里的，邻村哩，以前根本不认识，但人还不错。一听咱的情况，说留下吧！恁瞧，这种收留，像咱真的找到了工作。于是，咱像模像样儿在内心告诉自个：读了几年书，读哩恁辛苦，读来读去，咱那些书读到哪里去啦？

人家扁担小学都没毕业，一是家里穷，二是他个人不想读，读不进去。那时候，他一去学校老害头疼。家里没法子，只好让他回家给猪割草。不然哩话，还要不断地带他去找大夫。大夫也脉不出他到底啥毛病，对他爹娘说，不中，就去大地方瞧瞧。那里有好设备，咱这瞅不出来啥。扁担真是鬼蛋，一不去学校就不头疼了。最后家里只能让他放弃上学，也不能老让他害头疼。当年因为头疼不上学的扁担如今成了瓦工，咱上了大专回来，还是啥也不会。比如说，咱试图推那种独轮车，根本推不平稳，惹一帮工友发笑。搬砖之类，没多大力气。工头老叔说哩明白，让咱在工地上看能干点啥就干啥，不分具体活,等有啥需要文字或图纸啥哩,再让咱出力。所以,在工地的俩月,咱没干啥活。工钱,跟大家一个样样儿,每月发个几十块钱生活费,其他到年底要来钱一块发。

人吧,别人对恁太好,恁若不为人家做点啥,都觉着亏欠。在工地,大伙不让咱干,都说,上大学的咋能做这哩。咱们干活,恁讲个故事吧!哈哈,毕竟不是下苦力的人,好多重活、苦活,虽然简单,咱干不动,比如说抬钢筋、背水泥。而技术活儿,垒墙砌砖,咱又干不来。讲故事倒不错,读了那么多书,总算有了用武之地。咱想了想,去买了《故事会》《传奇》之类杂志翻看,等大伙晚上休息,便开讲。还别说,真有效果,连工头老叔也来听。

元旦一过,工头老叔找到咱,说:"说话间要过年,甲方,哦,就是给人家干活的那个老板,拖欠咱一年工资,找了几次,都说没钱给。恁去吧,能把咱的钱要回,是恁今年最大的功劳。"

咱的脸立马庄严起来,"保证要回!"这样说,咱觉得没啥问题。只有此刻咱才找到真正工作的感觉,内心有些小激动。恁想想,大伙对咱这么好,终于能以这种方式报答。何况这成了咱的工作,咱如果这次做得好,以后可以每月要一回,咱们的工资可不也像城里上班的人那样固定每月几号发啦?唉,没几天,咋又把自个定位成了农民?真是屁股决定脑袋。人这一生,有时想起都可怜,难道咱现在不是在城里上班?在城里上班人跟人咋可能一样样儿?

回头说这欠的钱,找恁要,不就是讲个理的事嘛!读过大学,看了多少书,用咱爹哩话,多喝了那些年的墨水,讲道理还有啥不行哩,欠债还钱天经地义。更何况,从人性角度说,人家干了一年,每月平时只给几十块钱生活费,现在总要让大家伙回家过个好年吧!谁没有爹娘儿女,农民在外打工,是家里的主要经济支柱。过年回家带的工资不仅关系到过年,更关系到年后娃娃们的学费,家里的吃穿、柴米油盐。何况咱们的圣人孔子这么说,孟子那么说来着。躺在工棚里,咱想了个那样充分、那样盎然。但咱永远不曾设想,咱做的所有充分的要钱准备和说辞,在遇到往常还说笑过、言语和气,甚至见了工人不笑不说话的老板冯峻时,被改变了,被彻彻底底地改变啦!

冯老板一见咱便说，"又有啥好段子？"瞧，他不说故事，一直把咱讲的故事说成是段子。还是那个笑，白胖的脸上一笑便生出纹络，不笑绷得紧紧的，显得光滑油亮，像咱家里逢红白喜事请的厨子。

咱说，故事有可多，不过，这次来找冯总是想把咱们工资早点结一下，说话间，个把来月要过年。咱想着，下来该引用孔子、孟子，甚至卢梭的契约论……冯老板没让咱继续说白，长叹一声，"唉，小老乡啊，大学生兄弟，你以为我不想早点给你们钱？我巴不得月月给你们发钱，天天给你们撒银子，上午晚上给大家分金锭。可我没钱，现在账上一分钱都没，还欠一屁股烂账。我也急着找甲方要钱。"

冯老板哭穷，说不是不发，是建筑方没给他钱。当初给的钱都用来买建筑材料，那哪能够？自己公司还贷款，他个人也借款，现在都砸在这工地，这是垫资干活。现在屁股后面一堆子催讨的，可别人欠他的一时半时也拿不回来，找人家要，寻死寻活的，只说给但还是没拿到。欠钱的都是大爷，当初说的都可好，真要是用钱时，人家就掐你的脖子。他如今都快急疯了，不信瞧瞧，口舌生疮，都是急得上火。

咱这才瞧到他的嘴疮，燎泡小颗粒散落在唇上嘴角。心说，还不是吃出的积食，消化不良！咱接下来晓之以理，明以大义。谁知他说话转起轱辘，说来说去，就是没钱给。转了几个圈，还是那几句话，咱准备的说词在他的转圈中，绕来绕去自个都绕晕了，词也说白乱了套。突然才明白古人云，秀才遇到兵。

他也不撵咱走，咱说白一句，他回一句，好像跟咱说白也是个乐趣，逗着玩。咱突然在没有任何准备下冒出那句气不打一处来的话，"恁没钱，没钱？还天天西装革履、名烟豪车？天天喝得酒气熏天，带着美女招摇过市（据说那几个美女是他的秘书和财务人员，还有公关，谁信哩）……"

这算捅了马蜂窝。冯老板也不坐在像张床似的老板台后说车轱辘话了，冲着咱一通机关炮："怎么了，怎么了？难道让我也穿得破衣烂袜,像农民工去跟别人谈工程,找活儿干?我带美女怎么了,那都是公司的工作人员,有什么不能带的?带了又怎么了?不是美女们,你能在这儿跟我说话?不是美女们,能有那个干活的工地?你在哪儿还不知道呢?难道……"

他一高声呐喊,像演说家聚众宣讲一般,咱马上明白不该点这炮。于是,很快截断他的话头,自个也退一步近似乞求:"能不能先给一部分,让大伙也抽空提前置办些东西。要不然,大年跟前,来不及啊!"

冯老板正要大讲一番的话头被咱截住,胖脸还鼓鼓的,道:"没有,没有,真的没有,有的话,早给了!你们那点钱加一起,才多少?现在主要是对方没给我一分钱,如果给了,立即先给你们,这行吧!"有了最后这句话,咱心里还是有些舒坦。毕竟人家也难嘛,没钱,也不是不给。再说,还有一个多月,真的有了钱,首先给咱结了。

回到工地,大伙停下手头的活计把咱围拢起来。一听咱如此说,扁担开骂起来,他八辈祖宗,老是这话,都他姥姥的没啥变化。望着大伙由希望变得失望的目光,而且瞬间把咱身边的包围圈撤散,咱才明白,啥是羞愧难当。

咱知道被冯老板愚弄了。扁担的话让咱清楚了,其实,恁准备再充分,对方都是那种以不变应万变的说白。咱没有退路,决定无论如何也要为大伙讨回工资,哪怕是给一点,否则半点颜面都没啦。咱甚至想过,如果咱自个儿有钱,哪怕拿出来也要先给大伙以换回自个儿的颜面。在工地两个多月,大伙对咱尊重,不就是盼着咱最后能帮他们要回工钱,因为咱的存在,或许跟往年不同。因为咱是文化人,大专生,肯定不会像他们那样笨嘴拙舌,对付对方的无赖一无所能。谁想到,咱跟他们一样样儿。他们对咱的失望可想而知。于是,咱不得不向大家伙表示:放心,放一百个心、一万个心,恁们只管干活,把心搁自个肚子哩,咱一定要把钱要回来!说这话时,咱的心里是那种斩钉截铁的钢梆硬。

接下来的日子,咱三番五次去找冯老板。恁不是想耗吗?不就是抗日持久战吗？咱没啥事，工头给咱的任务就是要钱。而恁还有许多事要做，接见咱不过是恁繁忙而重要的工作之外的一种负担。一旦咱真的让恁觉得是负担。恁肯定需要解决。那么，至少恁应该先付给咱一部分，至少可以暂时解决这种被咱不断围追堵截骚扰接连的困局。这不，咱给自个儿制定了相应的策略，无论对方咋急，咱不能急。惹急了他，也是咱的目的之一。就是要让他天天因为看到咱而生气，而急眼，最后不得不把咱的问题当作一个必须解决的燃眉之急，提到解决日程上来。咱脑海里好像突然出现了啥来着，中学历史课本上那个带着大家吃红米饭喝南瓜汤的毛委员，提出的反围剿游击战术那几字方针。看咱不扰死恁个冯老板！

令咱始料未及的是，在咱的一再追击下，冯老板很快适应了咱的存在，好像咱哪天不见他，才真不舒服。再后来咱的出现，他干脆熟视无睹。看到咱，也不打招呼，咱说啥，他充耳不闻，当咱空气一样样儿，在他面前跟没在一样样儿，人家该弄啥还弄啥。比方说，打电话对别人打情骂俏，或约朋友吃饭，或谈年后哪块地的工程项目，好像根本不避着咱。有时跟老婆或闺女在电话里大秀恩爱，惹得咱眼里、心里酸酸的。这么这么，咱在消磨中，咬着牙，铁了心，要把自个设想锤炼得更理性、更有耐心，加上韧性。脑海还出现了那句啥，对哩，泰山崩于眼前而不变色……

咱们都没法预知下一分钟咱们的生活能发生些啥。如果知道，是可能不让它发生？也未必见得，虽然日子没法倒流回去让咱重来一次，实际上，真的可以倒着跑回去重来，咱以为，该发生的、能发生的仍然要发生。

可惜的是，咱无论如何修炼和自我告诫，都没法子跟对方相比。事至以后，一天接一天，是咱先沉不住气。咱每天毕竟要回去面对一排排如子弹般的目光，而冯老板对付咱的招数也就是无赖，俩字，没钱。当咱觉得他成了真真正正的无赖时，咱知道，与他的较量，咱已经输掉了。

如果咱是孤军作战，咱相信，一定会把他一点点蚕食。可咱背后的力量不是支撑，是一种对咱能量的削弱。每每结束一天与冯老板的抗衡，咱走回工棚的路上，立刻能感受到一种对大伙的愧疚。他们比咱还心焦。咱虽然两眼冒火，却真的对冯老板束手无策。无为之策，显然不是长久之法。咋办？恁说咋办？咱能等得起，大伙也等得起吗？起初咱回去，他们还热切地渴望地围拢了咱，问当天的战况。有些人给咱倒水或递烟（说白一下，咱是讨钱的过程中开始吸上烟，一吸就喜欢了这个以前很烦的东西）。再后来，大家伙似乎对咱的回来也不那么热乎，说明都猜到咱的结果。当咱在他们脸上找不到信任和焦渴的表情时，觉得自个儿羞愧至极。这不明摆着吗？人家一堆人养着咱吃白饭？咱本来是他们千日养兵，用兵一时哩，可养是养来，关键时候不管用。唉，恁说咱该咋办？

冯　峻

瞧我爸给我起这名字，就知道我的生命中将不断遭遇严峻时刻。他是希望我每每面临严峻，能创造奇崛，甚至化腐朽为神奇，但我们谁不希望自己的生活平安顺利？读小说看电影，曲折悲喜，或大起大落起承转合，那是舞台，是戏，是供别人欣赏的。真正轮到自己，估计没有谁愿意天天瞎折腾。再有精力和能力，谁能自找麻烦像电影里那些人一样折腾，比如《真实的谎言》，或是《史密斯夫妇》。

虽然严峻在我生活中时有发生，但每次遇到严峻，我还是严阵以待大意不得。比如现如今，我再次身处险象环生的严峻时刻，怎样从地产商那里要回工程款，实在是件费脑子的事。还有二十来天要过年，国家不让拖欠民工的工资，报纸电视凑热闹，一会这儿一会那儿地曝光欠薪的报道。谁愿意欠钱啊？这不，手里没呀！何况不少单位也要趁节前打发，明年的工程还需在这个节日气氛下找人打点……不一而足，都集中在一个字：钱！而钱现在也成了我最难缠的严峻。

工地上干活的民工眼看要回家过年，钱自然是急。那小白脸大生天天来，还有另一个工地那高个黑塔样的汉子也天天来，都是工头指派来要钱的。唉，就连那个做饭的女人也不做饭了，肩负起他们工程队要钱的使命……几拨要钱的，我自己也弄不清，有时还以为是一拨人不同批次前来。但我没钱，真的没钱。谁不明白，过年是国人最重要的节日，谁不归心似箭？我也是人，再狠也不能狼心狗肺到这地步。但我真的没有钱，现在恨不能把自己变成钱。瞧外边那些人，说有钱的，手里都没钱。钱哪儿去了？说不清。平民百姓还有点积蓄存款搁银行里，我们哪有存款啊，都扔工程里了，而且还要找银行或投资公司拆借、贷款。总之，从成为有钱人开始，一下子变成了穷人。穷的只是在花钱，却总缺钱。花钱也不见钱，谁发明了卡，刷来刷去的。

真是一家不知一家愁，白天不懂夜的黑。两眼一瞪只说我天天往高级酒店里山吃海喝，其实，早不想吃那些，早吃够了，甚至吃怕了。但没办法，吃饭虽然不能给我带来多少快感，却成了我的主要生活或工作方式之一。吃饭已不是享受美味，而是有事，满脑子有事，要说事，要谈事，要办事，有些事还需要很费劲才能说出来，得动脑筋、伤脑筋，绞尽脑汁，费周折，只欠肝脑涂地。一句说不对，那顿饭便可能白请了。现在谁不清楚，被请的人谁缺饭局？能去吃你的，是给你面子。比如说，现在要工程款吧，就不得不一次次请吃饭。人这种动物，奇了个怪，天天饭局都吃烦了吃腻了，办事说事还是需要请吃饭。虽然他的饭局多得跑不过来，还是乐此不疲，有时一晚上换几个局子，以此显示自己受到的尊重，自己是多么重要。有的人刚一落座便一再唠叨，是推了多少饭局才来的，你请到人家是你捡了多大的便宜。只有人家来了，才有机会说事。于是，准备好了在吃饭喝酒恰到好处时说出来，那个哪笔哪笔款项，结一点点！对方常常一笑，很爽朗地说："喝喝喝，你喝多少，就结多少。"唉，唉，唉！那么贵的酒，白开水似的一闷一大杯，或是担心自己喝醉了说不成事，还要不时去洗手间双指抵了舌根吐出来。那哪是酒，都是钱，都是自己的血汗，心疼啊，可不得不喝！有时喝得都忘了为什么请对方，只是喝喝喝，一醉到明天，才醒悟，坏了，昨天说的事忘敲死了。唉！后悔得一拍脑瓜,再请呗!还能怎么样?更可恶的是,有时不管怎么喝,对方还是不给面子,突然来一句,"你要是再说事,我就走人,饭也不吃了。"你瞧瞧,林子大了什么飞禽都有,天下有白吃的午餐吗?

平时不少打点,逢年过节你敢忘了谁?但到关键时刻,人家哪记得你曾送过什么,好钢要使在刀刃上不是?要办具体事,现打现送,不赊账,拿过路钱吧!送的人多了去,能收你的,说明对你信任,跟你关系不错,对你有交情。如果不是平时维持的关系,现打现送,哪送得出去?别人还以为你设了套,让人家往洞里钻、坑里跳。难怪小说《盖碗儿》写道:一个官员收礼担心对方录音,假装大发雷霆,把对方伸来的手中纸袋一掌拍落在地,高喊:"干吗?你给我出去?"一边抬脚把纸袋踢到沙发下面。送礼人夹着尾巴跑出来,一头冷汗,突然一看自己的空手,才明白,礼送出去了……

所以啊,说是当老板,现在想想,不就是个吃饭的老板,除了陪人吃饭,还是陪人吃饭。有些工地自拿下工程到交工,老板一次都没去过,你信?不管你信不信,我信了。这话铁道部的发言人说得没错。你没经历过的事多了去,你不信是你的事。

说什么,你说什么?本来快过年了,大家心情都可能激动,兴奋啊、高兴啊什么的,我的脸不能扯成苦瓜?唉,你以为我想苦瓜?大伙平日说我笑面佛,整天笑挂脸上,这些天想笑都笑不出,尤其吃饭时,笑都可以不训练很专业地挂成脸谱,凝结在脸上,没有动态,没有变化。

终于知道了儿时家长说的那句话,过年就是过难啊!我不豪车,不大吃大喝,怎可能要来钱?现在这帮王八孙子,哪个不是大爷,你敢越过谁?稍有招呼不到,拉倒吧,人家不给你使绊子才怪!你以为我爱吃鲍鱼?我其实从骨子里还是农民,几天不吃红薯叶、芝麻叶蒸面,都难受。从情感上已成依赖,一旦在家吃饭,肯定鼓捣这些。不少人以为我装蒜瓣,也不想想,在家,在自己家里还用装?虽然小时候吃得见了就反胃酸,如今有几天在家不吃还想得慌。一是胃适应了,二是要时时警醒自己,能有今天是多么不易。一块砖垒一块砖,一分钱攒一分钱,一滴汗浸一滴汗,积土成山,风雨兴焉。有时瞧着西装革履不是?一没旁人,我会瞬间把领带扯下来,那玩意勒着脖子,闷憋得慌。皮鞋?那可是我儿时的梦啊,当年看见别人穿皮鞋,做梦都想长大了天天穿,夜里睡觉都不脱。实际上,现在除了外出,在家只穿呱嗒板儿。噢,你可能不懂,呱嗒板儿就是那种木头做的拖鞋,前脚掌有一条两公分宽的横带子。脚不是臭嘛,一穿这,什么事儿准没。你不知,穿皮鞋,再高级的皮鞋,我的脚都起茧子,两脚侧的皮磨得一层层坚硬老厚,有时需割几刀。你说这什么毛病?

说到底,我现在还是生活在水深火不热的夹缝,这边看是穷人,那边看天天山吃海喝像富翁。其实,我也是个高级打工仔,不就一个包工头吗?在民工眼里是老板,这边朝工程方要不来钱,那边是民工追讨工薪,个个见了我眼红得恨不能喷出血。

你说,这是日子?汉堡似的两片面包夹一心肉。这是什么日子?但我能怎么样,也不能不如此。

越是临近过年,越是急着用钱,越是没钱。就连销售工程材料的厂家,也开始要现钱,不给钱不发货。总不能让工程半拉子停下!如果因为停工耽误工期,到时罚的款,谁受得了?何况真要这样,除非你不想在这行当做了。有了这种记录,像信用卡透支逾期准上黑名单,影响了信誉,以后谁还敢给你工程做?江湖上看似天下大乱,实际上各行各业都有自己的门门道道,明规矩和暗路数。危难之中方显英雄本色,沧海横流又怎么样呢?东凑西借无论如何也必须维持工程正常运转,同时因为春节要休息,还得加工加点。

我没有钱,真的没有钱。找工程方,给他们送钱的目的是要钱。拖欠我的钱,到现在应该正常还我,却需要一次次去送钱。送的少了,瞧不上眼,多了现在实在拿不出。从他们应该付我的款项中留出一部分给他们过年,不就行了吗?人家哪干啊?还教训你,说,你这是干吗?啊?你这是干吗?我怎么能吃回扣?啊?我是国家干部,这种事能干吗?啊?

都火烧屁股,火箭已点火冲天,对方还装得如此正经,风雨不动安如山啊！你有什么办法？一帮龟孙子，王八羔子，兔崽子，奶奶的腿，姥姥的三寸金莲……不都是以为我最有钱吗？其实，我就是张空皮！现在讲究资本运作。一资本，一运作，人便成了空头。嘴里跑马似的多少多少万，对我来说就是个数字，一签字，一张纸浮云般飘过。资本难道就是这？只有民工手里，也就是资本运作的最终端，才是现金。我突然意识到，自己好久没拿过大把大把的人民币了，除了卡，一张张这家银行那家银行的金卡、银卡，或酒店、洗浴中心、歌厅的会员卡、充值卡、VIP卡等等，人民币现在用的是1980版、1985版，抑或1990版，或什么新版，都快忘到九霄云外。

　　说起来，你不信。有时找他们要工程款，只差给他们跪下，痛哭流涕，甚至真的想过，像民工一样高喉咙大嗓门大吵大闹，放纵一次、撒回子野。大吼咆哮，不做了，说什么也不做了，何必受这窝囊气？如果关系一闹僵，发了火，自己一时心里通泰，舒服了，下来如何？不正像对方提醒你那样，真的不想干了，啊？你到底还想干不想干？不干，走开！有的是人干，找两条腿的动物不多，两条腿的人多得很。你看一块两公分的石头从天上落下，还不砸着三五个？也不瞧瞧现在什么时代，缺钱，缺良心，就没听说过哪儿缺人。

　　是啊，不干了干什么？不干了，他们欠的钱不是更没个谱？这像被套的股票，准确地说像是赌博，像沼泽，陷进去，再想出来，难不死你。唉，只能一边找他们要钱，一边躲民工讨薪。再过三两天便是腊月二十三过小年了，现在几路民工不仅罢工的念头火苗般乱窜，打我的想法更是蓄势待发，箭在弦上。再不躲，弄不好哪天要挨这帮兔崽子文盲的老拳。那肯定划不来，好汉不吃眼前亏。再说，欠人家账，说得理直气壮，实际上还是心虚。躲吧，一边自躲，一边还要找工程方要钱，你瞧我这老板当的，躲得那个辛苦，心下自知，一言难尽。有家不能回，一连几天吃方便面、喝纯净水。当然不能总躲在酒店里，有时还躲在别人工地。晚上做梦都在要钱……喝得差不多了，你肚里已没有多少容量，对方突然出了撒手锏，你喝，再喝一杯，给你一万块。什么话，不说还你，而说给你，好像你不是在要自己的钱，而是对方给你他的钱。当然，这时酒都喝嗓子眼了，举个车将着军再喝，哪还是助兴？又不得不先把自己喝翻以示诚意……回想起来，半夜突然从梦中惊醒，一身虚汗。

冯晓霓

爸爸哎爸爸，每年我生日你总不在家。今年我都八岁了哎，如果再不跟我一起过，我一定要对你噘嘴，一定要给你点 face 瞧瞧，哪有不给自己的宝贝一起过她的生日的爸爸呢？你再回家，不让你抱，不亲你，不摸你的胡子。还有，不给你开我小屋的门，你使劲敲也不开。你信不？

嘿嘿，还是爸爸回来好，我们可以与妈妈一起去吃麦当劳、哈根达斯。我最爱吃比萨，妈妈不喜欢吃，每次吃的时候总爱往我盘子里夹，还给爸爸夹。妈妈不吃，我跟爸爸也能把一个九寸比萨吃光光。哎，不能想啊，一想好馋猫，要流口水。嘿嘿，不知羞哎，自个儿笑自个儿吧！

最近听妈妈爸爸通电话，好像说是躲别人。我晕，爸爸不是出差了吗？怎么还躲别人？问妈妈，她说，爸爸跟我们开玩笑，躲猫猫，他总是想在我们毫不防备的时候，出其不意，出现在我们面前。末了，常常这样问：那是为什么？嘿嘿，给我们惊喜呗！这还不知道。我每次这样回答，妈妈都会轻轻地摸摸我的头，然后刮我一个小鼻子说，小霓子好棒哎，连这都明白！接下来，她准会说，爸爸回来当然还会给小霓子带来好多、好多、好多、好多的好吃的，还有漂亮衣服，还有"当当当……当……"是什么？鞋！每次妈妈这样强调时都要用"当当当……当……"作为伴奏音乐。妈妈知道我最喜欢新鞋，爸爸每次回来肯定给我买新鞋。我肯定不例外地立即换上，站在床上跳来蹦去。有时鞋码小也不情愿脱下，妈妈便强行抓住我的脚，她担心憋疼我；如果鞋码大的话，我更不脱，就让鞋子像小船一样呗，我跳舞，我唱歌，欢迎爸爸的回来，也庆祝我的新鞋。穿着新鞋，多美气呀。我们家我自个儿有鞋柜，里面的鞋好多好多，有些穿不了几次就小啦，都不再穿。爸爸说是我长得快，他会赶紧再给我买新的。爸爸也喜欢我穿上新鞋臭美！

我班没几个可以跟我比新鞋的同学。我只要换了新鞋去，他们准说，你爸爸又回来啦？瞧，都是精猴子！班里不少同学的鞋实在太一般，像慧慧吧，有时穿的鞋都破了，还补呢，好丑啊！我问她，难道你爸爸不给你买漂亮鞋？跟慧慧一样，不少同学的回答都是，是妈妈买的。

哦，爸爸与妈妈的眼光明显有些差异啊！不过，班里也只有慧慧穿得不好。对了，她爸爸被抓进了监狱，妈妈是捡破烂的！要不，她也不能穿那么丑。

我们家呀，我一般要什么爸爸妈妈都会给我买的。他们对我的要求很简单，就是好好学习，成绩考得高高的。当然，聪明无敌的冯晓霓同学什么时候让他们失望过？从上幼儿园起，考试排名就没有当过老三。嘿嘿，得意吧！当然也不可能是第二以后。准确地说，一般是第一，特别情况是第二。

叔叔阿姨见我，总喜欢问我的理想。吼吼吼，什么理想不理想，没理那么多想。长大干什么？烦人不，我还是个小孩子嘛，就不想这个问题啦！长大有什么好啊，天天很忙，爸爸跟妈妈一忙，家里只剩我自个儿。当然想过快点长大，长大了就不用自个儿在家，可以自个儿出去找小朋友玩，不用像现在小孩子出门，怕别人把我骗跑。爸爸妈妈常对我说："不能跟陌生人说话，不能跟陌生人走，更不能吃陌生人给的东西。"要是长大了，当然不怕陌生人了。可是，可是，我有时还是不想长大，大人天天好忙，忙得都没有时间在家。家里多好啊，写完作业，可以看电视、上网打游戏……

嗯，要是让我长大，那就当老师吧！能管可多同学，尤其是小豆子。他总欺负女生，到时候，我要罚他站！让他背很长很长的课文。他肯定背不过，嗯，罚他替女生打扫卫生。哈哈……可是、可是小豆子也长大了怎么办呢？

我自个儿在家，好没意思哎，抱着洋娃娃说半天话，她也不理我。看动画片吧，都那么短，一会儿就演完了。电视里好多大人的电视，可是，可是，好像大人的电视总是这个跑来那个跑，那个跟这个吵啊哭的，搞不明白在干什么？有时还亲嘴呢，那么大的人亲嘴，还是男的跟女的，不害羞！大人们亲嘴亲得在床上翻着打架，打得喘大气。搞不明白，好像又不是打架。一般演到这里，妈妈就不让我看了，说，小霓子该睡觉啦，或是说别的怎么怎么样。我知道，她是想不让我看大人在床上打架。这时候，她一说，我的双眼便转移到她的脸上和嘴上，妈妈的脸好好看！

有时我也不想写作业，为了爸爸和妈妈高兴，要坚持写。写得认真，写得整齐，写得正确，写得优秀，要老师表扬，要得小红花、五角星，不像班里的曹文瑞——大家都叫他草包啊。哈哈，是他外号。草包吧，作业总是写不好，得不了小红花，他竟然自个儿到学校门口小卖店买小红花，给自个儿作业本上贴。不知羞，老师不表扬，哪有自个儿表扬自个儿的？真是个草包！妈妈严厉批评我，不许给同学起外号。这个外号哪是我起的，谁让他姓曹？同学们都这样叫他，他还喜滋滋地答应。哈哈哈，笑死人啦！

你们看上面这些话，时间肯定不是静止的。我现在都坐上了爸爸的大奔。也不想想，爸爸前些天早答应了我，在我生日的时候，哪怕他在国外、在月球，就算在火星、天王星、冥王星，也要赶回来跟我一起过。我都八岁了，八岁啊！我好期待、好期待，盼月亮、盼星星。哈哈，这不是我说的，是听电视里一个叔叔说的，我跟着学呗！爸爸当然回来啦，昨晚都回来啦，只是我睡了不知道。今天一大早醒来一睁眼看到爸爸，再去翻找，当然是我喜欢的礼物了。他怎么能没给我买新鞋？爸爸说，立刻，迅速，马上，即刻带我的千金宝贝宝贝宝贝宝宝贝去商场买新鞋、新衣服，庆祝宝贝宝贝宝宝贝的生日。耶！好幸福哎！爸爸还说，要给我买上次在街上看到别的小朋友手里那种洋娃娃，一摸耳朵，还会唱歌，好好玩的噢！

妈妈说，她要在家里给我们准备好吃的。现在爸爸的车开得超快，却平静得像在无风的水上行舟。嘿嘿，这句话当然也不是我说的，幼儿园老师说的，有一次她在朗读，我便记了下来。后来的一次作业，我以此造句，老师还表扬了我，当然是在全班同学的面前。同学们都给我鼓掌,好热烈。小豆子的俩眼瞪得真像两粒豆子,老师读我的造句时,我高兴得心里像吃了蜜。啊,哈,到底什么是蜜呢?我也说不清楚。反正大人都这么说,我跟着学呗!反正说话是为了你我都听懂呗!大人说的,我们小孩子学,总没错吧!

商场一

一气之下炒了所长鱿鱼的董震欧,觉得自己应该度过一个久违的自由散漫的上午,是那种无拘无束,想怎么样就怎么样的。

北京时间十点,商场内的时钟在音乐声中愉快地报时。

董震欧还在吃香喷喷的爆米花,此时耳机里传来的《江南Style》,让他有种一边吃一边想站起来跳骑马舞的冲动。不过,他忍住了,即使不当警察,在这样的商场突然骑起马来,显然也不是他的做人风格。

俯瞰一楼大厅里人来人往,董震欧心想,平时上班,没想到不是周六周日,商场还有这么多人,都是些什么人在逛商场?他们不上班?如果不上班,拿什么购物?

商场里女性肯定要比男性多,美女自然居多。五楼顾客明显少些,毕竟是卖儿童衣服玩具之类,一大早来给孩子买东西的能是些什么人?三楼淑女衣柜、四楼男人世界,闲荡的人不少。无论什么时候,一楼超市的人都最多,热火朝天的。二楼家电的来往行人不太多,瞧那些售货小姐眼盯手机,谁把她身边的彩电、冰箱搬走可能都不会察觉到。谁好像说过,世界上最远的两颗心是,彼此坐在一起,各玩各的手机。

除了俯瞰,董震欧也平视同楼层,绕着天井的一圈栏杆附近,也有如他坐在椅子上休息的男女。估计也如他,没事可做,在消磨时间?正对面还有个男子端着相机在拍什么,不会是拍我吧?

离开派出所不到两个小时,他越发觉得不做警察真好。首先不用衣着那么正经,坐有坐姿,站有站相。瞧他现在,完全可以不考虑任何外在因素，戴着耳机，坐在椅子上，跷起二郎腿，随着音乐节奏摇头晃脑，甚至右手似握了双节棍右甩左劈。我劈，我甩，我甩，我劈，吼吼哈嘿……一个马步向前一记左勾拳右勾拳，一句惹毛的人有危险……快使用双节儿棍，吼吼哈嘿……快使用双节儿棍，吼吼哈嘿……

商场二

邹晓亮一边连续按下相机快门，一边盘算，等周六单位人少时再去办公室收拾东西，否则，别人问起，被辞退总有些伤面子。

隔着天井栏杆，对准一个戴耳机晃来摇去的小青年"咔咔咔"一通连拍。瞧人家多么休闲，上班时间不用去上班，还可以在这里听音乐，吃爆米花，说不定还在想 Style 骑马吧？说什么迷惘的一代、垮掉的一代，现如今能生活成自我，就让人羡慕。真是人比人气死人，不比也罢。

当个记者有什么好的？天天那么辛苦那么忙，起得比鸡早，睡得比贼晚，吃的是一会儿天上、一会儿人间。可不是吗？如果采访时别人接待，你便一副贵宾上座的架势，一桌人围着你，领导长领导短。明知你只是个一般记者，还是称呼你主任或总编。要先给你敬酒，先让你吃鱼。服务小姐自然善于察言观色，知道上菜时鱼头应该对着谁，然后把酒壶和杯子端到你面前：鱼头一对大福大贵、好事成双、三星高照、步步高升，还有四季发财、事事如意、五谷丰登、五福临门、六六大顺、一顺百顺，直到天长地久、地久天长、十全十美、好事连连之类说辞，不就是劝你多喝几杯，嘴里像鲜花盛开，或者伸出一只小手，专挠你的痒痒处。人不都这熊样？明知一切是假的，还是很享受，就算是片刻。正宛若炫目灯光下的舞台，一会儿王子，一会儿贫儿。灯光一黑，什么样的演员回到人间烟火，不也要吃喝拉撒？再光鲜的记者，多数时候身处的还是人间烟火，在单位干活时，即使不顿顿方便面，也离不了叫快餐或面对盒饭。谁发明的这家伙？天天如此，想起来都作呕。一旦工作起来哪有时间哪有个点？不吃这些吃什么？同龄人，别人为何在我要忙于工作时能如此潇洒自若？

人间太不公平。上帝真是最大的骗子，让人生下来就不平等，然后还要去追求平等，累不累？要不，怎么那个谁说过，有的人生在山脚下，穷其一生也爬不到山顶；有的人生下来在山巅，站起来便是巨人。

唉，还是要有个好爹妈啊！瞧那对儿父女，那男人肯定是个有钱的主，穿那皮衣，一看价格不菲，女儿打扮得像一个小公主。童年时读《白雪公主》，这么说来，这不是白雪公主是什么？她爸爸那么有钱的一个老板，像女儿的仆人，大包小包拎着，眼看双手都快提不住了。女儿走在前面，趾高气扬，爸爸这个跟班，喜笑颜开。是啊，谁给自己宝贝女儿花钱不开心？唉，这，这，这，这不是又造就一个富二代？

邹晓亮对准富二代连连按压快门。且慢，他觉得拍最后一张时好像镜头里大摇大摆前行的小姑娘被人抱住了，富二代的表情很是异样惊骇。他一纳闷，抬头向对面望去，隔着天井，听不清声音，但能看到富二代在别人怀里伸胳膊踢腿地挣扎，显然不是遇到亲人或故友。那紧抱富二代的人，好像跟富二代父亲发生了争执！

急忙把目光收回相机取景器，邹晓亮通过长焦镜头仔细观察。吵架了，好啊好啊，吵起来了，还很激烈。有戏，有戏，一吵架，说不定他能拍出什么新闻来。什么是新闻，变动产生新闻，刚才还有序的商场因为他们的吵架便产生了新闻。如果富二代不是现在爸爸亲生的，如果现在抱起她的才是她的亲爸爸，那更是新闻了。如果，如果……当然如果现场只有他一人拍摄的话，不就成了"独家新闻"？目前看来，当然是独家。还能有谁这么巧也镜头对准前面发生的状况？肯定只有他邹晓亮一个。那句话怎么说呢？运气来了，挡都挡不住。

邹晓亮半秒也不敢放松，右手食指压着快门，咔嚓咔嚓咔嚓……

商场三

  已经有十多天没找到冯老板，二黄外出返回工地，本想给大伙解释解释，找不到人哪！这咋办？可没人再围着他问情况，连扁担也不再打问。他急急地想说白，扁担却截住他的话头说，快去吃饭，灶上给恁还留着哩，一会儿冷啦！他默默地低着头去，刘师傅给他留的饭用笼布盖着，放在蒸馍的大面案的一角……
  一天天一次次扑空，二黄的头发都要直立行走了。这种连续多天的焦灼日子被打破，是因为他今天收到有关冯老板的准信儿。这信儿不是天空掉馅饼砸他头上的，是他花钱买了一盒烟，外加预支了如果要到款再买两盒烟，把冯老板家附近的清洁工变成他的另一双眼睛。
  二黄赶到美美商场，从天井步梯一层一层走上来，这样方便随时发现要找的人。他当然担心自己上步梯，恰巧对方正乘电梯，可能错过，或是自己只是为了快，大眼扫过却漏掉目标。
  老天爷耶！好恁个冯老板，恁个冯无赖，让恁藏，让恁躲？二黄刚上五楼，迎面正是要找的人。
  二黄呼吸急促，血脉贲张，整个头部轰地一炸，完全有可能冲过去像人们说的那样儿，狠狠地，恨不能掐死这可恨的家伙。正在心里像被啥吸引着要向前飞，甚至跃跃腾空的一刹那，他告诫自己，要淡定，要理智，冲动是魔鬼，不能把事情搞砸，不要激动，千万不要激动。掐死了他，大伙忙活一年不都白泡汤啦！虽然自个儿的面子在一次次遭遇中扫地落泥，自信也一次次遭到前所未有的打击，但他相信或者说有预感，他肯定能要到钱……唉，啥事？学校里学的那么多礼义廉耻、忠信诚义，却如此软弱无力。恁给他讲义，讲信，讲仁，他给恁耍流氓、玩无赖。连秀才遇着兵的关系都不能算，整个是杨志遇到牛二，不动刀也得动刀！停留着飞跃前的姿势，二黄想起一句话：对付流氓，恁要比他更流氓；对付无赖，恁要比他更无赖。于是，他对自个儿说，那咱也要个流氓给他瞧瞧，先礼后兵，一句话，今天不给钱，别想离开此地半步。

一个活泼的小丫头迎面蹦蹦跳跳过来，二黄顺势蹲下张开双臂。很快他看到，小丫头身后的冯老板那张变形的脸，还有脸上狮子般咧得接近耳朵的嘴……

董震欧有话说

我没有离开，不是等着你们来采访，是等来处理的人，在等警察。我明白这个辖区归我们派出所管，我的同事接到110指令很快会来到现场。

我再次声明，在此等待，是因为我是当事人。你们一会儿一家报社，一家电视台，还有广播电台、网站。天哪天哪天哪，一会儿戳在我面前的是麦克风，一会儿是录音机、摄像机。我简直要崩溃了……

这么个事，反反复复说了几十遍。你们不累，我还累呢！不要拍了，行不行？求你们，算我求你们了！

所长，我不是什么英雄，也没给警察争光什么的。我当时只是在听音乐，事情发生得太突然。而且突然发生的那一刻，我只是在听音乐，只是起身想离开那里。你明白吗？所长！！！

是的是的，我确实看到身边一个男人抱着挣扎的孩子，好像跟另一个男人争吵。我当时戴着耳机，音乐声放得很大，我根本不知道他们在做什么，他们的表情明显在吵架。本来我今天情绪很好，心情好好地听音乐，想自由自由，放松放松，终于可以不做警察了，本来就不想做。意外的，他们的吵架很破坏我的情绪，便决定离开，你们吵你们的，我换个地方还不行吗？我千真万确没看见那抱孩子的青年拿把刀。你想想，我在他右侧，是他抱孩子的右臂一侧，你们说他左手持刀，我根本看不到。你们既然听那个清洁工阿姨说的，你们听她的好了。我真的没看见那刀，自然不知道是不是家用水果刀，也不知道刀从哪里来的，更不知道是不是因为那刀架在孩子脖子上，她才大哭，眼泪哗哗地流，像水一样淌。其实我也不知道她是否在哭，我只瞥了一眼她的小身体在那青年怀里尽力挣扎。

真的真的真的，我当时根本不明白是怎么回事，也不想弄明白怎么回事，也不想管闲事，我只是想起身换个地方。

其实吧，我的好心情在他们争吵前已有些破坏。应该是你们采访的那个清洁工阿姨吧，她拖地拖到我面前，好像我不该坐那么久似的。她的目光很不友好，我才发现自己吃光的爆米花纸桶纷纷掉地下了，还有用过的揉成团儿的餐巾纸。我明白她误会了，以为我故意丢的。因为戴着耳机听音乐，我看到她的嘴在蠕动说些什么，不听也明白是些指责的话。我向她说对不起我不是故意的。但她仍不依不饶，用拖布把我脚下方圆之地拖了一遍又一遍，满地湿漉漉的，明摆着想赶我快点离开。真的真的真的，我的心情从那一刻便被破坏了。没过两分钟，扭头发现身边这些人吵架。你说烦不烦？我走还不行吗？换个楼层，甚至离开商场拉倒！

真的真的真的，我当时就是这样想的，其他没多想，也顾不上想。人们平常做事，谁能提前想那么多。你要过马路，要上楼梯，还要有什么想法，然后再过、再上吗？有些动作只是我们的无意识，毫无准备。起身前，我特意看了一下表，十点过七分！没想到，起身时，我脚下打了滑——都怪那个清洁工阿姨吧！我的打滑使我的身体冲撞向身边那个抱孩子的人。我眼看着，他退了两步撞到齐臀的栏杆，然后倒翻身子，消失了……

我傻了眼。天哪，天哪，天哪，怎么会这样？

另外，我还是要强调，是我身体腾空砸向那青年，不是扑过去的。但我看得很清楚，即使在这样的意外发生时，那青年仍然反方向猛推一把那孩子，否则小姑娘肯定随他翻过栏杆摔下五楼……

不知道那个清洁工阿姨对记者说了些什么，我能看到许多记者对那个阿姨进行包围式采访。她应该是离事发现场最近，亲眼看见所有真相过程的当事人。

当时我觉得，完了完了完了，自己会不会成了杀人犯？即使误伤，也要负刑事责任。我整个麻木，傻呆，趴在地板上，大脑一片空白。耳机早不知丢哪儿去了，只听身边有人神经质似的反复叨叨——

早知这样，卖房卖车，也先给他钱……早知这样，卖房卖车，也先给他钱……早知这样，卖房卖车，也先给他钱……再后来，他的叨叨好像又变成——卖房卖车，先给他钱……卖房卖车，先给他钱……卖房卖车，先给他钱……

那背台词似的男人怀抱庆幸脱险的女儿，紧紧地，好像稍有放松，女儿便会鸡毛似的飞天。女儿呆呆的都不哭了，任凭爸爸紧紧地搂着，木头人似的。

天哪天哪天哪，让我惊讶的是，第二天的报纸新闻与我说的前面一样，后面却不同。我被写成了机智勇敢、解救人质的英雄，为警察争了光，充分展示了人民警察危难之中显身手的精神。其中还有一份报纸标着"独家报道"，用两个整版以视觉新闻的专栏，以时间顺序报道了我解救人质的"全过程"：那青年坠楼时的照片上标注的正是十点零七分。天哪天哪天哪，他们的记者竟然拍到全过程？从我坐着听音乐起，然后是那边的吵架争执，再到那男青年突然拿出刀横架在孩子脖颈的一侧（我发誓当时真没看到，如果看见的话，我会想办法解救，可能采用另外一种办法，而不是这种被拍到的"冒险"），再下来是我站起突然以上半身腾空扑向歹徒（其实是下意识自我保护的手脚并用，像落水的人一样伸臂蹬脚。如果这样施救，孩子可能与劫匪一起坠楼，那施救者不成了罪人吗），最后包括那青年从五楼到四楼、三楼、一楼的坠落过程（连拍也无法每层楼都拍到，报纸上没有发表二楼的照片）。署名是"本报首席记者邹晓亮"。这什么新闻记者，还首席，在现场看得那么清楚，不说先救人，竟然特意等着拍照片，等新闻？

我是英雄？一夜之间我成了英雄！昨天还"被"辞职，今天成了英雄。公安局局长要接见我，市领导也要来所里慰问我。天哪天哪天哪，想起来都后怕。所长特意叮嘱我，按报纸上写的如实向领导汇报，不许乱说，上级专门交代过。

汗不断流下来！整齐的警服，虽然穿起来笔挺有形，但我的汗在冬日严寒的上午还是淋漓而下。热？是热的？那我的手为什么如此冰凉？一会儿领导要是握手，怎么办？他们握着我那出着汗却冰凉的手，怎么办？我禁不住第一次觉得应该向所长求救，便冲着站在门口的所长大喊："所长，给我一杯热水！"

所长立即传话筒似的朝着民警老胡喊道："胡二炮，你没看到董震欧渴吗？快倒杯热水！"这样喊时，所长根本没有回头，只是肩头朝老胡的方向耸了耸。他站在办公室门前，隔了门缝向外仰着脖颈眺望。或许他心里想，局长陪的市领导怎么还没来？

你敢说你没做

我是在那个干冷干冷的冬日之夜，找不着回家的路的……

不，我没有喝酒，真的一滴酒也没有喝，怎么可能就醉了呢？虽然在省城晚报一干就是五年多，几乎天天都有可能泡在酒场，以致常常连朋友、熟人的饭局都串不过来，可那一次我真的是滴酒未沾。现在回忆也说不清，不过，好像当时心里窝着什么不爽的事，于是像患了夜游症一样，从一条沿河的大街晕悠悠地晃着回家去。

那条很是冷清的街道被风扫荡得干干净净，在白色的路灯下竟然很难看到几片落叶，而且少有车辆来往。孤独而又十分无聊的夜风，像刀子一般刺穿我的羽绒服刻进我的身体，不久我就在那条路上浑身哆嗦，牙关也打起仗来。路边的河水更是肆无忌惮地哗哗哗地敲碰着我的心。心里无形中宛若怀了鬼胎一般胆怯起来，谁说身正不怕影子斜？有时候，某个可怕的情形一下子就考验出来一个人的胆量大小。就在我心跳如鼓、狐疑四顾的时候，突然在静谧的夜里，借着路灯不时泛出的一些白荧荧的光，不经意间我的眼前轻扬着一只掠过水面的雄鹰。天哪，那么干冷的夜幕下，在省城的街道上，我怎么可能邂逅一只鹰，很大，很壮，很野性的一只似曾相识的鹰？闪展腾挪，扑翅曼舞，时高时低，似乎带着一种奇异的傲睨，虽低宛如丝却让我的心里一刹那就唤起一种特殊的感应。

不可能眼花！怎么可能眼花？要知道，我既没有喝酒，又很年轻，视力绝好。上大学之前我险些考进公安学校，父母不愿意，说未来的工作总跟危险打交道；当然，我还有可能在南方一所海洋院校度过自己的大学时代，也是由于二老认为，如果那样，未来的工作单位会离家太远而未能成行，所以，在提前录取的高校中，我未能选到一所让家人满意的，只好在第一批重点院校录取时上了省城大学的新闻系。虽然读了多年的书，可我的视力依然很好。夜晚写稿看电视酒吧狠泡迪厅疯蹦，还躺在床上看书？没事，我很想用自己来证明，晚上再用眼也没事。你见过夜眼吗？谁说我不是。我一直认为，眼与脑一样，多用才会更加锐利、耐用。谁说不休息了，谁也没说过这种话。别说眼睛，全身哪个部位不休息恐怕都会出问题。这一点，我明白，比谁都明白。哪有不休息的可能？躺在床上看书真的没事，从小学就没有人管过我是否躺着看书。要知道我的家长只要求我"在看书"，并不管我采取什么方式。想想这世界上有多少人躺在床上看书呀。一句话，舒服呗！

所以，我说过在那么个除了路灯以外，天空黑乎乎的夜晚，我真的就看到了一只鹰！那呼啸而过的似曾在一个青翠的草原上被猎人摆治了几天几夜的苍鹰，两眼血红血红，喙上还残留着黑色的血的干痂，全身似抽了筋一样，绵绵肉肉的。猎人的眼睛也同样尽显血雾，几乎看不到眼白，血丝丝拉得满满登登，包围着有气无力的眼珠。对啦，准确地说，你见过充满悲伤的羊眼吗？没注意？那你看过毕加索的画吗？对，人物画，是那种画一个人或几个人的。那好，见过，那你就会想起那种令人很是伤感的羊眼。对啦，你也听说过，毕加索的人物画眼睛画得十分特别，就是把羊眼移换到了人的眼窝里？

对了，我就在那时……想起来了，我好像是从一个画家，或是一个喜欢画的人家里出来的吧，好像走上那条街道之前，我也曾对谁说过羊眼与人眼的问题。想一想，羊的悲伤，羊的那一抹即过的眼神为什么就能触及人的灵魂？……是，是，是，我还在那儿想什么呢，还不赶快找自己的家？正是由于边走边想，突然停下脚步时，搞不清楚自己究竟站在哪儿。在那座城市生活了近十年，想想看，大学四年在城市西部上的，工作五年多的单位位于城市东部，何况又是搞新闻工作天天在外面跑，对生活和工作的城市其熟悉程度可想而知，而且那还是条主干道大街，怎么冷不丁就说不明白自个儿一大活人站在城市的什么方位？

灯　光

应当说人遭遇黑暗时是最希望有亮光的，哪怕是一线一丝。啥？恁说俺说的不对？咋就不对哩？恁说谈情说爱的小年轻就总爱朝没亮光的地方钻，干见不得人的事的人，也总怕光明不是？俺不跟恁抬杠，打小时候起，俺爹娘就不让俺跟别人争个啥。没啥，没啥，那有啥，到底能争出个啥？但……是，俺心里想哩还是俺想哩事，恁愿咋说恁就咋说呗！

俺当记者第一次采访就是去市里的一个灯具厂。那块的灯呀多得很。咋个多？不光颜色多，而且花样也多哩。红的、蓝的、白的、粉的，鲜桃子形的、荷花形的、黄瓜形的、长条形的、方块形的，还有圆得像个球、扁得像本书的，一串一串像葡萄的，一颗颗像星星的，一穗一穗像玉米的，真是多得很。恁不知吧，给恁说到明个儿早起也说不完。啥？恁说，俺那地方话不说"说"字，说"扯"。恁不知吧，俺在外多年啦，现在话都说乱啦。上大学时因为学校里都是来自全国各地的学生，首先是一个月的军训和普通话练习，好像同学们的话都说成四不像。恁想呗，四川的、广东的、上海的、贵州的，还有很多少数民族的，哪里的人都有，那话还不说乱啦？

不过，咱北方人，就是说普通话，也就那样。不说不行，做了记者要采访，恁说方言，没劲，也不方便沟通。不说啦不说啦。俺不管人家作家贾平凹是否说过毛主席都不说普通话这话，俺又不是贾平凹，俺也不总是像人家一样写小说，写得最后连名字都改啦。不管，不管，不管人家。中，中。还说灯？好家伙，恁看，被这灯一照，咋就说开这话哩。唉，恁说那是乡音无改鬓毛衰，人家贺知章老啦也不改乡音，俺不是刚给恁说啦，俺一上大学就把说的话给说乱啦。别照啦，别照啦，俺热得慌。啥，咋热？恁也不瞧瞧，俺的汗都流成啥啦。这么冷的天,这么冷的房子,俺刚进来那会儿不是还冷得哆里哆嗦哩。

恁想咋着吧。只管说。

恁要俺弄啥。说呗,说呗。

别照啦,别照啦!

部长的妻子

那可真是个漂亮的女人呀!我曾在多少孤寂的夜晚想起她!想得难以入眠,想得乱七八糟!

就我这么一个小小的记者,怎么可能用什么更准确有效的语言来描述这么个美人?我不是作家,我只是记者,是那种做快餐的,是那种只要以第一速度把发生的事件告诉读者的职业,只说清,不说得那么细致形象,甚至还充满某种文化含量。

当然,说起这个漂亮女人,也可以用一些俗语来描绘一番。可是,那怎么能说到位,说得恰如其分,说得让你与我一样感同身受?行,行。那就说两句,就两句!

人们说眼睛是心灵的窗户,果真不假。那女人的眼睛简直扑棱棱好像会说话,不属于放电型的,是那种直逼人的心坎,如清泉漫浸人的燥热的全身的一种微妙的感觉……什么?噢,你说这是哪本书上说的。我说不说吧,你非要我说。行,行,我尽量说出属于自己的感觉来。那眼呀一般不多看你,也就是一瞥,很撩人。我就是因为那一瞥,就被瞥迷糊的。

什么,你说像我这样总是重复别人是当不了真正的作家的。当然,那当然,我怎么可能想当作家?我不过是准备参加那个作家代表大会的采访工作,我需要弄清当下的作家们在写什么,是怎样写的。不过十分感谢你对我的严格要求。这对我的采访工作肯定大有帮助,念大学时老师曾说过,如果每次我们在采访中能熟悉一种行业的生活,天长日久积累到一定程度,采访起来就很方便和容易。他还说希望我们成为生活中的杂家……我知道又说跑题了，我改正。

行，行。什么？还让我说？瞎编也行！这一点你就不了解了吧？我怎么可能瞎编？我是记者呀！干记者的，真实是第一生命呀！我写新闻从来都是有据可查的，那叫真实。噢，真实，真实并不是什么都写，一锅粥。真实的写作也是有选择的。谢谢，真的谢谢。说实话，你也赞成我这句话，我由衷感到欣慰。行，就按照这个意思说下去，说那个女人。不过，我有个小小的请求，我说的都是真事，还没学会编，最好你不要打断，一打断，我就说乱了。好，好，谢谢，真的很感谢！

我是给宣传部副部长送照片时见到的那个女人。她年龄不大，也就三十，或者更小。就是与部长相差二十岁。你也知道部长五十多了？没事，没事，你这样插一句话也不要紧。部长家摆设得很漂亮。谁说文人们只管自己埋头创作，不事权贵？看看部长家里满墙搞展览似的字画，书架上尽是作家们送的让批评、斧正的书籍，就会明白，如今这文人也只有一张看似犹存的傲嘴了，哪还能找来什么傲骨？你说的也对，文人做的事业不过是一种吃饭本事罢了。就说这部长吧，其实对文学艺术懂得并不多，原来是学经济的，为了进位子，就排成了宣传部部长。这一当部长，好像文学艺术他搞了多少年似的，哪个会上都讲得津津有味，头头是道，哪个会上都要做指示发表重要讲话，简直一个天生的文艺专才。不但文学、书法、戏剧、音乐、美术样样精通，就连民间文艺、杂技、舞蹈也言说得颇见水平，尽显高瞻远瞩、高屋建瓴、总揽全局的领导才华和卓越才能。就是在这种高水平的讲话指导中，宣传部部长把这个女人宣传到自己家里去了。这样才是小说的语言。不行，不行，我的叙述是有原则的，我只讲这件事。对了，你可千万不能把这事说出去。

当时副部长不在家，按响门铃时，那女人正在家生气。小保姆只通过门上的猫眼与我对话，根本不让我进去。她说，部长不在家，让我改时间再来。我说，部长说好了，晚上等我的，让我把照片和……拿来的。小保姆说，部长走了，去外地了，没吩咐收什么照片之类的事。后来，我才知道，那天下午吃饭时，部长接到通知，让相关领导都去开一个紧急会议，而且是到市区以外开，晚上不回来。那个会开过不久，一位领导就被"双规"，肯定不是部长。

我本来是可以不进部长家的。我当时有些犹豫，拿来的照片和东西是否交给小保姆。不交吧，又担心除了照片之外的东西是部长急用的，因为我接到的通知是务必那时之前送到部长家；交吧，又担心……这时候，就听见了一个女人的声音，她问了小保姆情况后就说，进来吧，让客人进来吧！怎么也想不到，这一次进门足以毁掉我的一生。

你敢说你没做

是的，当时，他们就是这样说哩，"你敢说你没做？"恁也不想想，让说说俺做啥啦？俺的直觉让俺在他们问话后就说了句，俺做啥啦？他们就不说话啦，只是在瞅着俺，两个人四支枪似的目光冷硬地射在俺脸上。

当俺明白了自个儿的处境，首先想到肖剑。俺十二分生气地对那个胖子大喊，把恁们肖剑队长找来——俺以前采访，还给他写过一篇不算短的人物通讯，他不会不认识俺吧？只要他来，俺就有说话机会，不像现在被这两个家伙逼着，越逼越紧，弄不好还真的要弄出点啥事来。要是那样的话可就把俺弄日它啦！

俺的大喊并不见效，这两个家伙似乎有着共同的毛病，不约而同地吸了一下左侧翼鼻，露出职业化的一模式样的冷笑。那意思一定是不屑一顾，瞧你那样，还找我们队长呢？这一来，俺真的有点气急败坏啦……

突然间那个胖子就把桌子上的大檐帽一摔大喝道，"你敢说你没做？"俺下意识地被他的喊声惊得一屁股又坐回方凳。天哪！这年月还真就怕这句话，别小看"你敢说你没做"几个平平常常的汉字，一旦这样规矩地按照汉语语法规则一溜顺地码在一起，就不那么平凡啦。恁不信？恁不信都不中。恁想想，这个"做"字的内涵有多么多么的丰富。什么都可以用这个"做"字来代替。比如说"做"了啥事，参与了别人"做"啥事，说了什么话，对什么事表示了态度，或是大路上被人举报恁曾见死不救，或拿了别人的啥东西，或给了别人什么东西，或在无意中影响了别人的大事，或损害了他人的什么权益之类。恁想吧，尽可能地想吧，恁能想到的事都可以由这个"做"字来代替，而且一旦被"做"代替啦，内涵就要丰富得多。

"快说，你敢说你没做？"胖子的大喝让俺的额头渗出了汗。俺在大脑皮层的深处开始寻找着是否自己最近真做过什么？那么在最近以前哩？以前的以前哩？是不是啥事无故地就把俺套进去了？不过当时俺首先决定不管怎么着也要镇静，在内心数了五百个阿拉伯数字。胖家伙的鼻翼又是一鼓一吸，与以前不同的是，还发出了蔑视俺的声音，接着突然又是声如洪钟一般大喝："你敢说你没做？"俺的头顿时嗡地一响，心也被惊得猛烈地一撞，骂他一句，狗日的，怪吓人哩！当然是在心里了，嘴上敢骂，他不打死人才日怪哩。识时务者为俊杰，这是在人家的地盘，恁现在在人家手里，还是老实一点。不过，俺不糊涂，有一点那就是不能多说话，一多说搞不好哪一句就把俺自己给套牢啦！

这时那位一直没有说话的高个子才把烟头拧灭，平静地说："你敢说你没做？难道真的没做？"

俺瞪大了眼睛望着他，俺没想到他的声音这么动听，很有磁力，听似不带感情成分，却很动人。俺的嘴有些不听指挥地又接一句："恁们说的是啥？"

对峙，对峙。空气要拧出水来。

终于胖子说了三个字——吴青青。

吴青青？俺的大脑会是灌了水？这个名字在俺的记忆中反复好几回，也找不到与此相关的人或事。但他们要问，看来俺可能与这吴青青有某种干系瓜葛，所以还是需要对方再提示，哪怕是一点足以让俺回忆些什么的线索。俺只好说，好像听过这个名字，不熟，不知道是男是女是干啥的？俺甚至就没想过这可能是件什么东西？

胖家伙故伎重演，说："告诉你，你这号人见的多了，自以为很了不起,告诉你,这不是你采访别人,懂吗?没有谁能从我们这儿空白地走出去。"他把手中的记录本子狠狠地摔了一下。看来他一定与记者有过节儿,结过梁子,要不怎么会这样报复似的待俺。

俺就在这胖子和高个子两人之间迅疾地做了选择,俺的目光盯着高个子问,恁还是给些提示吧,俺做记者,见的人太多啦。

高个子的目光开始慢慢地放起电来,他的脸上看不出是祥和还是冰冷,他只是死死地盯着俺说:"你好好想想吴青青,既然我们提出这个名字就不会是无缘无故的。你说呢?再者说,你是记者更应该明白什么事情总有个由头,你若非要等我们说出来,那性质就完全不同了。你自己想想吧!多少狡猾的狐狸还是没有逃出猎人的手心?没时间乱想,还是想想吴青青吧!"

关于吴青青

其实谁也想不来我曾与吴青青发生过什么样的关系。而对于我来说,在经过一番档案回放,我想吴青青大概应该是那个把我传呼到梦巴黎大酒店的女子?

因为只见过一面,我并不知道她姓什么,叫什么,可我太明白那唯一的见面若让公安局那位副局长知道,肯定会出人命。

好像那一回我喝高了,至少是喝得差不多了。你别提我的酒量大小问题。你想想,就是再大酒量也架不住人多。人家一起灌你,车轮战术连番轰炸,你还不喝高?除非你不是人,或是对酒精免疫。唉,你说有人就对酒精免疫,噢你们厂里的办公室主任小芦,是个女的。她从小因病喝酒做药引子一下子就喝得白酒免疫,就因为有这种功能从一个普通工人调进办公室当了接待主任。不,不,不,我摇头不是不信,你不用改天把她找来给我看。我信,我真的相信。我摇头是说,我不行,我对酒精并不免疫。你别误会。好,好,好,我继续说吴青青。没事,不要紧,没关系,你打断我说话不要紧。反正瞎聊,你们都聊了自己的事,我不聊一个过不去。

吴青青，对啦，我还是要说明一点，那就是，到底我说的这个女人是不是吴青青也不一定。因为我对她只有那一次记忆，而且是我这一生第二次被动地做了一个女人。你想，谁要问我你敢说你没做，我当然不敢说。我在随口问别人我做了什么的同时，恐怕对吴青青的事就无法那么爽爽快快地说我没有做。噢，我就是有点啰唆。我之所以啰唆是因为到了今天我仍然没有搞清，到底我说的这个女人是不是吴青青。但是，你知道为了把事情说明白，我只能把这个女人当成吴青青来说。行，我不再啰唆了，我接着说。

那天喝得太多，可我心里还是很清醒，只是自己有点管不住自己。就在这时，我腰上的传呼机滴滴滴地响个不停。起初根本没在意，你想想现如今的传呼机多的是，相同鸣音的也不少，一大堆人在一起喝酒，传呼机一响立刻引来大家低头翻看自己的。有些人甚至连自己传呼机的特定声音也分辨不清，明知是别人的在响，还是习惯性地看是否是自己的。那样子看上去一定很傻——对，你说得很对。我就是因为想到那动作太傻才没有低头看自己的传呼机。可那传呼机在大家纷纷看完不是自己的以后还在坚持地响着，我就不得不低头看了。当然，我想我那时绝对喝高了，要不然怎能连自己的传呼机响了半天都不敏感。在同伙们说你的你的时，我才噢噢噢地一边答应，一边拿起传呼机压翻按键阅读信息。不好，市公安局有紧急行动，需要我立刻赶到梦巴黎大酒店412号房间，而且是特殊行动需要保密。你问我公安局的事为什么通知我？唉，你怎么连这也不知道。干我们记者这一行的也像别的职业一样，分的有各种对口专业，在我们来说就叫"线"。比如我是跑公安线的，公安局一旦有什么新闻就会通知我。而别人有的跑体育线的，有的跑经济线的、影视线的、娱乐线的，如此等等，是为了工作方便，不管哪个口上都有相应的联系人，不至于漏新闻。噢，明白了，明白了我就不说这了。

起初朋友们不让我走，都问咋啦，出了什么事。我说有急事，有急事。可他们不放行，还打破砂锅要问到底，不说清楚不让走。还说我是借故逃跑，要罚喝酒。我很着急又不能对他们说实情。这时有位朋友的话使我有了脱身之计。那朋友说，你是不是会女朋友，要是会女朋友我们就放你。我急中生智，立刻接过话头说，对了对了，本来我不想说的，可你们不放我。我就是要会女朋友的，而且这会儿不去，她就要给我黄了，求求各位放兄弟一马。本来大家是知道我没有女朋友，谁知这一说，我还真的有女朋友，而且去晚了还要告吹。于是纷纷起哄说，刚谈个女朋友就这么怕老婆，以后还不让人家给折腾死，欺负成一根面条。最终还是在调笑中给了我绿灯。

不容迟缓，招手打的来到梦巴黎大酒店，敲412号，听到一女声，"来了，等一下"。似乎有一只眼在猫眼上往外看，问我是谁。我一听就猜想今晚谁又要倒霉，而且肯定逗的是个大人物。都到这个时候，通知了我还问我是谁，这大概是哪位女警。我说是晚报的。又问叫什么名字。我报了自己的名字门才吱的一声打开。不认识没见过。我问她是否公安通知来这儿。她急忙说，对对对，请进吧。我就进了屋。可屋里没别人，除了我，还有她。吴青青？对，我前面说过，我们暂且把她叫作吴青青。因为我从来就没有搞清她叫什么名字，当然是我根本就不敢去搞清这个人的名字。那一次去她那儿之后，我想起来就浑身发冷。怕什么，怕的东西多啦。因为什么，因为她就是吴青青呀！

灯光越来越热

俺说恁咋把灯弄得恁热恁扎眼哩，弄半天是……俺没啥说的啦。恁们太不像话啦！肖剑认识不？俺以前采访过他，恁让他来，来说说俺是啥样的人。

后来，俺突然明白地想起来以前谁说哩，对付他们这号人最好的法子是别搭理他们，他们爱咋呼叫他们咋呼去。他们不就是想连唬带吓再带诈地让恁说点啥，既然明白了对付他们的绝招就是不吭气，当然俺就开始装哑巴。千万不能吭气，一吭气准出事。恁想呗，啥叫言多必失。

"你敢说你没做！"两个家伙竟然以同样的口气同样的句子向俺

发出了一声令俺心惊肉跳的吼叫。

没想到，不听话的俺的双腿竟然一软，一下子从凳子上滑坐至地下。哎呀，自个儿咋这熊样？两个家伙没出声，俺就自个儿浑身哆嗦又坐回凳子。奶奶的，有点丢人，这个被吓出来的动作证明俺心虚啦，可俺还是力图让自个儿镇定再镇定。当然，这时候俺就想到了啥叫以攻为守。接下来，俺就有些想进攻啦。何况俺现在才明白过来恁们在弄啥。俺给恁说清，恁们要为今儿个的事负责任。

恁小声些，俺们不信邪哩！

高个子一直死死地盯着俺，终于，他把毛巾又递给俺，声音竟变得如春风拂面："怎么样？别担心，该说的说出来吧！人就是这样，不说出来心里就重得不行，这点你们文化人比我更懂。对吧？"

再后来，俺就发现环境不同，人的心理防线可能也就不一样。问别人的人总是占主动，被问者总是处于被动，不管恁想如何来变被动为主动，可恁最终还是被动的。在这一点上，恁竟慢慢地发现，恁不像蒲松龄笔下那个屠夫倒像那只假寐的狼，最终被人给宰割了。于是，俺的脑海里已由当初的强作镇定变得开始有些松动，不时地闪过一道道令人无法回避的电闪雷鸣。这是否预示着电闪雷鸣之后的瓢泼大雨？难说，实在是难说。看来，别无出路，俺只能以退为进，否则这样僵持下去，保不准自个儿的精神在这么强大的压力和攻势下崩溃，其结果是否会乱说一气就很难预料啦。于是俺摆出一副要豁出去的样子说，那这样吧，俺什么都交代，但有一个条件，那就是恁们必须把肖剑找来，俺只给他交代，否则，咱就这样干耗吧！说完俺又做出一副死猪不怕开水烫豁出去了的样子，看恁们能咋着。十多分钟又过去，俺的直觉在说，有些变化，这两个家伙再问再说加之用目光逼视，甚至还把那又亮又白的灯泡在俺的脸前晃悠，俺就是咬着牙硬撑着，只是眼一闭由恁爱咋着咋着去吧。

又过去十多分钟，他们的交头接耳声传入俺耳朵。俺心里一笑，俺赢啦?！因为他们会找到俺要找的肖剑，而后俺最少也可以搞明白为啥被弄到这儿来。当然最起码他肖剑也得让俺知道这吴青青是男是女，何许人也？

接着俺被带到另一间屋子。那屋里灯更明亮扎眼，而且热得令人气闷。这两个人是啥样子，俺一直看不清，因为他们只是把灯对着俺，他们都在灯的背后。在干啥哩，好像是坐着，怎么坐着，俺都无法看清。他们的声音很温和，不像前两个人那样总是一句"你敢说你没做"。不久，俺就发现了这儿的可怕。因为俺已经被迫在这儿坐了好几个小时，具体时间说不清。俺的大脑皮层开始提醒俺需要睡觉。可是就在俺眯眼犯困的瞬间，总会听到他们两人中的一个说："唉，唉唉唉，醒醒，醒醒。"真热——俺就是这样连续被折腾着，没法打瞌睡。俺知道，俺很可能心理防线要崩溃啦。要是，再搞不清楚俺是为啥被弄到这儿来的，那俺的小命就可能丢啦。因为俺知道他们现在是跟俺熬鹰。

熬　鹰

　　我见过，那一次去大草原上玩的时候，我亲眼看见了熬鹰。

　　那时我仅是一名正上二年级的大学生，面对那惨烈的场面，我不仅仅是被吓傻了，而且一下子就感到了人生的悲哀。由于当时读的中外哲学书不少，不管什么事都喜欢和人生联系到一起。而那一次，我一下子就明白熬鹰与人生联系在一起，是最最合适不过的。因为我看到那个结果，就明白了人为什么从锐利走向缺锋少芒，从激情变得疲软，人为什么会成熟起来?! 这其中雪藏和蕴含的代价有多么沉重惨烈!

　　熬鹰是对一只刚刚成年的雄鹰彻头彻尾洗脑似的摧残戕害。一个高傲、自由、独立的灵魂伴随着那肥硕健壮的肉体，威武飘飘的铁灰色羽毛，苍劲有力的钩爪，蔑视万物的炯炯目光，尖锐而弯曲的喙角，在一次次悲壮、气碎心肺的徒劳挣扎与较量中，最终因饥渴、疲劳、生与死的自然威胁，心灵与肉体的最后底线被撕破，不得不带着一丝寒彻体骨的恐惧垂下昂扬的头颅。再见时，它还是一只雄鹰吗？看似依然威严，目光凶猛如炯，可是，它对猎人的驯服和臣顺，让人再也难以找到它当初内质上的一点点留痕，徒余一副空空的皮囊罢了。

起初，那擒来的苍鹰，是被一条冰冷的铁链锁了单腿的。它的周围已张起了一面细密而精致的绳织天网，其大小仅够被束了铁链的苍鹰飞撞而已。因饥饿而不小心误落猎人之手的被缚之鹰，网外摆放着令它垂涎三尺的鲜嫩羊肉和清水。那鹰是何等雄猛，野性十足地用两只遒劲的鹰爪不停地抓挠着地面，身前背后尘土飞起，夹杂着碎草枝叶。时而它对限制了自由的铁链狠狠地进行一次次乱啄，企图在某一次的踩啄之中突然脱落出来，飞扑向捕捉了自己而如今不怀好意站在网外观望着的猎人。突然间，它还可能被猎人足以让它恼羞成怒的蔑视目光所激怒，凶猛地暴唳，不顾一切地向猎人展翅飞扑啄去，"嘭"的一声巨响，它那强壮的身子把绳网撞得鼓起很高，带动脚下的铁链哗哗脆响，一阵阵愤怒唳啸的苍鹰，最终被铁链拽回来重重地摔在坚硬的地面。一次次以屡败屡战的不屈不挠，挟裹着狂风暴雨般的呼啸对铁链一阵狂啄乱踩，使它的体力和耐力经受着前所未有的考验。绳网外站着的猎人，总是不经意间向它蔑视地撇嘴，而后仰脖喝一口烧酒，喉结一动一颤，发出咕咕咚咚的诱人声响，嘴角络腮胡子上尽是溢出的酒水。而他歪着头龇牙咧嘴啃撕着烤肉的咀嚼声，更是让鹰难以自禁，简直活撕了猎人也不足以解心头之恨。于是，鹰借着一番番想象和期望，甚至发生什么意外，在饥渴、气愤中与猎人进行着一次次的搏杀。

当新的一天的晨光照映在雄鹰乱纷纷的羽毛上时，饥饿使得它更加悍野，它几乎不停歇地连续引颈怒吼冲天撞击绳网，结果，一次又一次重重地摔在硬硬的地面上，它又是一阵拼命地用喙甲啄那难以开脱的铁链，尖硬的喙早渗出点点鲜血。它的叫声充满了悲愤和桀骜的气韵，它期待这无限而奋力的挣扎和暴唳会给自己意外地带来自由。于是，它撞击，它展翅扑跌，它高昂起颤动着羽毛的头颅，引颈一声接一声裂帛般地嘶叫，使得绳网周围弥漫着一股股恐怖的杀气和血腥。

当昔日曾自由翱翔的天空由清亮变得血红，直至暗淡下来的时候,那被缚之鹰已垂下了颤抖的头颅,它明显地感到了一夜一昼中的无助和无计可施,而自己的体力却在一点点地如蚂蚁分尸般被分解消耗,但是,它与猎人的血红的双眼仍然在对峙。

夜,漫无边际。没有了自己的栖息之地,没有了伙伴的摩肩接踵,没有了那浸透着青草的甜滋滋的清水和一嗅就迷醉的猎物的血腥,它不知道这个夜将如何度过。它想念那个曾站立的老树和窝穴……就在它还要想些什么的时候,它感到有什么向它侵犯而来,那是一枝树杈,它不及细想便迅猛地张开羽翅并用利爪进行反击。于是,它的面前站着那被火光映红脸膛的猎人,它发疯似的卷土携草再次向猎人扑打飞撞,但它还是一回回沉重地摔跌在坚硬的地面。一声声暴唳在黑幕中的草原上悠悠地漫散开来……

当新一轮太阳从遥远的地平线上冉冉升起的时候,一夜之间显出了慌乱和苍老衰弱的被缚之鹰,眼里竟掠过一线悲凉和痛恨。从未历经过的彻骨洗胃的饥饿和干渴,让它感到自己的喉管已涌上一波波血浪。它又一次用喙叼住猎人伸来的树杈,当它感到树杈也可以充饥时,它才发现它已不可能把这枝树杈折断,因为这是坚硬如铁链一般的树杈。它又一次在号叫声中振翅飞扑起来,虽然已不再是当初那样拼命地撞网。

在艰难地度过了又一个没有半分安宁和停歇的白日之后,它跌入沉闷得难以透气的夜色,它的眼前已出现了一片从来不曾见过的大草原,百草丰茂,绿意盎然,明镜般的湖泊,草丛中穿梭的猎物,那其中正有它最好的食物。它缓缓地露出一丝高傲的笑意,平铺展开双翼,翱翔,俯瞰,蔑视——你们窜得再快,也还在我的眼皮底下;你们就是躲来藏去,也逃不出我的尖爪利喙……可是,它的快意很快又被一枝铁般坚硬的冰冷树杈刺痛。它不得不打起精神与猎人再次搏杀……

终于,在一个黎明的似亮似暗中,嘴角已结满黑硬血痂的苍鹰,身子软软地蜷着,再也拖不动脚下那沉重的铁链。失去光泽的凌乱的毛羽中那对染了血迹的乏力的眼睛,已仅能呈现出半睁半眯的状态。它知道自己现在可以不说吃喝的事,却不能不歇息。它的心里其实已开始希望猎人哪怕是让它眯上片刻眼就行,可是,猎人仍在用手里的棍子撩拨它,一次次把它几近麻木的身体刺痛。无力的苍鹰虽又聚起一团怒火,可它的叫声已是沙哑无奈,它真想再次飞扑起来,却失望了。它只是飞动了一下身子就扑倒在地。而猎人仍然在一次次地用棍子拨动它、刺痛它,直到它连偶尔一次反击也不能成行,只好把那本来锐利无比的弯喙深深地钩入泥土之中,忍受,忍受……

又一个寒夜降临。猎人终于用诱饵把阵阵野兽的嗥叫引来,空气中立时就弥漫起浓浓的嗜血腥气。匍匐在地的伤鹰,已能感到围绕在它周围的地面上来回走动的野兽们的急躁。借着眼皮之间的微小缝隙,它那疲惫不堪的目光还是捕捉到猎人身边的火光和一丝暖意,它开始蜷紧着身子逐渐移向咫尺网外的猎人和火堆。猎人目光如灯,在夜风中审视它,简直要看穿它的心肺肠胃,终于他觉察到了对手眼里闪过的最后的无助和乞怜。在又一次长时间的对峙后,猎人走进网围,将鹰抱入怀中……

一个桀骜不驯的自由灵魂消失了!

……

我站在原野上流下了长长的泪水……我真想大喊,可我感到自己已哑然失语。

市长的小舅子

是的,就是在他们熬鹰时,我脑海中跑过市长小舅子的影子。心里实在没底呀,他们说来说去,会不会与市长的小舅子那件事有关?对了,那件事中还有一个女人,一个很漂亮的女人来着。

应该说,在介入那件事之前,我根本没想到其中可能有任何背景。更何况,我不就是个平平常常的小记者嘛,即使到了今天,我也同样不认为自己当时的想法和做法是错的。

那是一个不算大的煤矿,虽然矿不大,但是那次死的人却不少。多少?一家伙就把十九名工人给闷到井下。我怎么知道的?当然,这就是让我对这件事不能忘怀的根本原因。先声明，我只是路过。当时与报社领导吵了嘴，因为不想再与领导正面接触，就决定休息几天。领导自然也是心照不宣同意了。说实话，他真的巴不得我再不去上班才好呢。你想想呀，报社都像我这样不听他的，那还不把他气死。领导的尊严何在，领导的权力优越感何在？还怎么来管理别的同志？于是，我就在休息的日子到了那片土地。

我在路边的饭店吃饭时听说那个矿上出事了。记者的职业敏感让我立即问清路线准备去看看。你放心，干记者的不管出了什么事，我们的心里有多么不痛快，但新闻的职业感还是存在的。再说，我跟领导闹别扭，与新闻采访没有任何矛盾，甚至更想在这个时候采写一篇具有轰动性的新闻呢！于是，我就去了那个矿。

或许是上苍的安排，想想用"鬼使神差"四个字就更有意思一点。因为找不到那个蜗居在山沟里的小矿，就往附近村庄的第一家住户问路。是的，我防着呢！农村养狗的人家多，要是被狗咬了还麻烦呢。在我敲打得门环啪啪响的时候，屋里跑出来一个十来岁的小女孩。拉开沉重的对开门，还没等我问话，她瞪着一对陌生的大花眼，先狠狠地望着我，突然转身就跑，边跑边朝屋里喊："矿上来人啦，矿上来人啦……"我被她的喊声吓了一跳，愣在那里不知所措。一刹那，我就明白，小孩子可能误会了，把我当成他们正等的什么人。就在我想进院去解释一下，并问一下路时，一个老妇人已经冲出来。她跑步的速度极快，一看就是冲撞我的。虽然她出屋门时被绊了一个趔趄，但她还是边骂边跳向我。我几乎想说话还不及张口，她的双手已有力地抓住我的衣领，并使劲地拧绞，几乎歇斯底里地哭喊："恁还俺的娃子。恁还俺的娃子……呜呜呜……恁这回也得死。恁把那么多的人弄死在井下，恁不死天理不容哇……十九条人命呀，十九条人命呀……恁还俺的娃子，恁还俺的娃子。呜呜呜……"我本想继续解释，这一下在老人的话里听出了内容。看来，老人的孩子也在事故中遭遇不幸，这次事故已死十九人。这时老人的老伴手忙脚乱地出来制止她拧我的举动，当他们搞明白我只是一个问路的时，老太太才极不情愿地在半信半疑中慢慢地松开双手。丈夫满脸涨得通红，结结巴巴替老伴向我表达歉意，虽然他没有说出来，只是不停地说："你看这事弄的，你看这事弄的。"但我知道这就是老人的道歉了，便赶忙说："没事，没事。"

你想想，我就是这样一不小心撞进了矿上出事的内核。老人还告诉我，这一回矿上因井下透水出了大事，矿上的领导只让他家的媳妇留在矿上处理，说每家只能留一个人，把他们全送回来。他们现在还在焦急地等着哩。好可怜的娃子才三十多岁就没了。老两口是一说话就哭。小孙女也跟着哭叫爹爹。

在老人的指点下，我一转二拐还是找到了那个小煤矿。

关于细节问题之一

老师，可我自己好像一编故事就把自己给编了进去。个人的感受就像是故事里的主人公，要不，我说些别的。看我编故事的能力是否真的很强？

王胜利，你要明白，你已经把这个故事讲得有些意思了，还是应该继续下去。我认为，这个题材虽然很一般，但很有写头，也很有看头，就看你怎么写。你的编故事能力真有两下子，你连自己都能编进故事情境里去，这对初学的人来说，很不容易。你明白吗？这就是我们常说的天才、天分。是具备那种了别人所不具备的写作天分。这也决定了你在未来的写作路上可能要比别人容易出道。也就是说，你成功的可能性是别人无法相比的。

好吧，那我就再说说吧！总之，你可千万别对号，不要把故事中的事跟什么人对上号。

宣传部部长的妻子是漂亮。当时，在家里很温馨很暧昧的灯光下，她更动人的姿态和优雅的举止，让我的心尖像雨后树叶上的水珠微风过后，就一颤一颤的。后来，她让我进屋坐，她说部长开会去了，有事给她说就行。我说，部长让送来的。她微微一笑，一边接东西，一边把那水得要溶解了人的眸子对着我。我的心不仅是颤了，身子都抖动了一下。说真的，在那之前，我还真没见过这么让我作为一个男人实在是被打动了的女人。部长妻子开始翻看那些照片，我想走，她说坐，还有话要问。我只好坐着等她发问。可她没有问，我们就那样干坐着，我想说什么，又不知道该说些什么。

　　我只好在她不说话时一口一口地喝水。后来，她就不让保姆来了，亲自给我倒水。这让我感到有些受宠若惊，急忙站起身说我自己来我自己来。她已把水杯子端着递给我。当然，我手忙脚乱去接，没想到竟与她的手有了一个瞬间的相遇，也就那种接触的一碰而已。那光滑细腻、似乎带着磁力的手指，使我的手在大脑短时间供血不足的情况下有一股电流传遍全身——手麻木了，半个身子也麻木了。杯子里的水洒了一地。我发现，我俩对视时，都有些不自然地笑了一下。而那一笑，使我的心尖又颤了一下。同时，我知道了什么是诚惶诚恐。我当即决定，赶快撤，不能再久待，预感器官提醒，要出事。没想到，我还没来得及说告辞的话，她却抽泣起来。后来，她说的是什么，我已不太清楚，因为我发现自己的下身在不断地慢慢变化。再后来，当我清醒的时候，我已经与那位部长的妻子躺在一张床上。我感到了从未有过的恐惧，浑身抖得筛糠似的。怎么就敢色胆包天上了部长妻子的床，要是部长现在回来了怎么办？要是……可是，部长的女人没有一点怪怨我的表情，看着我那样子，她只嘿嘿地笑。我在六神无主中仍然三下五除二把衣服穿上落荒而逃。因为当时我并不知道，我是遭了她的暗算的。要知道，在这之前，我还没跟别的女人睡过觉……

　　部长妻子是在几年前就知道了丈夫与别的女人有关系的。其实人们在生活中想不到的事多了。当她的一位朋友，是江苏的朋友路过那里时，与她见面，拿出一打照片，她在翻看的过程中留下来一张。那一张主人公的背后，是一对男女相拥着走过。应该感谢胶片的瞬间留下来那一个让她永远都明白的事实。丈夫的面部清晰极了，但那个女的，她不认识。回家翻看了家中的照片，她的朋友照片上的日期，与丈夫一些照片上的日期是相同的。那时，部长确实在那座城市，他说是去开会。再后来，部长说开会，她心里就有些隐隐作痛的感觉。再后来，她不痛了。她买了许多药，是那种可以暗枪伤人的药……

我就是在那种懵懂中被部长夫人的黑枪放倒的。要知道，她牺牲了我的童贞之身。可有一天，我知道了那一切竟然是她故意的。我真想发怒。当然，我再也没敢去她家。

什么，你说我还是没说清细节。可以了吧？老师，这就是细节。

王胜利，你至此为止，写作的手法仍然不到位。你想想，你不过是在说故事。小说，是要说故事，可仅仅有故事还是不够的。

关于细节问题之二

我说哥几个，你们是逗我呢！就为听个究竟把我往醉里灌。其实看我醉了，没事，还早着呢！你们说和女人的故事。告诉你们，我最冤，可我在有女朋友之前，竟是被迫与别的女人上床。那可不叫占便宜，那一点快感都没有，就剩下害怕。

那女子整个儿一人精，眉眼、身材、上中下三路可谓处处动人，让人一瞅就容易想犯事。好像是南方人，吴青青？那天把我蒙到了梦巴黎大酒店之前，吴青青也只能独守空房。她那天随便翻看一个电话号码本，没想到就抄了我的号，这一呼，我就来了。从猫眼里一看还行，就放我进来——这是事后她告诉我的。我想，若那天她呼了一位别的什么老头还会发生故事吗？其实从踏进那个门，我就算完了，有嘴也说不清。

行了行了，哥们儿，别为难我了。喝高了，这些话说了就到此为止。细节没了……你们怎么对细节这么感兴趣？你说那妖精怎样风情的？就此打住，咱可说清，说完就完，不兴传播。

关于细节问题之三

不会记错，这点我敢肯定！从矿上回来的第二天，那女子来找的我。本该想到她的到来可能与矿上的事有关，却因为请我吃饭的是个美貌女子而忽视了。那天晚上刚好没什么事，当时还是一个单身汉，反正要吃饭，不久我已与她坐在一家酒店的雅间。

想想她起初只是说要请吃饭的，好像对我以前编发过她的稿子表示感谢，早就想来拜访，只是从未见过面，一直下不了决心，没想到见面后我还这么平易近人。一听这，我的动作就有些表演的意思，立刻脸挂一副老师的笑容，说了好几句不客气不客气。不过，她一直不自我介绍，只说自己写过的什么稿子，这让我很发蒙，当编辑的对不太突出的稿子哪能记住？但我还是忍不住问她的单位、姓名，她说得很含糊。只好听她的，就叫她小吴。噢，吴青青？吴青青！吴青青？吴青青！吴青青……可我当时真的没想那么多。

她坐在饭店里的样子，从容得就像与一位常常相聚的朋友闲聊。她虽然年轻得很，脸上难掩一份纯气，可我一看就知道她是见过场面的，而且是见过大场面。她的笑浅浅的，让人好像看到半开半不开的桃花。仅仅是我坐下不久，我俩的目光就有了偶尔的一碰，我的心竟然咚的响了一下。天哪！这对我来说可是从来没有的事。这胸口怎么还会自己响一下？简直是怪事嘛！后来，我就明白，那一晚就因为心咚的一响，让我过于放松警戒了。

一个不大的雅间，她只是客气地让了我一下，就自己点菜，很熟练，很优雅，很有分寸。我还是想问她以前编发她的稿子的事，可是几次话到嘴边终于收了口。我想对于一个美貌女子那是否太不礼貌，或是可能引起局面的尴尬？已经与人家一起来吃饭，还没想起来有关她的事！我也就不多说话，她可能会自己说起来的，而且我还会让她最后留个电话什么的，不就知道她是谁了？

没想到，她是从点的菜上说起的，不是讲菜的做法。她说自己童年的时候家里怎样怎样穷，一年只在过年时吃一次肉。有一次，家里来了远客，母亲让她去买豆腐，她跑了很远，却在回到家门口的小坡上摔了一跤。虽然下巴和双手都磕出了血，最让她心疼的还是那块豆腐，因为豆腐整个掉进路边的黑水沟里，还被冲进了一个深洞……在等菜时她就那样柔情似水地望着我浅浅地笑，回忆着那有些年代有些发涩的故事，却有一种温馨悄悄地漫上我的心坡。

菜上来了,她又是劝我吃,而且很快就与我喝起酒。几乎在我没防备的状态下,她自己先喝了一大杯,脸变得红艳红艳。接着她坚持要敬我酒。跟个女的喝,怎么可能示弱?于是,杯来盏去,本想搞清楚的问题没搞清楚,却喝了不少酒,越喝越迷糊。很快,我就看出她的所谓醉态来,她是装的!当然她说得很亲切很细微很不在意,就像老朋友给你交个什么秘密的底,可我慢慢地就明白,她不是什么我曾编发过稿件的作者,而是从那个出了事故瞒上不报的矿上来的。

前一天我在矿上采访时,矿上说出了事故,已经上报,死亡两人,其他或轻或重地受伤了五六人。再问就问不出来什么,大家挺一致的,说这事还在调查之中。我先是听村里的老人说是十九人,为什么矿上仅说两人?这其中必有蹊跷,没料到我的脑子想着就一口问了出来,这可不是我一贯的作风。他们一听全笑了,说那怎么可能,那怎么可能。接着就什么都不说了。矿上领导也说等调查后,他们会公布相关的情况。虽然我想搞清楚,但矿上明显地封锁着,事故处理调查中恐怕谁也不想多说——情有可原。一句话,怕事儿呗!

没想到我昨天才离开那儿,她就跟踪追击而来。她叫什么名字?好像她曾让我叫她小吴,对对对,就是的!她当时就是让我叫她小吴。那么,她是吴青青?真的是吴青青?

不过,当时只是偶然碰上,真的并不想管。因为这种事调查起来很难,又不是我管的口。她借着装出来的醉话还想探口气看我知道多少。当然,很让她失望。再后来,她就把那一包东西交给我,说,让我先拿一下,她出去打个电话,这一出去就再没回来。我问饭店老板,说人早走了。还没正式搞清楚,她是哪一路子的?

心知肚明,这包东西是给我的无疑。打开一看,我就傻了。里面是整整两扎人民币,两万呀!你说咋办,这就是说不让我管这事。干我们这行的,还不清楚这?只是真没想到,这样一个脸上还难掩一丝单纯的女子,还会玩这么高的一手。我走眼了?那一丝纯气和她的醉态一样都是装出来的,只是一开始我没看出来,到了她的醉态,才一眼瞄了准?她到底是谁呀?是不是来害我的?这钱,算什么?……当时,我心里还真有些后怕。其实,我并不想把矿上的事搞出去。根本没有深入调查问题，你想想有什么劲儿呀？再说，我是退进都想好了——我只是听那村里的老人说了那么一句，除了老人外，又没有人知道。何况老人也并不知道我是干什么的。我到矿上也就调查到了死了两个人的事故。将来，谁说起来，也没我多少责任。这与我的良知和职业道德无关。

这是咋说的。钱咋办呢？交单位吧，也是个麻烦事。万一那女人不是给我的，当时出去办事突然出了别的什么意想不到的事呢？交给单位，以后会有很多麻烦，也就是说既然有人这一次给你送钱，就难免以后或是以前还有人为某些事给你送钱。不管有些事是否收了别人的钱，而单位许多人都会想到你可能收了别人的钱。所以，不能交。不管到啥时候，要不然把收的钱或物退了，绝不能交给单位。但是，那女的高就高在她好像一直没告诉我她的名字。我们从前没见过面。她只让我喊她小吴。可我怎么到矿上找一个叫小吴的人？这不是给自己找不痛快吗？

钱，在我的生活中第一次成了一个非常烫手的东西，让我坐卧不宁。离开酒店时，我自作聪明地分析，他们以后还会来找我，到时候再说。不过有一个原则，这钱只能这样原封不动地存放着，绝对不能动用一分……可是至今没有人为矿上的事或两万块钱来找过我，或者递话给我。我清楚，不仅是这两万块，还有那矿上的事，将来真的有一天让谁搞出来，我算不算知情不报？如果没有这两万块，恐怕也就没有谁能想起来我这个只是路过的小记者。可是，这两万块，如果真是矿上出的，我就永远难脱干系。

钱把我困住了！

这送钱的女子，肯定就是吴青青了！

灯光下关于细节的瞬间小结

当我坐在那白扎而刺眼、灼烫而焦心的灯下可能过去七八个小时后，鼻腔里似乎都能闻到一股隐隐的烤熟了的皮革气味，我已经几次去用手指挤压自己的脸部，看是否发生了变化。而对于几近麻木的周身，我又是一次次狠狠地去拧去掐去捶去打。我的头竟显出从未有过的沉重，平日里两肩轻松支撑的部位怎么这样软弱无力，脖颈如断了一般。更别提双眼呆滞，一动不动。如果有什么熟人相见，一定会以为我是个傻子，或是犯了什么病。可我心里还是很清楚。

心里清楚什么？当然是与吴青青有关的事。比如说，到目前为止，与我自己曾对话的仅仅是第三件事。前两件事已说了，给老师说，给朋友们说过。万一，哪一位嘴不牢靠，或是喝高了，把这些狗屁事当作玩笑说出去，我就得彻头彻尾地宣告玩完。其实当时说过那些事我就有点后悔——记住，生活中还是不要得意忘形。谁能说把这些事兜出去，不是自己当时有些得意过头？嘴，才真是最可能惹祸的源头。那两件事教会了我，什么叫守口如瓶！所以第三件事，我只是在心底跟自己说过。现在想来，这三件事，恐怕哪一件事都可能要我的命。唉，这人生活的呀！这些事都可能与一个姓吴的女人有关。

那么，除了这三件事之外，那些别的女人呢？在我生活中的女人又何止这三个。不过，还有谁以什么事把我弄到这儿来呢？可是，我生活中的吴姓女人……天哪，假如，这个吴青青是个男的呢？……

慢慢地我就想明白了。在这炽灯与时间的较量中，我是抗不住自然法则的。人的精神世界是有一个极限的。这样熬下去，他们的什么目的都能达到。底线的突破是需要时间的，但却只是时间而已。人的底线虽程度不同，但谁都有一个属于他个人的最后底线。这就像再强悍的雄鹰，脚束铁链，身陷囹圄，与猎人的对峙其最终只有驯服，除非死亡。

可我到现在为止，还不知道谁是吴青青！

肖剑其人

我这一生都不可能忘记肖剑。

对！就是那个刑警队长，那个当我身心经受炼狱十余个小时之久,最终见到的肖剑。

在那之前,我曾采访过他。

肖剑的为人在刑警队是有目共睹的。他不事权贵,办案果断而精当,深得上司和部下的信赖。他当刑警队长时刚逢而立之年。最初去采访,他毫不犹豫地回绝了我,最后不得不找到公安局宣传口的内线帮忙才完成报社交给我们的任务。而那次采访让我们成为朋友,原因很简单,我写的稿子发出来,肖剑一看,不虚头虚脑,写得很让他满意。他打电话给我,我们一起吃了顿便饭。之所以说是便饭,是因为我们是在一家大排档吃的。肖剑说,你们干记者的饭局不少,吃饭好像都成了负担,我就选了这儿。我说,这就对了!

有了那次很简单的共餐,我与肖剑的关系近了许多。以后,我不仅成功地随他的刑警队执行任务,写了一个小系列的现场新闻,还写了三篇有关肖剑个人的文章。这个在新闻界,甚至是社会上被大家尤其是犯罪分子盛传的威风凛凛的神秘人物,终于经我之笔浮出水面。后来新闻获了奖,而且我个人也因为能采写到这样有难度的新闻,成为各媒体的一个小小的知名人物。不过,也就干了一年多公安口的记者,我嫌太累,就改做文化记者。毕竟我是喜欢文化的,这是骨子里那种喜欢,就是再累,再吃亏,也认了,因为你总算在干着你想干的事吧!你想想,这世界上,哪有自己的职业与自己的爱好完美地结合在一起的好事。要不,人怎么有"业余爱好"?这都是职业不能满足自己的爱好造成的。不过,对于我来说,还是幸运的,毕竟我还能改做文化记者。

虽然做文化记者与肖剑来往少了,但我们就不再是工作上的来往。再见面,肯定就是朋友性的。肖剑结婚时,我还去了呢!

当然,令我伤心不已的是,写肖剑的最后一篇报道的任务,报社还是交给了我。因为,肖剑在新婚后不到一个月的一次执行任务中,不幸身中五弹,壮烈牺牲。那是一个星期天——对于刑警们来说,从来没有过星期天。接到命令,四名执枪歹徒正在作案,肖剑紧急调集警力。那天正逢他的岳母和丈哥从大连来,一家人本来是要吃一桌团圆饭的。令妻子吃惊的是,肖剑那天在电话里除了告诉她吃饭无法回来，还从来没有过的提出让她在电话里吻他一下。因为母亲和哥哥都在电话旁，妻子不好意思地说："去你的吧！"不想，这竟成了她终生的悔恨。在殡仪馆里送别肖剑时，妻子不停地抹着眼泪扑向水晶棺，她用手擦抹着棺面，嘴里不停地说："我怎么看不清你呀，我怎么看不清你呀，我怎么看不清你呀……"她最终没能看清丈夫，被人们拖走了。虽然，她一再央求拖她的人，让她再看一眼，就一眼。可是大家怕她伤心过度，还是没有答应。妻子内心不断地为电话里没有答应吻他一下而后悔，而且要后悔一生。

我是流着泪以手中的笔，为英雄为朋友送完最后一程。我的报道几乎是全方位的，因为特殊关系，使得我能走进英雄的家庭。我的报道也因此使我们报纸作为独家报道而着实火了好几天。

使我始料未及的是，十多年后，肖剑的妻子却告诉了我一个令我吃惊不小的秘密。她说，其实那一年，他们抓我真的是抓错了。肖剑的部下看到我半夜在街上溜达，一叫，就答应了，刚好要抓的人与我同名同姓。我的直觉答应，使得他们认为我就是那个叫王胜利的罪犯。我一直没有招供，肖剑刚要亲自来审我的时候，他们抓获了真正的罪犯。错抓了我，又审了一夜，公安也将为此负法律责任的。肖剑决定向我说明，并准备接受处理。当时他还不知道，抓住的人、错抓的人就是我。在小范围开会时，肖剑才听说可能抓的是个记者，好像还认识他，总说要见他。肖剑一下子笑了，他说，我怎么就忘了记者中的王胜利呢？他把审案的部下找来一问，就知道真的是我。当然，接下来就是他们公安内部的秘密，他们商量了一个绝佳的方案，把所有的人都瞒过去了，这其中也包括我！

在经历了熬鹰一般的惨烈后，我感到自己的心理底线已行将全线崩溃。我感到自己不长的人生经历，足以毁灭未来的前程。这一坦白，就只能听天由命。已没有任何希望和侥幸而言，只能老老实实招供，把不管什么事都交代出来，由他们去选择。就在我行将豁出去一咬牙就说话的霎时间，肖剑来了。他笑的样子让人莫名其妙。他握着我的手说："怎么样感受的，大记者？"我蒙了……见我一头雾水，肖剑拉着我的手握了握，并赶忙让部下把我搀扶着来到另一间办公室。我周身已疲软地似被抽去了筋骨，不知道他要做什么。他让人把我先扶躺在床上，倒上茶，才说："这一回可真有了亲身感受了吧，不过好像有些过头！"我不明白，但瞬间聚集的全身精神让我尽力睁开双眼，要看看肖剑好像搞了一个他很明白又精心安排的阴谋似的。我还是模模糊糊如游丝地发问："这，是，搞的什么，名堂？"其实，说这话时，我心里还是很虚的，不知道肖剑会不会是以这种方法在审我。我知道他们的手段很多，没有人进来能不说什么就走的。肖剑头一扬，似乎我早就该明白，至少现在应该明白地说："不是你说过，哪一天体验一下被审问，与公安较量心理的感受吗？"我一怔，我说过吗？我记不清了，或许说过，或许没说过。关键是他这一说，我的心以致全身的神经整个就放松了。我明白，所有的事情都已过去。我在肖剑的办公室睡了两天两夜。

事后，肖剑说，为了让我真正地感觉到全程，这一切是他特意安排的，怎么样，还算满意吗？不过，你好像也很不抗造（他的方言，就是折腾的意思）！天哪，我实在是想想都后怕无比，在这个不明不白的所谓的体验中，我险些把自己的一切都葬送了……

可是，十多年后，我从肖剑的妻子口中听到，那一切都是假的。肖剑在结婚那晚就把这件事告诉了妻子，他怕有一天自己遭不测，让他妻子向我道歉，并让我原谅他。他不是为个人考虑，主要是刑警队，整个刑警队。

我那天脑子里好像真灌了水，直到半夜还游走在城市的大道上。家人一遍又一遍地打着我的传呼机，我竟然想不起来那是哪里的电话号码，或者是任何一个电话号码。当然，我又一次站在街头不知道家在何方。不久，我在一面墙上看到报警的电话，于是，拨打了110……

出　卖

　　日子在滴水穿石中一天天平常地磨损，消失在瞬间的觉悟里，即使你过问又能奈何，还不是水流花落去。只是平常与不平常，取决于你自己某一天是否与前一天有类似或重复。

　　那个对于别人极平常的机械重复的日子，本来对于余克平来说开端也像往常度过的无数个那样的日子，然而重复到不足三分之一，他的生活便开始了让他一生都无法忘记的不平常。

　　虽然早晨一切如昨，可是当天夜晚他却把妻子，和她腹中突然中断生命的孩子永远地出卖了，同时出卖的还有他再也找不到落点的心！以后重复的水滴穿石的日常里，他一直在想象，她和那个孩子被他出卖后会置身何处？梦魇一次次在静谧长夜里将他惊醒，他吓得浑身是汗。

　　没有任何征兆……

　　七点，生活十分规律的外科大夫余克平，像往常那样有条不紊地起床，洗漱，煎蛋，热牛奶，用早餐，换上笔挺的灰色西装，系好领带并左右校正一下，然后提了皮包准备上班。临出门，又折回身提醒妻子多睡会儿，下午他陪她外出走走，不许她独自出门！

　　若云撒娇地扮个鬼脸道："遵命！皇上吉祥，路上无人护驾，自个儿小心点。"

　　"小心什么？难道孤还能在路上做什么坏事……"余克平没说

完,早被从床上扑来的若云一个"啵"的吻打住,惊得他连连埋怨,"干吗干吗你,小心咱的宝宝!"若云一努嘴,"就知道你的太子!他爹不在的时候,俺会狠狠地揍他的。"丈夫扶她回床时,她故意用手轻轻地拍打着怀了七个多个月身孕已隆起的腹部……

在医院走廊上遇到护士纪梅,余克平明白这小姑娘是故意的。她肯定来得比较早,然后想着法子在走廊上磨蹭,目的是在第一时间让他看到她。起初他没多想,觉得小护士不过是为了在他面前表现表现,新来的嘛!后来觉察那种表现不仅仅是为了工作,他毕竟是结了婚的人,小女孩的那点把戏还能识别得出来。从敏感到这一点,他便有意无意躲着纪梅了,这种事的解决一是慢慢地疏远,且不给她哪怕一星点的希望,二是等她明确地表了态,再坐下来两人好好谈谈。

"余老师,早!"纪梅湿漉漉的眼睛水灵灵地盯着他问候,不像别人称他大夫,她一直用"老师"这个称呼。

"早!"他回答时漫不经心地发现她又换了一双鞋,金色的,滚了白边,鞋面上装饰有蝴蝶结儿,鞋跟儿尖细尖细,一触及铺了瓷砖的地板,嘎噔噔的脆响。护士上班只能穿平底鞋,只换了白大褂,纪梅好像还没来得及换下高跟鞋。余克平心里有底,知道那是为什么!

一切都是常规性的。外科门诊室前病人早排起了队。余克平没有太多的话,别人跟他打招呼,统统一个"早"字便回了。进了诊室,不紧不慢在里间换好干净的白色大褂,坐到办公桌前,第一位患者已在桌前坐定等待。一天的工作就这样多年如一日重复着又开始……

余克平在这家医院工作了十多年,因为患者多,每天出诊时连水都不敢多喝,尽量减少去厕所。从早八点忙碌到中午一点,下午休息,晚间再值前半夜的三个小时的班;隔周倒过来,上午休息,工作时间是从下午一点到晚六点,而后再值后半夜三个小时的班;另外两周在住院部值夜班。不过,这样的时间也并不是一成不变的,一旦遇到手术,他的出诊时间可能被无限延长。跟许多行业类似,余克平的年龄处于单位的中坚,不得不超负荷工作。医生都明白这种透支意味着什么,他们总是劝诫病人要早睡早起生活规律之类,自己却没法规律。实在没办法,多少年来他也没想过别的办法。

给患者诊治期间,纪梅又在他眼前晃过几晃,有一搭没一搭没事找事地问他:"余老师,有啥事我跑腿啊?"余克平略微向她淡淡笑过回答,"谢了,没事。"她以前跟他的班,现在协理隔壁刘大夫。跟余克平的护士望望他俩这一个,再瞅瞅另一个,心说啥意思嘛!俺多余,还是你太无聊了。当然很愤愤不平,当然是冲着纪梅。明眼人看得出来,不明眼人也看得出来,纪梅才不理她那醋醋的小样儿,该来还是来,虽然换了平底鞋,脚上没了节奏,但翘翘的屁股却左右上下扭得上了劲。

余克平忙起来没有停下来的空隙,病人一个接一个,病历本一本压着一本,只露出病人的姓名算排了队。一个患者答着话刚抬起屁股,另一个怕被别人占了先似的早坐在桌边的方凳上,嘴都半张了急急地想说自己哪儿跟哪儿不舒服。

九点半左右,纪梅再次过来,是一步三跳叫喊着风风火火冲进来的,"余,余,余……老师……"

她的喊声吸引了一屋人的目光。

那是一张年轻漂亮的脸,眉毛特意修过,弯弯的,月牙般清秀;直挺的鼻梁,白皙而小巧;湿润的唇薄薄地呈现分明的线条,至嘴角上下唇线交汇后再向两侧微微挑去,与两个小酒窝呼应似的,把少女那抹儿羞涩丰富地展现在别人眼里。应该说,除了一丝丝稚气,这实在是张令人禁不住赞叹连连的美人脸,如春天绽放的桃花,该红的地方红,该粉的地方粉,尤其那含了露水似的眼睛望了别人,多少纯情和羞赧含在里面,让你有种想与她交流并呵护有加的冲动和忘我。当然,这张脸也是多变的,有时梨花带雨,有时阳光灿烂。就算几滴珍珠儿似的泪挂在脸上,含着幽幽的忧郁,透出一种压也压不住的伤感,同样是美的。那种无辜无助,有事藏在心底的样子,是少女时代如云似烟的走神儿,常常无形地就打动了别人。纪梅是医院的一道风景,在医院四处白色的地方,她的容颜和一双双变换的鞋子,透出那份生动和盎然,令许多女性妒忌。

但是,现在出现在余克平眼前的纪梅,却是焦灼到说不出一句完整的话。她甚至伸手去拉正为患者听诊的余克平的胳膊，胸口剧烈地起伏，嘴里喘着气，像有什么东西咽不下去似的。余克平一下甩开她的手，很不满意地狠瞪她一眼，举起放在患者胸口的听诊器说："把衣服往上掀一点，再掀一点，然后吸气，深呼吸！"

纪梅一愣，还是不管不顾地去拽他去扯他的胳膊，口里还是："快，快，余，余大夫，快呀……"

余克平简直不能忍受，并不是因为纪梅急不择言叫了声余大夫，他严厉地呵斥："喊什么喊？没见我正忙？这是医院，不是你家，大呼小叫什么？瞧你成什么样子？"

余克平的怒不可遏惊吓住了纪梅。她只能眼看着余克平继续让患者吸气呼气。她知道这是制度，是医院的规定，大夫给病人看病时不能打断，尤其余克平。她眼睁睁急得一头的汗，真恨自己说不出来一句完整话，泪含在眶，任凭余克平不紧不慢地耐心向患者解释着什么。直到开具了诊断书和药物，并对患者一一说明种种药品的用法后，他才把目光转向纪梅，他望见纪梅身后站着两名公安干警。纪梅拉起他，还是那个字，"快，快……"

一位警察此时走近他说："快点，跟我们走！"

什么？余克平有些迷惑，跟你们走，凭什么？为什么？有什么事？没有解释，没弄明白怎么回事，另一警察与同伴一边一个架起他便往外走。瞬间他的大脑因缺氧而一片空白。到了诊室门口，他才想起来大声质疑："你们一定弄错了，肯定弄错了，为什么抓我？放开我，放开我！快点，听到没？你们弄错了，抓错人了，知道吗？你们要为自己的行为负责？知道你们在做什么？啊？"他一反常态地狂呼乱喊时，并没有看警察，而是把目光草草地投向警察身边的纪梅脸上。一向沉稳的余克平也有急了的时候，纪梅傻呆呆地望着他们，不知所措。突然她喊道："余克平别急，先跟他们去！"事后很久，纪梅都想不通自己当初说不出话时，怎么可能喊了那句怪怪的完整的话来！

警察拽了余克平朝外走，同时表示不是抓是有急事要他去，没时间解释。

"不是抓，这样扭着我？"他奋力挣扎，两只胳膊想挣脱警察有力的手，脚尖撑着地面以减缓被拖走的速度。他的喊声让警察一怔，稍微放松了一下抓着他胳膊的手说："好吧！不扭你，但你要配合我们工作，快走……"余克平反而来了劲，企图完全挣脱警察，拼命反抗："你们的手续呢？证件呢？你们是真警察还是假冒的？"

走廊上射过来无数只眼睛。许多病人似乎一下子忘却了疾病的痛苦，纷纷起身伸着脖子想弄明白发生了什么。

乱了方寸的纪梅，一会儿回身想应该找谁，院长或是主任？一会又觉得还是先劝余克平跟警察走。她就那样在走廊上跑来跑去，最后是穿着一只鞋追到门诊大楼外的，警车早鸣着警笛冲出医院大门……

有的医生在问病人是咋回事？当病人说自己这儿跟这儿疼或不舒服时，他们说，我问的是刚才余大夫为啥被抓……

向来过惯了平静而有条不紊，甚至慢腾腾的从容淡定生活，余克平做梦也不会想到，自己一生的不平静，从此像台三国大戏"哗"地拉开帷幕。

将近九点，拖着身孕上街买菜的若云回到小区。她的腹部鼓得像反扣了一个小锅，走路吃力而缓慢。在楼下，歇了好几歇，走路对于如今的她来说，已是件并不容易的事，有点累，还有些乏力。不过，她心疼丈夫，天天工作很忙，又要忙家务。虽然他一再不让孕后的她涉足家务，但她还是做一些力所能及的事，比如把菜洗好等他回来切，擦擦桌子，拖拖地板。买菜原来是由丈夫下班再去，有时她觉得自己能去就省了丈夫在外的时间和辛苦。

那天上午她很想吃西红柿，特别想吃，可家里没了。以前也有过类似现象，丈夫曾一再安慰她，想吃什么就吃什么，孕妇都这样；再说了委屈自己，也不能委屈小宝宝。余克平边说话，边亲切地拍拍她的肚皮。那亲昵的样子，让她心底一层层泛起甜蜜。当然，也不仅仅为了西红柿，主要还是想出去走走。瞧瞧街上的人，也让别人看看她。走在街上的感觉与闷在家里很不同。

她是那个小城的美人，一头乌黑的飘逸长发柔顺地垂落在背后，明眸皓齿，杨柳身姿，皮肤白皙嫩滑，一拧一汪水似的，即使是怀孕，也没有掩蔽这种美，反而因母性的光辉，显出一种耐人寻味的美丽。有些男人甚至说，像她这样的女人，不应该那么可惜的只嫁给了一个男人，还有像电影演员关之琳、许晴，应该把她们都做成标本，永远地留存在世界上供人们观瞻——瞧瞧我们人类多么的漂亮！

每逢听到这些话，余克平只是宽容地一笑，好像自己贪了天大的便宜，别人说说，他心里则浸满了幸福和得意。妻子怀孕后，他决然不让她独自外出，虽然从专业角度他明白，怀了孕的女人应该多走动，但他怕意外。他怎么也想不到，妻子的意外竟发生在自己家里。

经过三次短暂的停歇，终于上到三楼，若云先放下菜，然后捧着从脖颈上取下的一串钥匙，几乎把成串的钥匙转了一圈才找出其中一把，打开防盗门。她尽量把门推得敞开，以便自己宽了的身子能轻松地进入。双手后叉腰侧弯身一手去提了菜篮子，仅仅是刚直起身子面对铁门，一只脚轻抬将要落在门内的一刹那，她觉着自己背后受了一推，笨重的身子被什么卡住，脖子上已袭来一股寒气……若云没能喊出声！那一刻，她脑海里翻江倒海不知所措之际，先是尽量侧了脖子不让刀刃伤及自己，同时，本能地双手护着腹部，甚至还想以最短的时间克服惊慌，怕惊吓了内里的宝宝，动了胎气。防盗门"咚"的一声闭死了。

她有些急喘，明白自己被人绑架了。可为什么要绑她？虽然惊慌，她还是觉得最关键的是要弄清这事发生的原因。

"电话在哪儿？"她听到一个很清楚，但不是想象的凶神恶煞的中年男人的声音。

"快点啦，电话在哪？带我去！"见她愣怔，对方再次催问。

在刀的逼迫下，她与他似连在一起移步到客厅一角的电话机前。

"打电话报警！"男声冷静得像对自家人说话。

她疑惑地想回望一眼，却被对方手中的刀威胁着没法扭头。弄不清对方说的真假，她只好低声嘀咕："我……不报警……"

对方用刀制止了她，急促地警告："少啰唆，照我说的做！"

若云有些发晕，男人再次催促，她才迟疑地伸手拿起电话，试探性地拨号，并问了一句，"是打110吗？……是吗？"

几分钟后，一片警笛声中，若云住的那栋楼被警察包围。她长出一口气，只要警察来到，自己就有救了，宝宝也会安全的。

对峙在极短的时间内进行。若云被对方用刀逼到门前，打开防盗门的里层，隔了外层门上部的栏杆，男人对警察说："都不要乱动，我要见我老婆和女儿，他们在麻绳街12号院3栋4楼东户，请你们快去给我找来。否则这个孕妇就会没命——这可是两条人命！"

一切都有些出人意料……警方吃惊得心存疑惑。

"这样吧，你能不能先把刀放下，我立刻派人去找！"一位警察安排手下记住地址立即出发，再回头对他说："你能不能……"

警察的话没说完，铁门关闭了。开门后的紧张随之消失，若云觉得屋内安静得像她独自一人。平时喜欢这种静，可以自由自在地晃悠在厅室之间，看几页书或翻阅些杂志，但永远想不到电视里惊险的画面有一天会出现在她家。说不出来是紧张还是担忧，她被歹徒绑架自己的目的搞蒙了。那会儿望着门外一支支黑洞洞的枪口，虽然劫匪说话貌似冷静，实际上他的手和身子明显发颤，她立刻意识到某种意外。现在门终于关闭了，已经失去先前那种对警察的强烈盼望，腾空的心忽然落了地，她觉得还是关了门不与警察对峙，自己才真正安全。

令警方失望的是，绑匪的妻子两年前因他一再赌博离开他，先住回娘家，以后又去了南方打工，目前跟家人失去了联系。

静静地等待，若云明白了对方为何绑她，突然因为他对亲情的渴望，心里甚至流过一丝感动，看来对方不会真的伤害她。你想想，一个这样的男人，仅仅为了见一面妻子女儿，做出极端的犯法的事，他肯定被逼得实在没招。这样的人，怎么会真的去杀人？若云这样一想，便不再像先前心脏急促跳个不停，全身放松了许多。

防盗门再次打开，歹徒并没有如愿见到自己想见的人。门外还是一层层荷枪实弹的警察。

"你能不能先把刀放下，有话慢慢说，你的妻子和女儿现在不在家，我们正全力寻找。你要给我们一些时间，要相信我们！"

门里的人没有什么反应。

"你瞧，她是个孕妇，一旦有什么麻烦，你的罪就大了。听我说，先把她放了，有话慢慢说……"

绑匪觉得警方有意拖延时间在寻找时机对付他，突然右手猛地收紧，锋利的刀刃划过若云白天鹅似的脖颈，一股钻心之痛让她"啊"的一声尖叫。

"全退后！全退后！听到没？"他疯狂得近乎咆哮，"给我全退出大楼！不然，我现在就杀了她！"

"你冷静点，冷静……好，好，别乱来，我们撤，我们撤！"警察一边退后，一边不忘威严地发出警告，"你要保证人质安全，否则我们会现场击毙你的。明白吗？"

若云的脖子流血不多，看来绑匪只是象征性地威胁警察。找到药棉，面对镜子擦拭伤口，若云终于看到身后这个男人，高出她一头半，面无表情，两眼死盯着镜子里她的双手。

"轻点行吗？弄疼我了。"她试探性说。

没有回音。

"你一个大男人家，我还怀着孕，又跑不了。你松一点，我快喘不过气了。大哥！"

还是没有回音，稍许，她觉得勒自己脖颈的胳膊明显地松了一圈。

若云心底一震，微笑道："大哥，看你也不像坏人……"

"当然不是坏人！"他果断地截了她的话头。

"可一绑架我，你就犯了法……"

"不这样，我见不到她们！"他几乎喊了起来。

室内的空气简直要凝固了。

若云故意停顿下来，放慢节奏问："谁？"

"当然是我老婆和女儿……找到她娘家，她爸说她们不在，还说不知道在哪。你说说，你说说，天下哪有不知道自己的女儿和孙女在哪的？明摆着不让我见人嘛！"

"你绑架了我就能见到她娘俩？"小心翼翼地发问。

"哼！"他大概从心底笑她白痴。"我盯你好几天了，绑孕妇，警察肯定重视，他们总要注意社会影响吧，我当然容易成功。"他为自己的小聪明禁不住有些得意。

"大哥，这样吧，你放了我，我想办法帮你找到她们。我最喜欢帮助别人的！"

对方没回答。

她再次试探："行吗？大哥，你看……"

"闭嘴！"他发狠地喊道，"你不知道我这些天多么想她们，都快疯了？睡不着觉，吃不下饭，今天非见着她们。不然，我就杀了你……"

"杀了我，你就能见到他们？大哥，你这样做很可能搭上一条性命。"

他冷冷地一笑："死也要见她们一面！"

若云的眼窝竟然有些潮湿，心窝也软软地湿润了。她不知道自己为什么会产生那种感觉，但她确定自己是对一个绑匪做的事动了心。

她与他你一句，我一句，平静得有点像聊家常，劫匪甚至讲起自家以往的过去。正如每个家庭，虽然有矛盾，但留在人们印象里更多的还是些美好的回忆。他说起自己的女儿，扎着两只羊角辫，圆圆的脸，说话时总喜欢小脑袋一晃一晃的，脸蛋上两片红像熟了的苹果。有时女儿嘴含小指头想着什么，一本正经的样子，像个小大人……

窗户"哗啦"一阵爆响，连玻璃带木框整个倾倒进屋内，炫目的阳光投射出一个黑色的人影，裹着旋风一起轰隆隆飞进窗口。

劫匪说话的嘴还半张着，眼里的惊慌甚至都没来得及表现出来，意外让他收缩身体把若云搂得更靠近自己。几乎同时，"啪"的一声枪响，射穿了室内突然凝固了的空气。劫匪手中的利刃也深深地陷入若云雪白的脖颈，鲜血如泉喷射而出，在白墙上画了一道弧线，而后向下曲曲折折流淌。端枪的黑影呆了一秒，听到短刀落地的锐利脆响，也听到一个男人的喊声："哎，哎，我可不……想杀你……"

"啪，啪……"枪声接连响起……

令狙击手没想到的是，在他撞进来的瞬间，屋内目标离开了警方测定的方位，移动了半米。加上室内光线不足，第一枪打偏了——子弹从歹徒肩头穿过，反而惊动歹徒全身收缩，致使刀刃突然发力深深地切入人质的动脉……

事后受到处分的狙击手说，自己本以为劫匪只是想见见妻女，罪不当死，却忽略了劫匪遇到意外而伤害人质的本能反应。更令他痛心的是，因为感情用事，忘记了对于狙击手来说，其实每次只有一颗子弹的机会……这实在是血的教训！

余克平弄不清楚自己是怎么度过那一天的。

当卫生厅的领导和院长与一家医学研究机构的专家站在他面前时，他麻木地坐着，一动不动，整个人像丢了魂，大脑根本无法思考。接下来的谈话，让他一下子从混沌中清醒过来，继而怒火顺着血管里的液体红红地点燃，汇成一股烈焰直冲头顶，根根发丝硬硬地带了刺一般乷起来。

虽然院长的神情尽量地平和，表达尽力地慢声细语，可对于余克平来说，还是晴天霹雳。这家医学研究机构竟想买下妻子的尸体……

余克平觉得自己的拳头带了全身，甚至几十年成长聚集的力量和一个男人的血性，狠狠地砸向对方，而且左右挥舞，面前所有的人风扫落叶似的倒得稀里哗啦，伴有玻璃器皿之类的落地或飞起来撞墙的爆碎的刺耳之声。他两眼一黑，被别人围成圈了搀扶着才没栽倒，等清醒过来，他才明白自己的拳头显然没有打出去，全身软得似没筋骨，只剩皮囊。多年来几乎都不会骂人的余克平，实在想找一句最恶毒的话，出口时却化作一声大喊，"你们，你们……"便再次瘫倒。余克平真想手捏一把手术刀，给这些人一人一刀，凭他的技术，肯定可以一刀致命，刀刀见红。

院长随即建议先不要说这事，稍缓一下。

厅领导叹了口气对他悄声："不行啊，如果能晚一些时间，我们何必这么着急？"另一位专家也说，"院长，我想还是给他说清，需要多少钱都行；再说，作为大夫，他比别人更清楚他妻子腹内保存完好的胎儿的医学价值。在科学和感情上，我们是否应该有些献身或牺牲精神……"

院长用手制止了他，一脸痛苦不堪的表情。他也清楚，可他为余克平，也为那两个突然中断的生命而难过。前些天，他还遇到这个美丽的女人，还给她开玩笑，还……院长觉得自己的双腿似灌了铅，离余克平仅两步之距，却走得沉重而艰难。

一切都过去了！虽然那个夜对余克平来说，走了半年才迎来黎明。

妻子的尸体最终被出卖了！多少年来，想起"出卖"这两个字，他心里就像刺进万把利器，以致后来如果心窝不痛，反而会觉得自己生活得有些不真实。

专家们说要用当今最先进的高科技来保护"她"，让"她"成为医学上的骄傲，成为人类的骄傲，从此永远地留存于人间……但余克平只看见对方的嘴在飞快扑扇着，像什么翅膀之类，闭了张，张了闭，什么声音也听不到。他甚至觉得面对的一群人全是心存险恶地算计着他，明知这一切却无力抗争，像一个无能的人冲着别人明摆了的套儿就跳了进去。

到底听了些什么，或是想了些什么，余克平都没了记忆。他稀里糊涂地签下自己的名字。半年后清醒的日子，他骂自己恨自己甚至把胳膊咬出一排排牙印，回想妻子，揣测那个没有任何凶象征兆的日子，他企图不停地说服自己，因为是医生，是医学院毕业的，他比谁都清楚，他的妻子，突然中断妊娠，健康地保存完整的腹内婴儿的价值。是啊，他不能这么自私，不能就这样让她们消失。至少他们未来还存在于这个世界的某一隅，而且永远地存在于这个世界，不用化作云烟，比他还长久……或许当时对方类似意思的最后一句话，或许是他自己的这种退局似的想象，突然如黑暗中的一闪儿光亮，从某个狭窄的缝隙有力地透射进他的心底，成为他可能找到的唯一的一丝自我安慰。他还想到，如果当初不学医，不做大夫，不关心医学研究，该多好，至少妻子最后不会走向另一种结果。但这样的结果，就真的是他所需要的吗？

"可爱的若云，你能原谅我吗？"余克平不知道多少次这样自问。岁月在自问与恨与悔中分分秒秒化作细流，悄然如水般流逝而去。

纪梅的美丽，是有些艳的。当若云离去后，余克平一下子觉悟了纪梅的这种艳。虽然小护士纪梅极尽自己的关心和仅有的年轻女性的经验，希望能博得余克平的好感，以填补若云突然离去造成的空白，院方也有意撮合，令人遗憾的是，纪梅始终未能走进余克平的心里。

纪梅后来已不能顾及女孩的矜持和羞涩，直白地表达了对他的爱慕，余克平挤出来难看的生硬的一笑，盯了她的脸片刻摇摇头，此生不再谈这类事……纪梅的泪吧嗒吧嗒掉个不停，珍珠似的，牵扯疼人的心。余克平把脸一侧，半句安慰的话也不吐口。

以后纪梅的努力是点点滴滴的，她倔强地认为只要努力就会有结果，可是花儿并没有如愿绽放。一年后的某天，当年护校的同学——已从医学院读研究生毕业到邻近城市工作，在熙熙攘攘的人群里把纪梅找了出来，回忆当年对她的爱慕，却因为在校时的自卑险些错过花期，读研时什么没学就是练了几年胆，现在是要来找她去结婚的。天空似乎一道彩虹，纪梅没想到，在消毒水的味道中，那束鲜艳的红玫瑰在满天星碎小的花瓣及张扬绽放的百合花映衬下，瞬间就收获了她的芳心。

纪梅多少年后还在怀疑，自己对余克平的努力像弹簧将达弹性极度，如果不是那位同学的及时出现，或许可能要超过限度。手捧满怀抱的大团儿鲜艳的玫瑰，一股香气逼醉了嗅觉，望着西装革履、青春盎然的男孩子，纪梅心说，天哪，这就是传说中的白马王子？一尘不染的衬衣领口和袖口翻边，笔挺的裤子连侧缝都直线到地，洁白而富有弹力的运动鞋，满面春风，帅，真帅！当年怎么没发现有这么一个帅气的同窗？她先是浅浅地笑，继而在医院走廊上，在病人家属医护人员穿梭过往的通道上，笑声慢慢地水波一样传递开来，令许多人驻足观望。人们发现，有一个女护士笑了满脸的泪花。

纪梅终于明白了，余克平是不属于她的。如果再继续延长，她如何走向崩溃连自己都无法想象。最后一次走进余克平家，纪梅提了两兜子不同颜色的鞋，高跟儿、中跟儿、平跟儿，皮制、布料，甚至草料的，尖头的、方头的、圆头的，系带的、吊带的、侧带的和没带的……简直准备开鞋店一般。余克平像往常一样平静地让座，倒茶，一言不发。

　　沉默的时间并不长，纪梅就开了口："这些鞋那时都是为了让你喜欢我才买的，我终于知道我们成了真正意义的两个世界。我走不进你的世界，你从来也没想走进我的世界。你以前的生活，将成为你一生无法抹去的生活，无法改变的生活。你坚持一个人生活，其实是怕别人的进入让你回到从前，重复以前，再想到以前。我理解，我退出！我以前做了些蠢事，请你原谅，余大夫。但我不后悔，永远不后悔。再说了，谁没曾年轻过，是不是，余大夫？"

　　纪梅离去后，余克平把那些鞋统统装进黑色的塑料袋，提到楼下扔进垃圾桶。

　　后来余克平能想起来纪梅的是那次她急急地想吻他。她没想到他会用那么大的力气猛地把她推开。她愣怔在他对面，一时间不知该怎么办，脸上的红是紫青色中透着暗红，甚至呼吸都中断了片刻，堵堵地憋着气。那个画面让余克平一直内心滋生出该给纪梅道个歉什么的，却终未实现。女孩子当时那种无辜的眼神，深深地烙进他的心房，令他每每夜深人静突然在大脑中回放那一幕，心儿混乱得一塌糊涂。正如当年人家在他身边絮絮叨叨用科学论证要买走他妻子和那来不及出世的孩子时，他最终由愤怒变得无助无奈，他的心底十分的委屈和无辜……

　　人在委屈时，在无辜时，想做些什么？余克平那时签上了自己的名字，十多年从医他签了多少回自己的名字啊！可那一回签得一笔一画，有些力透纸背。

　　余克平的鬓角怎么花白的，他一点都没察觉。一个人的日子，医院与家里两点一线，从不参与别人或单位工作之外的活动。在相当长的年月里，除了工作时思路清醒，医术越发优秀外，其他时间精神一放松，余克平常常会变成另外一个人。目光硬硬的，盯着一个地方可能走很久的神。电视也不看，书报杂志也不翻，只有一个爱好——喝工夫茶，小壶小杯，挑剔茶叶的品牌，从不减少哪怕任何一道程序。他从不请别人同品，没有茶友，也没有其他朋友，只有病人和上了班见个面点个头不咸不淡的同事。

水滴穿石却穿不透人那一颗肉做的心灵，软弱有时比坚硬更坚硬！余克平的心在多年的水滴穿石中反而被磨得包裹起一层又一层厚厚的老茧。除了上班，他几乎与外界隔绝了。大家多年来都没见过余克平笑过，或许早忘记了他笑的样子，或许觉得他这个大夫根本就不会笑，就连他自己也发现自己的脸部肌肉僵硬得除了冷峻之外已不能笑了。

一个七月的夏季，院方觉得余克平多年把外出开会旅游的机会让给了别人，这次外科专家研讨会，如果他再让的话大家都很过意不去。无论如何得让余克平去，从科室到医院，各层面领导频繁出面，甚至外科为此召开了一个专门会议，还进行了一次表演式的投票，余克平最终接受了这个安排，到千里之外的东北参加学术会。

六天会议，其实只有第一天算是学术研讨，中间四天旅游，最后一天上午自由活动，下午参观当地一家在全国颇有名气的医学院。研讨会开得很随意，一些代表在会上发言照稿子念，虽然主持人规定了每人的发言时间，但没有一位发言者不超时的，别的与会人员则喝水，吸烟，窃窃私语，交头接耳，甚至闭目养神想心事，或干脆打瞌睡。反倒是会后大家的聊天比研讨的气氛更热烈。每人都领到一本研讨会上发表论文的红皮证书，至少以后评职称之类有些用处。其中主办方之一的当地医学院的年轻副院长，给余克平留下深刻的印象，虽然四十多岁，却干练有加。他主动给余克平搭讪，说对余克平那座小城还算熟悉，以前曾在那座城市的邻城工作，后来因妻子无理由非要来这里，便跟着调动过来。而且对于外科研究，他很有见地。余克平觉着他与自己当年倒有几分相似。

旅游时人们要兴高采烈得多。长白山、千山、第一汽车制造厂、大连的老虎滩、旅顺口之类，大家玩得不亦乐乎！余克平感觉自身好像有了什么变化。很久没有这样，没有工夫茶喝，不得不一次次与别人点头面对，不得不一次次把目光投向那些说着跟他根本不相干的话的人的脸上，他觉得自己真的变了，至少脸部肌肉松弛了许多。

最后一天上午的自由活动，大家或是拜会朋友或是去会议上，没安排的人自己情有独钟哪再到哪游游，余克平哪也不想去，只在宾馆耗时间。十点多门铃音乐轻快地响起。他答着话去开门，见是那位副院长，忙说请进。副院长微笑着点头说："我妻子想来见下你！"余克平一愣，门外走廊上才出现了一个女人的身影。余克平说着欢迎欢迎，自己先退进屋，让座。待到把两杯水放在客人面前时，他从女人的脸上读出了熟悉。岁月无情，当年的纪梅如今已人到中年，卷曲的头发，精短而利落，有些发福的脸，仍然眉清目秀。两人谈了些什么，余克平后来几乎回忆不起来，但他只记得纪梅好像说，他会不虚此行的！

下午主办方特意安排参观医学院标本展览室，令所有参观者惊叹的是那件"镇院之宝"。一个女性身体的腹部半侧被立体分层地切开来，与另半侧隆起的形状相对应，可以清晰地看到皮肤、肌肉、脂肪、骨盆，尤其引人注目的是她那被胎盘膨胀起来的子宫里孕育成形的胎儿。小家伙斜身躺在妈妈的体内，双眼微闭，鼻梁挺挺，嘴唇饱满，一双胖乎乎的小手带着一连串的肉窝随意地摆在自己胸前，两条肉嘟嘟的小腿交叉拳曲，可爱的小脚丫更是像模像样地迎向观者，整个呈现出一副睡美人似的优雅安详……

随着一双双震惊的目光，余克平同样无法相信自己看到了什么。他的全身一阵寒战，头皮发紧，闭了片刻的双眼再次睁开，他已听不到别人在议论些什么，或是有人在介绍什么，作为外科医生的他，能够清晰地发现女人脖颈上那道缝合过的疤痕。近二十年过去了，以科技手段保护下来的女性的面部，竟延续着当年留在他眼里最后的表情，一切是那么平和，没有惊慌，没有疼痛，除了肤色外，他的妻子还像当年一样美丽。然而，这种美丽是伴随着一个女性最私密的地方向人类永远地敞开……当年因为穿着稍有暴露都羞涩和脸红耳赤的妻子，如今只能一丝不挂地昂首望着远方，站在一个圆形台座上，双手交叠环绕在腹的下部，永远地保护着静静睡在她体内的婴儿，怕动了胎气似的。

　　余克平想对女人摆摆手，想去吸引她那仰视的目光，双手却软得毫无抬举之力。他对她说了一通话也只在自己心底，因为他根本失了声，只有泪像决了堤的水坝肆虐横流。

给你一把水果刀

谁也没想到的是,我根本不是热线记者,但那天我的手机一响,是报社值班总编打来的,让我临时顶替一下,去金水路王子大厦,那里有一个女子要跳楼。

这就是我们常常说的机会。机会其实在我理解,就是你一生中遇到不多的那种失去了就不可能再重复的事情。做了八年记者,能赶上采写别人跳楼的新闻,这就是机会,这一辈子我也就遇着这一回。

我是打车去的,一路上没有太激动。当然是因为我久经沙场,在新闻行当这么多年,什么口什么线儿没跑过。比如说经济,比如说科技,比如说旅游,比如说体育,比如说计划生育……

男记者为什么不能跑"计划生育"?这行当里工作的许多国家干部还是男的呢!这项工作最大的难度在城市周边的农村。许多人家的田地被征用了,没事在家干吗?生呗!一胎,两胎,三胎都不过瘾,有的人家敢生四胎、五胎。最巧的是一家生了两个女儿还不罢休,结果再生竟是一对男性双胞胎,这一下子让全村只生女孩的人家看到了希望,人家那地咋就那么丰产,咱能比别人差?生,坚决生,咱也生他一对儿双胞胎,当然是男仔儿!

这些年来,最累、最危险、最刺激、最不想干的就是负责公安线儿。深更半夜就被公安局宣传处的人通知要执行"零点行动""狂飙一号"什么的,正逢午夜香梦,或是去扫黄,或是打拐,或是去抓捕持枪歹徒,或是某某地又发生强奸杀人案、碎尸无头案。太阳当空朗朗乾坤也难得闲,有人打来电话说在某商场装了炸药不按时准备五十万就要引爆,某宾馆车站有人贩毒或是逼迫少女团伙卖淫……危险着呢!

有时我想,唉,没有手机多好啊!刚到报社那阵子,通信手段还没有现在发达,既无传呼机更没手机,单身宿舍当然不装电话,下班后看书看报看电视至半夜,然后一觉睡到天亮。现如今不行啦,报社要求二十四小时开着手机待命,弄得新闻记者比公安还公安。

"到了。"司机提醒说。我早知道到了,离很远就望见王子大厦围着那么多工作加看热闹的人。公安、消防、医生护士、酒店服务生、行人、民工、收废品的、时髦女郎……好家伙,里三层外三层。大吊车的巨臂高高地伸向半空,好像有人站在上面说什么。地面铺着吹鼓起来的气体垫子,就等着人家从空中跳下来呢。也不想想,要真是想跳楼,怎么可能就照着你那垫子上跳?蠢!

我分开人群往里挤,不妨被谁一把推了出来。那人还说:"挤什么挤,净瞎凑热闹,有啥好挤的……"

我没发火,还是笑眯眯对人家说:"我当然要挤的,我是记者呀。"

那人把头上的大盖帽檐往上推了一下,态度显然比刚才的凶巴劲儿友善了些,问我是哪儿的记者。我说是晚报的。他又看看我,好像不相信地审视了几眼,还皱了一下眉头,让我拿出记者证瞧瞧。我就给他,他才对我很生硬地一笑说:"记者也不能硬挤呀,多妨碍执行公务,为何不早说是记者呢?"

没时间给他"拼"嘴,要是那女子一跳,我的新闻就没戏了。我必须赶在她跳楼之前见到她的样子,听到她最后的喊声,最好亲眼看见她如何跳下去。那镜头会不会像只展开双翼飞向天空的鸟儿,很轻飘,很美,很优雅飒爽,当然也很理想,很浪漫。不过,划着抛物线然后加速落地的身体肯定惨不忍睹……

许多事情都是如此,过程远比结果更有感觉和欣赏性。

我高举记者证冲过隔离线,像兔子一样,不对,兔子跑得并不快,应该像一只野鹿,跳上几级台阶,穿过一楼大厅,冲向电梯,几分钟后就很严肃而紧张地站在事发的楼顶平台。

掏出手机一看,从接电到现场花去十六分钟,不算快也不算慢,虽比不上119,也够兵贵神速。王子大厦不算高,称大厦是因为它有些历史,十年前绝对是这座城市不多的高层之一。为啥叫王子,那就不知道了。大厦呈碑式设计,有碑身与碑座,也就是有主楼、裙楼之分,加一起共十层。我很清楚,原来跑消防时学来的,不管遭遇多大的事,即使是特大火灾,如果在三层以上,就别指望跳楼逃生,跳也白跳。所以,从王子大厦楼顶往下跳,肯定没救。

大厦楼顶平台站的一帮人中,公安、记者、酒店的各类人员好像都有。一名公安远离大家与当事人相隔十来米说着什么。我被堵在人堆里,踮着脚尖也听不清,想挤到别人前面,没料又被公安划拉到一边。"我是记者!"我几乎是在喊。人家听都没听很凶地瞪着我呵斥,"安静!"

站在隔离线外有点无奈,凭啥电视台的记者就可以扛着机器往前去,报社记者只能远远地眼巴巴地观望,也听不清公安与那女子说些什么,表情如何(不仅有些距离,而且公安背对我们)。不搞清这些,还叫什么首席记者。明天整座城市最细致、最深度、最全面的这类新闻就寄托于我们晚报,社会新闻没有谁拼得过我们。

女孩子的脸部虽看不清,但她的样子像在哭,肩头一抽一抽的,站在楼顶的边上,离真正要命的边缘似乎也就一尺左右,弄不好一个闪失就可能掉下去,而不是跳下去。要搁平时,估计让她站到那儿,肯定头晕。公安与她的距离是她一再喊着要跳楼不让别人往前走的临界,公安当然不敢轻举妄动,怕万一再靠近,她一急失足就下去了。

女孩子的秀发飘逸地在风中时起时落,把她远远地勾勒成一副英雄小样儿。白色的裙子,粉色的无袖短衫,二者之间却被一段肉色若隐若现地隔断,显然是那种露脐式的时尚装束。

虽然挤到人墙的最前排,我眼睛近视,能看到的就这些,只好向身边人打听。一家新闻单位的小妹妹记者告诉我,那女孩是被男友抛弃了要跳楼轻生。"傻瓜!"小妹妹记者最后还评价了自己的同类这么两个字。

后来，好像那女孩在向我们这边眺望。这群二十多号人都预感到可能有事情要发生，紧张地齐刷刷地盯着他俩。不久，那个警察背对着我们退着步子，并朝那女子大喊："没问题，没问题，你能不能再往里走一点……"这声音我听到了，因为警察退到离我们不远时还在重复地喊着。接下来，他转过身冲我们走来，准确地说是冲着我。"这，咋回事？"嗨，嗨，还真是冲着我哎！

他问我是干什么的。我说记者，他一笑，那就好，干了十多年了吧，也是一老手？我赶紧摇头，没那么老吧，离十年还差七八百天！

是我那一尘不染的白上衣在此深色服装的人堆里很扎眼，才找我的吧？咱自小好干净，不是洁癖，但衣服换得很勤，夏天有时一天几换。对自己要关心，虽然是文人，做着这忙乱的工作，生活却不像文人做人那样不拘小节，我不能不照顾自己。这世界上有谁还能比自己更了解自己，更关心自己？

"下面就看你啦，那女孩说她相信你，让你过去跟她讲话。你可记住，说不好那是一条人命，要沉着冷静，尽量稳定她的情绪。要让她相信你，要想办法让她往里边挪一点，哪怕是一点点，最好给我们创造安全营救她的机会。如果你能更靠近一些，一把抓住她最好不过。千万不能做没有百分之百的把握的事……"

一头雾水，敢情是让我去上演英雄救美。本以为她纵身一跳，楼下一片尖叫，采访采访公安，大街上问问观众，今天的事情就结了。怎么可能让我与那女孩对话，弄不好，她跳了楼，尽成我的责任。这可是人命关天的事啊！

我说："我什么也不知道呀。"

"就因为你不知道，她才可能给你说说，这不就可以拖延她了吗？时间一长，她的情绪或许就不再那么激动……"

哎呀，这是真的，我真的要与那个要跳楼的女孩子近距离地接触？天哪，这么多人她怎么就选中我，就相信我？自然是有喜有怕，胸口狂跳，血压升高，头部脸部都烫烫的。或许这就是平时说的"脸红脖子粗"，那就是被气堵的。而我此刻是急的，急得不知所措——事后，才知道，那么多人中，只有我一人戴眼镜。她自小就对戴眼镜的人有好感。

我的双脚虽然有些不听指挥，可耳边还是公安们告诫的话。大家都在尽力，不能让一个活生生的生命在我们面前消失。但我们也不能阻止意外的发生，大家只是努力，你不要有任何心理负担，轻松点，再轻松点，他甚至最后好像还加了一句，权当去会你女朋友……

女孩子长得挺漂亮。站在离她不到十米远的地方，也就是刚才那公安站的地方，她就指着我让我站住，否则她就要跳楼。她的脸上沾着泪水，很伤心的小可怜样儿让我顿时感染了难过的情绪，嗓子都堵得出气不畅。

她嘴噘了一下，好像吧，接着是"嗯"的一声，然后她又哭。伤心透顶的那种，双手把自己的发梢攥在手指上缠来绕去，嫩弱的肩头无助地抖动，好像又触及自己最委屈最伤感的神经。接着就是她边抽泣边伴随着的自语，"他咋就……就……就……不……不……跟我好了，我们一块……来的城里，他……他……他咋就……就跟……跟别人好了……呜呜呜……"

她当然不只"呜"了三声，而是很曲折很有节奏地拉长。

我尽量克制地劝说："别哭，别哭，我是记者，我能帮你些什么？"

……停了一会儿，她抽了一下鼻子说："你去把他找来，我要当面问一问，他咋就跟别人好了。"这话都有些狠狠的劲儿，好像是从牙缝里挤出来的。

不知何时已尾随在我身后的两名公安急忙说："已经派人去找了，很快就到。"我急忙像鹦鹉似的也不甘落后地学说了一遍，直怕她听不清，一激动就往下跳。我的心比她紧张多了，整个如擂战鼓，虽然是老记者，可谁身临其境过这阵势？

她突然又有些情绪失控，指着我身后的公安喊起来："你们都在骗我，你们站住，不许再往前走，你们都在骗我，我不信，他不会来的，你们根本就没去找他。"

她的最后一句话是喊出来的，右脚也随之狠狠地跺了一下地面。

瞧着她这样子，不知怎么搞的，我竟没忍住给笑了。

"傻丫头，信我的不是？你要信我的。我告诉你，他们真的派人去找了。你别着急，千万别着急……"

她吃惊地盯着我，带着疑惑的口气说："你咋也叫我傻丫头，他就是这样叫我的。"她的头和嘴都在质疑中做出了可爱的女孩那种撒娇样的撇动。

我一下子好像找到了感觉说："傻丫头，你为什么就找我呢？因为你相信我，对吧。这就是我们的缘分，对吧。你想，这世界如此之大，为什么就让我们在这儿见面了呢？这就叫缘分。只要你相信我就好。就像我相信你，你一定是个好女孩，对吧。佛说，'前世修行五百年，才可以换来此生擦肩而过。'你想，你今天与这些人都是前世有缘的。我是个作家，不只是记者。平时我写小说。你看过小说《你不理我，我偏要理你》吗？那就是我写的。"

她皱皱眉，吸了一下鼻子摇摇头。

"你看过哪些小说？"

"我平时……看小说不多，只翻翻杂志……你真是作家？"

她说话显得比刚才理智多了，而且我发现，作家的身份又一次显示出力量。以前曾帮朋友去谈事，出人意料的是人家一听记者，简直退避三舍，要不社会上怎么流行着"天天防火、夜夜防盗、时时刻刻防记者"的段子。极度尴尬的时候，朋友向对方介绍说我还是作家，真没想到，这些商人，虽然不看小说，却对作家的感觉仍然是很好、很尊敬，很当回事。大家一下子成了知音似的。

"我真的是作家，记者是我的职业，写小说才是我的爱好。不过，咱是写着玩的，不当真，没压力，想写啥就写啥。出过几本书，是自费的，自我安慰呗！都是身边的朋友出书闹的，一帮附庸风雅的家伙，害得我也风雅了一回，出了书卖不出去，见了朋友就签名让别人雅正，也不想想谁有时间给你雅正。再说，如今还有几个人能静下心来读小说？网络报纸上的新闻、怪事、奇事翻着能过眼瘾就行啦……"

说这些只想拖延时间，也就是完成公安兄弟交给我的尽力挽救一个花季少女的生命的任务。佛说："救人一命胜造七级浮屠。"你想想，救人的差事，一个人一辈子能摊上几回？

"你真是作家？"

她的小脸平静下来，好像还有些想笑地把头一歪，手中的头发一放松便呈"小马尾样"自然地甩向脑后，自由地摆晃起来，一副可爱而清纯的小女生样儿。我当年就因为妻子这个"典型动作"而向爱情彻底缴械。可惜，婚后几年，我饱尝了妻子对我的背叛，终于不得不与她分道扬镳。我那可怜的四岁小儿跟着她生活，谁知她竟那么快又嫁做他人妇。唉，男女之间为什么总是如此多的悲情？

她大概能看到我眼中含而不落的泪水。

"我真是作家，我也经历过感情的背叛……"

"哦？"她那对好看的大眼睛罩着泪雾瞪着我。

"其实，别人都背叛了我们，我们为什么还要为他们去死去活的，我们自己为什么就不能好好地活下去？"

天哪，这不是有点声讨般的慷慨激昂嘛！

"那，那，她是怎样背叛你的？"她似乎有些同病相怜地追问。

……

"回头吧，回头我请你吃饭，再好好聊……"

"你真的是作家？"

"真的，写小说，赶明儿我送你两本我的小说。"

"真的，不许骗人。"

"谁骗你谁是小狗……"

她"扑哧"一声连哭带笑了。仅仅是笑颜之后的瞬间，她突然又恢复了委屈的表情，话语里拖着哭腔质问我："你说，他咋就能跟别人好，我有啥不好？"听那口气，我就是背叛了她的那个男朋友。

"你挺好的！打眼一看就知道你是个好女孩，谁见了你不喜欢就是他瞎了双眼……"

她竟好像露出些许羞涩，脸上掠过一丝难为情，低声呢喃："我哪有你说的那么好……"

就在这时，连我都惊呆了，一名公安竟突然出现在她的身后，以我即使近在咫尺也没观察清楚和反应过来的速度，把那女孩一把搂住，再借双臂之力拖拉向楼台里面安全的地方。

公安就是公安，我俩说话的时候，他们已发现她心理上的麻痹，抓住时机一举了断。

她显然受了惊吓，明白过来想挣扎，却被公安死死地抱住，想跳也跳不了。

我当时懵了，大脑轰隆隆像跑火车。那位公安跟我握手，说感谢，好像还有什么你真行，立了功之类的话，我没听清。电视镜头对着我直拍，几个话筒递过来，同行们好像要采访我，一个漂亮的女记者还笑盈盈地问我话。我却反复地问，他们要把那女孩带到哪儿去。眼前似乎是她充满仇恨的目光，是对我的，她像被我欺骗了似的。我要找到她，给她解释，我只想救她的命……

那天的新闻我写了，不过写得并不理想。但老总很满意，因为我把这件新闻做成了我们报社的新闻，当晚的电视、次日的报纸都报道了我。你想想，记者智救轻生少女，这多有新闻卖点啊！

报社给我嘉奖，不仅下了红头文件，而且还开会表彰，当然还有五千元的奖金进账。看来，好事还是要做的，既得名又得利，这种名利双收的好事我以前咋没想到？

那女孩后来是由公安送到医院去的，当然是看护性的治疗。可我想，那能行吗？她过几天再跳楼咋办？

公安说，那就等事发再解决呗，谁也不能预料事态的发展，做公安的只能处理正在发生的事件，总不能钻到别人脑子里去阻止人家想犯罪吧！

说的也是。

写稿子之前，我弄清了，那个女孩叫吴梅。家是农村的，跟着自己青梅竹马的男友一起出来打工，没想到男友告诉她，他遇到另一个女孩，才知道什么叫爱情，他对她更多的是兄妹的感情。吴梅受不了，村里人都知道她跟他的关系，而且两人出来打工也是要挣了钱回去结婚的，临出门时村里人都在背后议论，他俩这一出门可能就把婚提早结了，不钻一个被窝才怪呢，弄不好还抱着个娃娃回去结婚……可她与他在城里还是各住各的，本来是要回去结婚的，怎么一下子她就与他不是爱情，是兄妹感觉呢，她为何没这种感觉呢？

她很会哭，以前一哭，他就会一切都认输，先是哄呀劝呀，接下来自己捶打自己说自己错了彻底的错了，再就是拉着她的手去打他，让她解气，她就气笑了。但这一次却不同，她使劲哭，他也不劝她，只是想让她好好想想。她怎么可能想，她就是不答应他跟别人好。他没法子就留了一张纸条与那女孩走了，说是要去外地。吴梅找了两天找不到他们，就决定跳楼，一惊动公安肯定能找到他。在跳之前还是要见一见他的，如果他能回心转意，她就不跳了；要不然，她活着也没意思……

本以为这个新闻像诸多流水的事件一样就这样流走了，我的奖金请朋友、同事吃了喝了玩了花了个精光，还略有倒贴。出人意料的是，那个女孩子后来却找到我的报社。

吴梅呀吴梅，她是给我们晚报送新闻来了。

我们的摄影记者早把镜头大炮一般地对准了她。

"你来了？"我措手不及地问。

"嗯，"她只这一个字就不说话了，静静地站着一直盯着我看。让她坐，她摇头表示不坐。我只好坚持说："你还是坐吧，有话坐下来慢慢说。"她还是把目光盯在我的脸上一言不发。

先是莫名其妙，慢慢地有些发毛，我是有过恋爱经历的人，对女人这样的目光并不陌生。我的背部渐渐流过一丝寒意，心说，坏了，这要是真的就彻底地坏了……

总编听说后亲自过来看望这位不速之客，他伸手给人家，吴梅握手是握手，正眼都没瞧他。老总有点尴尬，但老总毕竟是老总，立刻化尴尬为轻松，批评似的让我赶紧招呼客人坐，倒茶。

我这才逃一般躲开她的目光手忙脚乱起来。她还是不坐，眼睛跟着我转。有的同事看出端倪窃笑起来。老总安排的两位女编辑已经走上前来，做出一副亲密无间的样子，硬是把吴梅连搂带抱地按坐在椅子上。

接下来，我是这样开口问她："身体好些了吗，不再找男朋友了吧？"说完，我就后悔了，平时一个明白人怎么这事上犯糊涂，哪壶不开提哪壶，这话也敢说？

她却平静地摇摇头说："不找了……"

轮到我吃惊地"嗯"了一声。

"想通了？"

她不解地瞪着我。

"其实，爱情这东西说不清，是吧。他喜欢上了别人，你再强求也没意思是吧。就算你们结了婚，他不喜欢你，两人在一起也都很难受，最后也可能离婚，是吧。你还这么年轻，又这么可爱，还有很长的路要走，还要好好活人，是吧……"

这怎么像做报告？本来是劝解的，怎么就成老师上课、领导讲话只有大道理了。好像也说不了别的什么。人有时就这样，你满腹经纶不一定什么时候都能发挥出来。

她突然发问："我真的那么好？"

我疑虑地点点头，并随口"噢"了一声。

"那你愿意跟我好吗？"

"咚……"简直是遭遇了海啸地震火山爆发，或是青天白日被人蒙了一头麻袋一通乱棍打劫，或是身边一颗低闷却惊心动魄的炸雷，我被震得晕头转向，找不着北摸不着南，这是哪儿跟哪儿，这是？

什么事哭笑不得，这下我算明白了。

"你说！"

有的同事笑出了声，有的甚至笑得忍不住跑到一边去了。

这个初中都没毕业的小女子在城市没几天就变了样，在表达感情上竟如此大胆、如此直接，让我吃惊之余有些大脑缺氧。

我结舌，"你听我说……"

我以目光向老总求援，可他的脸上也是淡淡的笑意。他似乎很愿意我把这个独家新闻经营下去。他的脑海中一定是明天的报纸，以如何的版位，配怎样的图片，做什么标题，加印多少份，甚至以此新闻找到一家气派的企业在同版面配发广告，如此等等。

千古不变的英雄救美的故事，一点都不稀奇的美人以身相许的结果，一旦加上男主人公是一记者，是晚报的记者，就是咱报社自家的新闻，谁抢得去？

陈旧的故事，赋予新的内容和环境、结果、未来、对象等，一切都呈现出前所未有的新鲜和耐嚼来。

我再想说你听我解释这样的话，却没说出口。敏感的吴梅已读懂我的表情，她的泪很气愤地憋在眼窝里，脸色通红，扭身就想跑……

这下我是有经验的，大喊一声："拦住她。"

同事虽有些反应迟钝，好在人多，她穿过了身边的几人还是被另外的记者拉住。这时，吴梅的激烈显出了她的拼命，又跳又挣，甚至把我们高大的体育记者的左手咬了一口。她大喊大叫："放了我，让我去死……"

我冲到她面前脱口而出："没说呀，我啥也没说呀？"

我当时的意思应该是，我没说什么呀，何况你问我的结果也还没明白表示呀，你这要死要活的。我到底是啥意思，我也说不清楚当时的意思。我绝对是想先稳定她，不能让她从我们报社出去又去跳楼。

人们其实面对突如其来的意外事件，往往起初都是束手无策。

没想到，听了我的话，她突然安静下来，目光盯着我问："你说，你喜欢我吗？"她放松一刻，立马穷追猛打。

急中生智的我说："容我想想，容我想想……这事，别急，别急……"

有同事小声起哄："反正你也离了，这个女孩不错，娶了她吧……"

吴梅脸上竟飞过几片羞红。老总很严厉地制止同事取乐，让大家别乱说。

"那，那你啥时能想好？"她好像突然就失去了刚才的猛烈，变得有些吞吞吐吐。

"我，我……"我比她还吞吞吐吐张口结舌。

她盯着我，几乎是等着发急，我当然不能再给她机会，便说："我对你还不了解，我们能不能先坐下来谈一谈……"

"不。"她很坚决地回应。

"那，过两天，行吗？"我几乎是可怜巴巴地乞求，虽是缓兵之计，可是要演得比真的还真。

她以镇定而大度的口气说:"好吧,就两天,今天十四号,十六号这个时候我再来。"

"你,你……"

我没说完,她就转身推开人群往外走,有的同事想阻拦,见我和老总都没发话,就闪开路让她出去。

大家都不笑了。这事当真了,下来怎么办?

是的,不能欺骗人家姑娘呀,也不可能与她恋爱呀。什么原因,没原因,就是不可能。好赖也受过高等教育,把一个陌生人往面前一推,这就是你的对象,谈去吧,去恋爱吧。简直荒唐荒谬,不可思议,不可想象,不可理喻……这女孩子是要跳过一次楼的。那次是为别人,若为我再跳一次,而且这一跳恐怕就不那么简单了,事搞大了,一命呜呼,我这辈子还怎么在圈里混?当然再婚连门都没有,谁敢嫁一个"逼"得别的女孩跳了楼的男人呀?再说了,这新闻是非不久成了绯闻似的,要跟我下半辈子。何况自己内心还有致人非命之嫌,后悔愧疚劲儿自然也是别提了……

怎么办,谁能替我办?坐在办公桌前,我傻了,真傻了。

两天,报社在老总的主持下召开了一天接一天的专门会议,研究出来几套方案,连公安也被请来出谋划策。一番番争议,一轮轮否定,最后时限到来,老总把大家的意见汇总起来,竟然是"解铃还须系铃人"——真废,两天的时间白费了。

在万分煎熬中,我这个系铃人迎来了解铃的日子,两天后的阳光说到就到,像没什么事儿似的,仍然透过玻璃窗大大咧咧地躺在办公室的地毯上。

虽然翻来覆去一夜无眠,但一向对穿着很讲究的我,还是换上了干净凉爽的白色冰丝T恤,淡白色的休闲裤,在炎热的日子先让自己的心静如水。同办公室的一男一女两位记者也早早地坐在办公桌前装模作样地办公,伏兵一般与我呼应,以备不测。

我们是做了"充分"的准备,连便衣警察都坐在可以一目了然办公室全貌的走廊沙发上给予配合。办公室喷洒了好闻的空气清新剂，沙发的茶几上还特意摆放了女同事专门弄来的鲜花，和老总专门关照待客的西瓜（要是平时，早被瓜分得以"手指大压小"决定谁去倒瓜皮了），一切收拾得就是单位检查卫生也没有过的干净和整洁。据说，舒适而优雅的环境对稳定人的情绪是有帮助的。

吴梅准时到达，前后不差五分钟。

不过，她一来反把我们都镇住了——她的轻松与微笑超出了我们的想象。没有化妆，她这样的年龄，青春逼人，这就是美的资本，加上她本来长得很清纯又很漂亮，那一刻我险些把以前的想法推翻——如果不是有过一次婚姻经历的话。

让坐，她这回没反对，顺从地坐在我对面的沙发上。

她穿着一件绿色鸡心领口的背心，胸口绘着白色的卡通图案和英文字母，浅色的牛仔裤和白色的运动鞋，双肩后背一个棕色系带半圆形小包，加上一头染着淡淡的黄色的秀发，一切都显示着年轻、鲜活和时尚。

劝她喝水。她就抿一小口面前纸杯里的水，她一言不发只等我开口——看来，这个执拗的女孩子只要答案，别的什么都不管不顾，似乎什么样的结果对她来说并不重要。

她那孩子般的明眸里，已经找寻不到一星半点曾有的灼热、炙烤，偶尔流过一丝稚气，是那样的澄澈和无瑕，犹如山涧的处子泉水镜泊林湖，透明见底，湿润而波澜不惊，同时又内含灵性生动。

她只注意我，好像屋内只有我俩，绝对地旁若无人。若不是早知她从乡村走出来不是太久，如果我们在另一个场合相遇，这样的相对，我会把她认作是一位修炼到家的谈判高手，甚至是天才吗？她在以自己的静心、定性压迫着对手亮出无处可藏的底牌。

我是想绕着弯来说的，便按照我们商量好的想法慢慢开始，缓缓向那个主题靠。

我问她的家里人来了没有。

她摇头。

我问她家里还有什么人。

她淡淡一笑，"查户口呀？"

我也笑了。

"你这几天好点了吗?"

这是什么问话呀,都不知道是怎样弹出了我的口。我的脸上是在笑,其实这么简单的话,我说得很难,没想到这么艰难,坐在冷气空调下的我开始感到额头有汗珠渗出来。

老总及时进来,他大概感到我有可能把事情说糟,连我都预感自己要把事情再一次弄糟……

老总老练地客套一番,便夸张地张罗小刘快去切西瓜,双手抱起面前的西瓜像救命道具一般。

很快,小刘就咋呼着西瓜来了,像酒店服务员一样把切好的西瓜整盘端过来摆放在茶几上。老总借机往吴梅手里递着西瓜,劝她先吃先吃,解解暑,凉快凉快,吃了慢慢说。

吴梅迟疑了一下望望我,又看看老总,很不在意地说:"西瓜切得太大了……"她把接在手里的那块西瓜又放回盘子。

老总先是一愣,接着不好意思地笑笑说:"也是,也是,小刘拿水果刀来,我再切切……"

后来,老总坐在吴梅斜对面,亲自操刀分切小刘切过的一块块西瓜,然后才把一瓣两指宽的西瓜递给她说:"小吴,你吃,快吃。"

吴梅接了,说声谢谢,慢慢地小口舔舐起来。

"小吴,今年多大啦?"老总没话找话很长者似的问。吴梅就像西瓜一样甜甜地一笑说:"二十一。"

老总还算记得另一个主角,也递给我一块西瓜。虽然吴梅吃得很放松,我和老总却吃得如嚼棉花般的无味无觉,心里却越发紧张。

这样吴梅吃了两块西瓜,在老总还自夸这次买的西瓜不错,还挺甜的,真是"红沙瓤赛冰糖"时,她已灵巧地把瓜皮慢慢地扔在废品篓里。我和老总劝她再吃一块时,吴梅已从自己放在沙发上的皮包里掏出一包纸巾,抽出两张,展开,对折,轻轻地擦拭上下嘴唇及嘴边的部分。她摇摇头说:"不吃了,不吃了,好了……"

再后来,她把纸巾捏作一团,有些不屑地迅速扫了我一眼说:"你们也别说啥了,你们的意思我明白,我懂。我又不傻,我傻吗?"

我和老总不约而同地急忙点头，然后又连忙使劲摇头，生怕晚一点她就认为我们以为她傻。

"你是不愿意跟我好的，对吧？"

这句话虽然说的声音不大，也很平静，可我的心跳已猛然加速。还没来得及对阵，就让对方识破了，看穿了，阵脚不乱才怪呢？

此时她的镇定和放松、不动声色，让我们在座的人都失去了想象力。似乎她早料到这个结局，与前些日子的冲动、激烈相比，简直判若两人。

或许这两天她也想了许多。看来，是时间起了作用。时间可以改变一切，时间可以成就一切，我们失去的是时间，我们争取的也是时间。感谢时间啊！

当然，人类中的许多事情也是最经不起时间的考验的……

她站起来的时候，只是说："你们出去，我想跟他说一句话就走，再也不来烦你们。"她当然是对着屋里除了我以外的别人说的。

这太突然，老总本想说些什么，可犹豫了一下，最终还是将信将疑地向我两位同事摆摆手，大家一起慢慢地走出办公室。

她没有关门的意思，外面的人可以直观地看见我们，我也不可能让那救命似的门关上。

她说："你能不能抱我一下？就一下……"

她的脸色很平静，说出这样的话，竟没有一丝少女的绯红和羞赧。她接着说："你救了我，却不愿意跟我好，我知道，你不想跟我好，可是你救了我呀……"

我心里虽有点莫名的害怕，但没空多想，一个女孩子在自己不能被爱的时刻只是向你提出来抱她一下，这个愿望不算什么吧？她或许从此就离开这座让她伤心透顶的城市，找一个可以生存下去的地方漫长地活下去。或许她还可以找到自己的爱情，也可以很幸福地度过以后的日子。她甚至还愿意回忆起这段轻生的故事，发笑说自己当初很傻，如果真的死了，哪还能享受这得来的幸福呀……

见我没拒绝，她就直直地走过来。

我注意到，她连自己的小包都没拿——那是我们重点防范的对象。小皮包老老实实地躺在沙发上,像一个小宠物,静静地注视着自己主人的一言一行。

我本来是想说点什么可说不出口,只得身不由己地被动起身站到茶几的另一端。她坚定地走到我的面前,与我不到一尺间距才停下来。我的目光没看她,而是穿越她的头顶望到门外——老总用手势制止了同事们想进来的冲动。

我们相对而立了片刻,随着我心跳加速,她果断地付诸行动,张开双臂猛地抱住我,是穿过我的双臂下方,双手成虎口状搂在我的背后。她的头慢慢地靠在我的胸口,她本来看上去高挑的身材处在我的怀里竟变得整个人都弱小了。

我能听到自己咚咚的乱了频率的心跳,也能感到血管涨得粗犷充满了血液的回旋和咆哮。

她摇了摇满头丝丝明晰的淡黄色的头发,仰起头望着我,那束"小马尾"又一次在我的眼前以我最喜欢的"经典动作"摇摇摆摆。她的身体微微颤动,愈发搂我搂得用力,脸上悄无声息是两行清泪……

我几乎窒息,想喊,没喊出声。

她喃喃地说:"你救了我,可谁让你救的?他伤害了我,自从他离开我,我就发毒誓,要么我死,要么一定要找一个比他强一百倍的男朋友。你让我刚想活下去,又伤害了我……"

说这些话,她嘴里的热气我都能接受到,因为我们的嘴离得很近,以至于我突然有股子想去亲吻她那红润而潮湿的嘴唇的冲动。就在这时,我感到腹部有一道从未体验过的痛,接着一股热乎乎的液体裹着全身战栗的剧痛,迅速分流,蹿进我单薄而松散的裤腿,裤筒瞬间就粘在腿上。仍不罢休的血红,继而内外同时灌入我雪白的袜子,再渗透至皮凉鞋里……

她十分安详地仰视着我,宝石般的黑眼珠回映着一个男人的影子;雪亮的眼白,连一丝杂质都没有,衬托的眼珠更加深邃。这是一对如何生动如婴儿般的明眸呀……

吴梅把手中的水果刀顺时针在我腹中一个转圈的时候,我终于喊出了声——很惨烈的号叫声,我自己都能听到。大家纷纷冲进来,我的血已从皮凉鞋的一个个透气孔涌挤出来,像蛇似的蜿蜒在地板上……

两位公安同时喊道:"没见她动包啊……"

老总后悔不迭,是水果刀,切西瓜的水果刀……

我是在疼痛不已的呻吟声中倒下的。模糊的视线中,是俩公安一左一右架着吴梅,她很平静,目光随意地跟着大家的忙乱,好像这一切跟她没有什么关系。

那时候,最让我放心不下的还是我那不满四周岁的儿子。次日就是周末,是我每周唯一能与儿子一起生活的快乐时光。我怎么能指望我的前妻与另一个男人在一起时,能像我对我的儿子那样好……

救护车什么时候来的已不重要,我知道,第二天的报纸又将出现一篇有关我的新闻,满街的报童或是下岗再就业的报嫂们高举报纸,大喊看报,买报,特大新闻,看我市晚报发生血案……

但,我永远看不到了。

日子还将 GO ON

姜小瑶的口头禅就是这个,日子还将 go on。这当然是她学了英语后嘴里蹦出来的,依别人也不过是说句日子还将继续,她偏偏弄个中英文结合,也不是显摆什么学问,仅这么个词也不会有谁说她外语那个什么了。在她的朋友和认识的人里面,不知道 go on 的肯定不多。那就让她 go on 吧。只是这个口头禅与经济学出身的她需要缜密的逻辑思维、精确的计算有所不同,这完全是一种哲学上的模糊。

当然姜小瑶说这个口头禅,一般多是对某个话题的终结,也就是说,她要换个话题,或是干脆中断,什么都不说了,不过也包含着某种无奈的意思。比如说,谁谁谁说了她什么,她很不高兴,但又没办法,便会说,管她说甚,日子还将 go on;再比如说,遇到了什么麻烦事,她也会说,躺下睡一觉,明天太阳照常升起,日子还将 go on。

再比如说，遭遇了什么打击，她也会说，时间会解决一切，日子还将go on。实际上，姜小瑶用这个口头禅要比我举例说明多得多，再说明白一点，像有些爷儿们常挂嘴边的，他妈的或是奶奶的之类，或像某些美女喜欢接了别人话茬一副天真的样子来一句："真的假的？"这些都是张口就来，大概说多了，也不过脑子，成为一种惯性。

当然，姜小瑶还有另一种习惯，即做事讲究节奏。她喜欢穿高跟鞋，即使穿得脚底、脚踝、脚尖疼，脚面肿，甚至膝盖骨不舒服，也在所不惜，就因为穿上这种鞋子，走路噔噔响得铿锵有力，富有节奏，步步都似踩着点儿，同时，还不由你要挺胸抬头、收腹翘臀，女性的美感藏都藏不住，且自信满满，生机勃勃，活力四射，青春洋溢。同样，她的这种节奏，也体现在自己的人生不同时期的规划。比如说，在她的人生计划进度表中曾显示：二十六岁之前，必须把自己嫁出去。这是一个不快也不慢的生命节奏。她觉得生活必须从容而有节奏，否则就缺乏生活品质。

实际上，不仅仅是这个节奏，姜小瑶的许多节奏都是不可能实现的，而且常常凌乱如麻。就如那天她在排队等电梯时，突然听到一个女子说谁谁奔三了，才猛地意识到自己今年已跨入二十九。天哪，这个令女人最担心、最敏感、最无奈，甚至最脆弱的年龄，她怎么可能再说，嫁出去嫁不出去，日子还将go on？

大学、研究生都是学经济的姜小瑶太明白二十九岁对于一个女性的重要。如果她的年龄被贴上"三"字头的标签，则意味着自己的资本从此随着年龄的增加而减少，虽然即使资本减少，日子还将go on。

绝对不能等待，刻不容缓。姜小瑶甚至等不到周日，当晚下班后决然地放弃加班，去商场买了一枚戒指戴在自己右手中指。她要向全世界宣布自己是待字闺中的单身，即使单身，日子还将go on。

姜小瑶当然不会买太贵的，金戒、钻戒是要等一个男性送的，然后戴上她的左手无名指。实际上，在买戒指之前，她还真的不知道婚戒为什么一定要戴在无名指上，虽然她早就懂得是要戴在无名指上。在我们生活中有多少事是知其然，并不知其所以然。销售小姐用手势示意她坐在柜台前的高脚圆转椅上,然后让她做个小游戏。人家让她双手合十,然后中指向下弯曲,第二指节背跟背紧靠在一起,其他四指则指尖脸对脸相抵。

随着对方的指示,姜小瑶一一做来。对方说:"现在可以张开你的两个大拇指。"姜小瑶轻松地跟声操作。对方说:"你知道吗?其实大拇指代表的是我们的父母。合上大拇指,再张开食指。"姜小瑶再次随声动作。对方解释:"食指代表的是我们的兄弟姐妹。"接下来,依对方示意,姜小瑶合上食指,又张开小指。对方说:"小指代表子女。"最后,只剩下无名指。不等对方说什么,姜小瑶便想张开两指。但几经努力,发现根本无法打开,双指紧紧地靠在一起。销售小姐笑了笑,有意识地等待她几度无效的努力后才说:"明白了吧?代表夫妻的无名指是根本无法张开的。"

姜小瑶愣了,起先坐在转动圆椅上还时不时扭几下屁股,转半圈椅子,现在一动不动。天哪,这……竟然如此神奇。

姜小瑶那天买的是枚纯银戒指,据对方介绍,这种戒指代表的是性情温和,易迁就他人,容易沟通。当然,她也是那天被对方介绍得眼花缭乱,普及了不少常识才知道,戒指的戴法很有讲究。按照我国的习惯,订婚戒一般戴在左手中指,婚戒戴在左手无名指。若是未婚姑娘,一般戴在右手中指或无名指,否则,会令追求者望而却步。

是夜,躺在公寓的床上,她肯定不能像往常那样,在过往的一年又一年中,每晚多是因为白天工作的疲惫而抱本书看到酣然入梦……

大学毕业后,姜小瑶没想到如今经济社会,学经济的她也难以找到适合的工作。当然不能像大学生打工那样,去发单页广告,做一些临时工,如卖眼镜、化妆品、女裤之类。她找了份保险公司的工作。有办公室,有电话,有电脑,虽然还是销售,毕竟是个长期的销售工作,总算一份稳定的工作吧!遗憾的是,接连两个月,她没有做成一单生意,也就是说,她没能销售一单保险,没有为公司拉到一个客户,业绩是零。同时,她发现,目前虽然已是经济社会,但在资本主义国家早已成熟的保险业务,在国内却仍然不被许多人接受。那些上门拉单的保险人员,总是被误认为是骗子或不怀好意之类。遭到上司一次次的嘲讽,她一边说着日子还将 go on,一边决定另起炉灶——考研,从底子上改变学历,同时也改变自己的底气。于是,她在一所大学附近另租了一个屋,是那种合租式的,三室一厅,已住了两位,空着一间。她去时,早先租了房当二房东的姐姐说:"考研,这个屋吉利,以前都是考研的,住一个考走一个。"她当然不在意这种说法,考就考呗,管他什么屋不屋的,日子还将 go on。

其实,敦促姜小瑶考研,还有一个重要的原因是,在大学毕业前夕,她抓着尾巴谈了一场短促的恋爱。从上学开始,父母便一再提醒她不能与男孩子交往太多,要有女孩子的分寸,更不许早恋。如果有男孩子找她,有可能被父母追问。不过,她也是一个听话的孩子,不早恋就不早恋,甚至到了大学,父母仍是提醒她,先不要恋爱,要好好学习,争取在学校能拿奖学金,毕业后能找个好工作,如此等等。她应该都做到了。在大学里,她拼命学习,听家长的话,知识改变命运,要像为未来存钱一样,一股劲地往自己的大脑中储蓄知识。没想到,在快毕业时,父母思想来了个急转弯,要她快些找个男朋友,以免未来在社会上找的男孩子不知根不知底。怎么能够呢?那可是个大活人啊!她天天只是学习再学习,即使男生有意,也被她接二连三地给冷得没了意思。好在,上天还是给了她一次机会,她的节奏并没有因为父母的要求而打乱。

在毕业前夕的一次招聘会上,她还真的撞到了自己的初恋。虽然那场恋爱,之后很快就分崩离析。因为她实在忍受不了对方什么都经济得不得了的生活方式,简直是破坏了她的生活节奏。

她的初恋时间很短,但再短也是她的初恋。在那个毕业前的招聘会上,因为同是学经济的,且师出同校,虽然在校并不相识,但他们还是偶然一遇,意外搭讪,彼此相识,并互留手机号码。其实邂逅也不过是因为在那个现场,他听到了她也是那个学校的,便主动跟她说了句话。然后,他就要她的电话,并表示互通应聘信息。他先报了自己的号码,然后让她拨过来。他的电话铃声立刻欢快地唱起歌儿,她的号码也就存在他的手机上。

再接下来，那一连串的阿拉伯数字便跨越时空把他们紧密地联系在一起。他总会有不断的招聘会的信息发来，并约她一起同往。即使没有同出校门的机会，他也可能约了她晚饭后一起散步。在那段她的心没着落的日子，也就是说毕业前尽皆兵荒马乱的日子，她真不知道是怎么在似乎与不似乎之间跟他谈起恋爱的。起初是两人在某个傍晚的余晖中走进夜色，他突然牵了她的手，她没有拒绝。因为这之前过马路，或是避车，她都是无意中被他牵了手，以致后来也想不起他第一次牵她的手是什么情况。

但是与同学经济专业的那个他刚开始恋爱时，她就发现，他做什么都显出别致的细心和可爱，尤其是非常"经济"。

心理学家说爱情是有保鲜期的，所以，许多人都是趁着保鲜期就成婚，以致在婚姻的围城里怀念着城外的美好。而另一些人怕保鲜期蒙蔽了双眼，非要试婚什么的，结果提前上岗把自己弄得身心疲软，或隐或现患上婚姻帕金森或是美尼尔氏症。

好在，他们的恋爱有点提前停电无法保鲜的味道。仅仅是火热到相拥相吻过几回，时间的润滑就出了问题。她发现，他有时也太不男人，无论谈哪种话题总能转到钱上，甚至在热烈的接吻刚刚分开的一瞬间。起初，还可以勉强接受，时间拉长，她就觉得，这有点儿麻烦。他虽然每每花钱都显得很痛快，事后也并非抱怨或后悔，但总要说起钱，她发现爱情一提钱就有些败兴。

有时独自坐着她也想，为什么不给自己一个理由，毕竟是学经济的嘛！

但是，他们最终选择了分手。他很不相信，当真明白了她说的不是玩笑时，只能无奈而干脆地接受。只是他提出，两人要一起再去喝最后一次咖啡。她明白，或许这是一次挽留，也或许是一种道别。但无论怎样，她是铁了心要分手，决不心软。当然，不管这最后一次咖啡喝成什么状况，日子还将 go on。

咖啡馆的浪漫气息和柔情音乐曾让她感到这个世界是如此的多情和高贵，而在他的眼里，是装修可能预算多少费用，每天平均会有多少客人光顾，雇用多少员工，销售额和利润是多少，多久才能收回成本，从何时开始计入赢利等等。她曾因此在内心长叹一声。

默默相对，服务员问了几遍二位喝点什么，他们才想起来点了各自喜欢的蓝山和卡布奇诺。

他问："真的到了结算的时候？"

她把脸扭向窗外，徐徐地点头。

他说："爱情的赤字，意味着经营者的无能……"

她没有接话，只是慢慢地把镶有好看的金丝花边的咖啡杯送到自己的唇边。

他微蹙一下双眉，很不甘心地说："唉，有些成本是没法计算的，而有些可以。"

咖啡厅里英文乐曲《寂静的山林》舒缓地流淌在角角落落，空灵，静谧，流水，微风……她已禁不住侧耳倾听。很快，他从包里翻找什么的细碎声音打断了她。回过头来，她望着奇奇怪怪的他。此时，他已把一个小本子和一堆发票收据之类摆在她面前。

他说："这是我们两人在一起的所有花销，从喝第一次咖啡、吃第一顿饭到这最后一次喝咖啡之前。这是记账簿。我想，现在我们既然要分手，因为没有了结果，这些账我们只能提前结算注销。AA制吧！也就是说，你支付总支出额的一半吧！"

她有些不知所措。平时买单，他总是索要发票，她还以为从经济学角度来看，他是为了防止经营者逃避应该支出的经营税。有时，他甚至把发票递到她手里，非让她刮一刮，看能否中奖。他们一次也没中过。现在，这些发票却发挥了它的第三种作用。

她险些恼羞成怒，脸通红，嘴唇颤了几颤，真想骂他一句。可是骂什么呢，找不到合适的语句。姜小瑶突然意识到，人在许多时候，语言的表达是多么的苍白无力。于是随口而出"日子还将 go on"的同时，她从自己的坤包里掏出一把钱看都没看摔在桌面。他轻蔑地斜她一眼，说句等等，然后飞快地点数起钱来。她没起身，直到他说："不够，还差着呢！"她呼地直起身子，站在那儿，顿时比他高出一大截儿，可以俯视他。她的右手腾一下五指绷直，掌心微微颤抖。真想抽他一个超级大耳光，或是抽得他鼻血飞溅或满地找牙，真想不顾淑女范儿而爆次粗口……好在还是能压住怒火，姜小瑶说："那你可要好好数几遍，一定要数清楚，还欠多少，回头一准给你补齐，一分也不少你。"

"哼！"在她鄙夷地发出这一声时，他却说："还有今天这咖啡，你也要AA……"

崩溃，崩溃，要疯了，要疯了，忍无可忍！她大喊一声令咖啡馆几乎所有人都能听见："我为你赔了多少时间和感情，怎么算？"

他似乎感到她提出了一个可笑的问题，沉着应答："都一样，我也付出了相同的部分。不过，这一部分成本，属于沉没性成本，无法计入……"

沉没成本，在经济学上，是指那些已经发生但无法收回的成本。她当然明白，至少是在理论上明白。

爱情也有成本，也同样需要支付成本，其中也包括成本的沉没。在一个雨水淅淅沥沥的周日，回望自己凌乱的初恋，姜小瑶的泪水一股脑儿地流下来。突然，她不哭了，她感到自己不能因此哭泣，因为泪水同样是沉没成本的一部分。

是的，日子还将 go on。从那以后她开始准备考研，一定要考上。不仅是因为情感受到伤害，最主要是她要通过考研改变自己的命运，至少应该找到一份体面的工作。当然因为考研，她的日子进入了另一种节奏，生活又回到高考前的"双耳不闻窗外事，一心只读考试书"的拼命状态，死记硬背，放声朗读，天天晚睡早起，蓬头垢面，闭门不出……

读研的几年，同屋的几位同学，要么像她似的，一直单着，要么早有了男友。她再回头看那些读本科的学弟们，自然是爱也爱不起来，谈也谈不起兴致。而读研的男性，早成了宝贝，几乎没有谁还是独身，有些甚至不断地谈，不断地换。男同学们找那些本科女，占尽先天优势。昔日女性为王的时代，似乎已被搞得凌乱不堪。她只能慨叹，日子还将 go on，好好读书，毕业再说。满大街满世界的人，找个男人，不会有问题吧？而此时，父母对她找男友的催促，成为每次电话的主题，可谓枪林弹雨，恨不能一天十三道金牌圣旨。

研究生毕业，工作果真在一两次跳槽后基本到位。她很快进入这个社会的白领、骨干、精英组成的"白骨精"阶层。虽然就职的公司管理分外严格，准点打卡上下班，是那种用指纹式的，别人想代打都没有辙。但她还是在这种秩序中，在加班加点中找到了自己的节奏，而这种节奏也让她的岗位升至部门经理，薪水涨到足以隔三岔五去大商场找自己喜欢的名牌奢侈一回。她自然没想到，一埋头几年光阴在她的日子还将 go on 中过去，怎么一晃眼，自己已奔了三？

如今还没有一枚像样的戒指戴在手上，姜小瑶在等别人送她呢！再回头瞧，天天早上起床，手机、闹钟铃声大作，就一个，担心迟到。她自己是经理，迟到罚银子是小，她怎么好再批评和要求别人？再说了，公司对迟到的处罚也很令人尴尬，比如说，把你的照片贴在打卡处。

公司所在的写字楼，六部电梯轮番上下，姜小瑶仍不得不在此排队等候近半小时，而且这也是正常得不能再正常的事。这意味着她上班不得不为了乘电梯而提前半小时到达。一旦进入办公室，她会忘记自己，完全进入工作节奏，工作，再工作，等再出大楼，已是灯火阑珊。天天如此，月月如此。她甚至节假日也习惯了加班，一旦真的来了几天假日，反而有些不适，一时间在家里不知所措，无所适从，生物钟半天调整不过来。有些时候，她望着天空的太阳，都觉着陌生。看月亮，则是她的常态，对上弦月、下弦月，她熟悉得不能再熟悉。这就是二十九岁的她，一晃眼的几年时光。

一点都没想过，随着事业如日中天，虽说谈爱情过于奢侈，本以为两条腿的人没有什么不好找，却真是苦苦不见踪影。现在的年轻人，一代比一代生猛。她在担心自己的职位被别人所替代或挤对时，找个好单位不容易啊，爱情却被挤对到如此逼仄的空间。甚至许多大龄男，也被一个个青春女子所攫取。于是，再看到别的男男女女牵手逛街时，或是朋友们提醒她还不快快找人嫁出去时，突然之间，她再也没了说"还小着呢，过两年再说"的勇气。

当然，在这之前，她也接触过两个有发展可能的男孩，只是这边答应了人家约会，那边临时通知加班，几次下来，人家以为她没诚意，便不再联系。而自己公司，或者能接触到的圈子，又以女性为多。上帝哟！姜小瑶一下子发现，这个社会怎么到处都是女性在工作！好男人都已结了婚？亲朋劝她别挑了，她脸上是硬硬的笑，两唇低低地挤出一句："哪有挑啊？"而她心里恨不得咬牙呼啸着吼叫："我哪有挑的权利和机会嘛……"

眼看二十九岁已过一半，公司仍是天天地忙，加之人力竞争，她几乎没有时间和精力来谈"一场恋爱"！只有在奔波一天疲倦地倒在床上的夜晚，才能两眼盯着黑暗中的天花板，用力在大脑库存中搜索记忆，把自己可能的那一位思来想去。能认识的几乎都结过婚！闺蜜、校友、同窗，能想起来的，她的另一半她同样可以想起来，至少知道嫁了什么样的人。只有自己成了孤岛？……想得头疼！像她这样的女生，在以往被男生死缠烂打，没想到，真要急着出嫁，身边连一个可以选择的都没了……

姜小瑶是在晚报上看到的那家"婚姻工厂"的报道。她是被那个名字所吸引的。在如今处处都是公司，或是前面还有一大串文字，再弄一个什么有限责任什么的，即使真正的高烟囱、大厂房、铁皮门的工厂，也公司起来，没想到婚姻却工厂起来。

姜小瑶先通了电话，而后根据对方提供的地点，按图索骥找上门去。

那家"婚姻工厂"位于一栋高耸入云的写字楼里，办公室不足二十平方米。别看地方不大，称"工厂"没什么不可以，这一点，她明白。经济社会，这里不是物质工厂，却是信息工厂，信息不需要像商品物质那样拥有多么大的空间。

到了这里，她才发现，像她这样年龄的女性并不少，一个个穿着得体，落落大方。坐在等候室里，她翻看起杂志，有一篇《离婚利润》进入她的视野。离婚与利润放在一起，让经济学出身的她，立刻来了兴致。于是，她捧起杂志浏览：

明天，我们将离婚！

当诗歌遭遇经济学，爱情的发生并不难想象，那么离婚会是怎样的境况，却有些不可思议，而我，正身陷其中。

七年之痒终于没有挺过去的那个夜晚，我躺在宽大的床上，开始胡思乱想。

"离婚，对于双方而言，其实是婚姻的存在已成为一种长期的成本高于收益的行为，双方都失去了继续合作的意向。"我从来没这么去想过——用我平时最擅长的经济学原理来衡量自己的婚姻。可现在，我用"血本无还"总结自己对婚姻很失败的一次经营，也就是所有的成本投入，最后都无法计入利润。这就像1后面的0，如果没了1，统统都无效了。双方在这个合作过程中投入了很多，也失去了很多，最大的是青春，是时间，是不可以重新开始的时间。从这一点说，婚姻到最后，利润竟然是负增长。

唉……夜竟是如此的黑，一向灯火通明的城市之夜竟是如此的黑……

呵呵，昔日从"个体经营"式的个人收入、个人消费而形成的两人组合的家庭规模效应，又将被打回原形？在这个过程中，沉没的还是大于收获。尤其对心灵造成的伤害，这样的负利润，又是如何能盘点得清？

是的，负值毕竟可以证明过程的存在！人们常说："我付出了那么多的爱，为什么得到的却是那么少？"其实，爱情还是与其他有所区别，付出就有所得的经济学原理，在这里有时只能用负值来解决问题。所以，付出而没有所得，就是爱的代价。从利润的另一环节来看，至少我们收获了人生的经验、爱情的体验……

此时此刻，我想到了我们恋爱的发生。这或许应该是一种最温暖的、最令我心灵得到安慰的、无法计算的利润，因为爱情的美好是别的物化了的东西所无法替代的。

那时候，中文系的她，因为爱诗，因为她说的泰戈尔的一句"蜜蜂在早发的茉莉花的耳边嗡嗡而鸣,学者不知其意义,然而诗人是懂得的",让我痴狂地爱上了她。为了得到爱情,我特意送给她一本泰戈尔的诗集《情人的礼物》。

那首长诗,写的是印度国王的爱情。沙札汗王朝的皇后莫姆泰姬分娩时不幸去世,沙札汗一夜白头,悲痛之余,每天动用两万名工匠,历时22年,用白色大理石建筑了世界七大奇迹之一的泰姬陵。工程云集了南亚及欧洲最好的工匠,即使竣工沙札汗也不放欧洲工匠回国,如果非要回国就必须砍下双手,他想让泰姬陵举世无双,不可复制。不幸的是,沙札汗晚年却被儿子囚于红堡,天天坐在走廊上凝望着嵌在柱子上的一块水晶——那块水晶可以折射到数公里外的泰姬陵……

诗集中的许多诗句,我俩曾熟悉地重新组合对诵。

她曾诵:"你容许你君主的权力化为乌有,可你的愿望本是要使一滴爱情的泪珠不灭不朽。"

我曾对:"如果我拥有天空和空中所有的繁星,以及世界和世上无穷的财富,我还会要求更多的东西;然而,只要你(原诗为她)是属于我的,给我地球上最小的一角,我就心满意足了。"

我曾诵:"我在我的爱情里必须满足于一时兴会和易散难留。因为我们是在十字路口相遇片刻。我可有力量带着你穿过这尘世间的芸芸众生,走出这迷津曲径?"

她曾对:"我不知道你是否终于听厌了我唱的歌,所以你在穿过田野时就自己哼给自己听。"

……在这个黑暗的夜,我发现过去可以重现,而往日却不再!

几乎在那一瞬间,我就决定,我不能放弃那本诗集,那将是我这场婚姻的唯一利润。我的爱情因为当初送给她这本诗集开始,至少从固定资产上计算,我拥有了这本诗集,也就拥有了最大的物化之外的精神"利润"。真是没想到,在离婚的最后,从大学就学经济的我,竟然也要浪漫地精神一回了……

是的,她肯定像我一样,很累很累地度过了那个夜晚。

黎明,天都没来得及亮起来,我们已坐在了客厅,彼此还勉强地想笑一下。

沉默中还是我先开口:"家里的东西,大原则一分为二,按购买时的价位计算,也可以折价……"

她很内敛地摇摇头说:"不必了,房子给你留下。你再婚的成本就小多了。"——天哪,她,一个诗人最后竟物化到"经济学"?

"我要这本诗集!"她的声音不大,轻轻地浸入我的耳朵。这时我才注意到,她手里拿的是泰戈尔的《情人的礼物》。

她误把我的吃惊当作了迟疑,赶忙强调:"只要这本诗集,其他东西都可以不要……"

虽然经济学与诗计算利润的办法不同,可我也想要那本诗集。是真的想要啊!

看完文章,姜小瑶愣那儿了。啥意思啊?
当然,她还没来得及再深入思考,便听到有人叫她的名字。
坐到客户室里,就是那种隔断小间,一个一个相连,像鸽子窝似的,姜小瑶自己在公司也是这样。不过,她毕竟是经理,属于管理层的,条件好一些,有个单独隔出来的小间,有门,虽然是玻璃的透明的,总算是一种稍高些的待遇。

在这里,接待她的不过是工作人员,她也不过是人家的一个普通客户,坐在一个小隔断中面对工作人员,也只能如此。姜小瑶对此也不会有什么不舒服的。

对方先问起她从哪里得到的信息,是朋友、邻居、同事,报纸广告、电视广告、手机短信,还是网络……在她的愕然中,服务小姐解释,想了解一下,投放在哪儿的广告收效更大。

她一笑，果真成了一个经济型社会！经济比空气还空气。

在表格上写下"硕士"学历后，她被介绍给另一位桌上写着"客服部"标牌的服务小姐。对方介绍说，自己姓李，她们的服务主要解决的是"高知"。大家平时工作忙、压力大、人际圈子窄，再说了，人们现在已没有传统社会的耐心和时间慢慢找对象。"婚姻工厂"则以终端服务的主旨，直接帮客户进入婚姻。

她听着"婚姻工厂"和终端、直接进入婚姻等字眼，心里有点说不出来的梗。

李小姐把一杯冒着热气的纯净水放在她面前说："我给你的婚姻进行一个核算吧！"

经济学认为，"从找对象到结婚的过程，就是一个寻找目标市场，考察双方需求，认同商品交换条件，直到签订交换契约的过程"。这个过程越短，效率自然越高，大家投入的也就越少，婚姻的消费也就越划算。我们做的正是这么一种"降低婚姻交易成本，快速增加成功概率"的工作。我们的"婚姻工厂"，其实是一个"相亲工厂"，把许多男男女女聚合在一起，教给他们快速选择对象的技巧和办法，以最低的成本进入终端婚姻。其实，你是经济学毕业的，应该明白，我们是把婚恋机遇在一条流水线上批量生产出来，以最短的时间满足更多人的需要……如今是个"提速"时代，"婚姻工厂"正是婚姻提速的一个标志。

哦，这一切她一听就全懂了。虽然大学、研究生读的都是经济，她还真的从来没有把恋爱、婚姻联系到经济学上来。虽然对方这样说很有道理，可她总觉得有些说不上来的别扭。正是因为这种别扭，她突然决定，还是尽快离开"婚姻工厂"。

对方一怔，让她"再想想"的接连劝说无效后，坚持要把她的表格留下来，并劝她回去再想想。李小姐非常诚恳地表示，如果可以的话希望她再来，表格留下，因为她已成了她们的潜在客户……

我晕，我倒，太郁闷了。姜小瑶甚至不愿意等电梯，便快步跑下楼去。她需要阳光，需要透气，需要太阳把似乎都长了毛发了霉的全身来一次通彻的照耀。天天身居写字楼里，隔着通天接地的玻璃仰望太阳，竟然是那么的不真实、很遥远，像挂在玻璃幕壁上的一幅画。

学经济的她，在一次次面对生活中的经济学时，竟然如此崩溃，如此毫无抵挡之力！沮丧，沮丧到极点。走在大街上，姜小瑶发现，如今都成了电子产品了，这些批量生产的东西，几个月，甚至几十天就更新换代，把人的生命节奏搞得如此凌乱。天哪，天哪。好我个学经济的姜小瑶啊！

她反复回味，经济社会在完美地按照自己的规律运行时，连满街的行人都成了商品，怎么就把婚姻也经济起来？可是，这种核算从理论上可以成立，就像给阿基米德一个杠杆和支点，他将把地球撬起来。可实际上，谁能给他这个支点？理论是理论，理论上成立，一定会产生那个理论导致的结论。

姜小瑶的大脑一派凌乱，一切在思维中无序凌乱了。日子还能go on 吗？她不知饥饿，不知疲惫，就那么走啊走的，似乎有些失去感觉。有时车来人往，她会突然担心自己是否会那么在不自觉中撞了车什么的，在稍有清醒状态下，她急急地调整线路，走向河滨公园，沿着那垂柳依依的河滨往前走，混乱着走到几近黄昏。到哪里去，不知道。没有目的地，只是朝前走。她想起某伟人曾面对记者提问，是怎么走下来的二万五千里长征，他回答：跟着走。这话很有味道。姜小瑶自己现在的状态，估计也一样能走出个万里长征。思维被一个小小的"婚姻工厂"弄得如此破碎、凌乱。好好的人，好好的爱情，好好的活生生的生命，怎么就被"工厂"了。

姜小瑶擦肩而过一对儿老人，她是在他们已走到她的身后才突然意识到的，便扭了头去看。那对儿老人在夕阳的余晖下相互搀扶着，男的哼着小曲，女的笑声不断，典型的老伴嘛。少来夫妻，老来伴儿。这种情形平日里姜小瑶在公园或一些休闲场所，甚至是医院的花园，并不少见。可今天，此时此刻，她从"工厂"，那个"婚姻工厂"出来后，在夕阳下，在她走了几小时后的河滨，突然内心一阵阵翻江倒海，眼窝泛潮，鼻尖发酸……

泪珠儿滴滴答答似断了线的珠儿落下来，在胸前打湿了一片，她没有动手去抹拭。她的脑海中想的是，"婚姻工厂"把机遇批量生产出来，可婚姻仅仅靠机遇是不够的；虽然身处商品社会，可婚姻与其他商品毕竟有所不同，至少有个伟人曾说过，"没有爱情的婚姻是不道德的！"

只是很快，她苦笑着摇头，这次没有说那句口头禅，而是想呐喊：道德啊，你能让我快点出嫁吗？

月　姐

　　月姐根本数不清有多少求爱者，信收了一沓沓，足有一尺厚，有的信洋洋洒洒就是十多页。另外，诸如电话、舞厅、卡拉OK厅，甚至当街向她表白的，也屈指难数。大概哪种方式中都离不了对月姐美貌善良的称颂和赞扬，其实月姐自己心里十分清楚自己的长相并不漂亮。

　　人们都知道月姐如今是大富姐了，自己买了房子，又骑高档摩托车，一头披肩发，戴副茶色眼镜，一副颇气派的都市女郎样。只是不管她穿得如何多彩，但长相确实不尽如人意。眼睛不大而长形发展，眉毛浓黑短粗，头发长而稍显稀黄。最不如意的大概是她头小躯干宽大的身材。月姐十分明白自己天生而来的实力不强，无法说什么丽质窈窕，柳眉樱唇。月姐曾在一单位机关工作，名字是月洁，因为近三十的人仍没出嫁，一些小年轻就亲切而习惯地称她月姐。

　　月姐如今在一家高档人像摄影室做化妆师，外人总摸不清她月薪多少，但谁都知道那家摄影室日日有排队等待的主，生意兴隆。你说人怪不？几百元一套的照片还这么拥挤地照哩。当然这家摄影室服务的项目十分广泛，结婚照，美人照，明星照，补照结婚照，甚至儿童化妆照是应有尽有。而且他们还有更绝的服务，什么拿破仑组照，蒙娜丽莎组照之类，即穿上当事人的服装，手拿道具，站在当事人富有历史性纪念意义的背景布景前摆姿作势。在这家摄影室里总会让不同年龄段的男女老少们找到拍照的新感觉来。

据说摄影师是位大报社的摄影记者，曾留过洋学习摄影艺术，有过许多精美的摄影作品在国内外极有影响力的报刊上发表或大赛中获奖或展览中收藏等等。而今他不过是下海游游泳。瞧摄影室门外的玻璃窗里就有他亲自拍的许多国家影视乐界的明星们的照片，或许这个牌子对他的生意发达起了不可低估的作用。

又据说这位摄影师的妻子长得天仙般漂亮动人，是丈夫许多获奖作中的模特。这摄影师既有别墅又有标致小车，你说富不？月姐没有住别墅，有人说她是单身贵族，不想住，并不是住不起。总之，对月姐的传说众说纷纭，谁也说不准，只尽管发挥想象地猜测。追求月姐，向她示爱的人仍在增多，但月姐仍未归谁所有，依然是闲暇独身出入卡拉OK厅、舞厅，却不唱不跳，明白人说她就喜欢那环境，听音乐。也有人说，月姐此生也不会嫁人，是身子有病或有心理病。当然也有人说，月姐是眼头高的挑花眼了。女人到了该出嫁的年龄仍未出嫁，便会让许多人寻着话题数落个遍。

月姐孤身一人已十数年，小时便死了妈，在她十八岁那年，父亲也撇下她离开人世。父亲的单位便给她安排了工作，因年龄小又是女孩，便在机关某室做勤务员类。月姐在办公室里勤快属第一，几年如一日，早去晚走，擦桌拭凳，打水拖地，各种事务一应俱全。而且她还利用业余时间发奋学习，参加自修，取得一纸国家承认的大专学历。她的工作量已近于其他五六人之和。除了杂务，便是起草文件、印刷、装订、送发、取报等，而别人看报吃茶品烟，女人谈论衣料电视剧等。可以说月姐工作独当一面，深受大家之好评。可谁知单位搞机构改革，精简人员却偏减了她。

何处安身？她多年来默默无怨地工作，想着自己的一生也许就在办公室繁杂的事务中度过。她怎么会想到有一天连这份工作的权利也给剥夺了，一时间陷入极度的痛苦和渺茫之中。办公室已把她的关系转到单位人才部等待哪室再聘，否则只有待业，单位给支一定生活费。月姐无论如何也难以接受这种现实，她气哭了。办公室小胡来看她时说，听主任说裁她的原因主要是因为她是个未婚女人，以后结婚生孩子之类将占去许多时间。除此外，再没有什么理由的。小胡又劝月姐别着急，反正他也不想干了，他找主任再说说，把他裁了，留下月姐。月姐感激地笑了笑说，不必了。

事后，小胡真的找过主任，可主任说不行，小胡走不走，月姐都不能在办公室待了，原因又是未婚女和许多说不清楚的东西。小胡气得背后大骂主任不是东西。

其实，这其中的个把原因，月姐明白得不能再明白了。但她没法说，她知道那回主任跟妻子吵架后，曾到她的单身宿舍坐了半天，还约她去跳舞，她以身体不舒服拒绝了。主任仍不走，还坐着蹭着更靠近她，直到动手动脚，她看着比自己大十多岁的主任不怀好意，倔劲上来，硬把主任从她屋里轰了出去。这事只有她和主任知道。

月姐躺在床上这么想了几天才理出头绪，便清楚这次被裁是不可改变的命运。于是她开始对自己的未来进行缥缈的想象，以后该怎么办？先找份工作糊口生计为重，那么医药费住房甚至退休等日后的事情都一股脑地使她对前途充满惶恐和不安。但目前最为重要的是一定要尽快找到工作，不仅是为自己的生活，更为有意义的是向别人表明自己并不是真的被裁到无可适用的地步，也算向主任示示威。唉，这社会，人心偏如此险恶，若那次她在屋内叫喊，怕你的乌纱也早不知哪里去了，现在反被你狠咬了一口。

这当间，办公室的小胡来看过她几回，鼓励她勇敢地面对生活，世界之大怎会没有容她的地方。月姐只好苦笑一番，心里说，你小胡是堂堂大学毕业生，可以这样毫不遮拦地说话，其实你在办公室又怎样？不就是个小职员嘛！唉，又一想，自己是否真的有些变态了，连别人的好意也不领情。这或许与她几年来没有父母亲朋的关心爱护，对谁都存有戒心有关吧。总之，她面前只有一条路，即离开单位寻找新的生活方式，可她能在社会上再求得一种怎样的生存环境呢？

生活恰恰是不幸中有幸，幸中有不幸。就比如说经商下海吧，有些人可以大展雄才，而有些人却一筹莫展。再说这搞精简裁员吧，有些人被裁后没出路，生活与精神上痛苦不堪似突然没了娘的孩子，甚至大老爷们也躺在家里冲老婆孩子发脾气，而没有外出闯闯的勇气和能力；而另一些被裁者却顿时如鱼得水，找到一条更适应自己发展和生存的路子。大概月姐是属于这后一种的。

　　月姐找工作找了几天也未如愿。大凡招女性，也是十八九岁未婚少女的季节，而她已接近三十，可如何是好。谁知那日黄昏在一家商场外的人行天桥栏杆上，她看到一则令她心动的招工广告。原来是一家摄影室招化妆技师，性别年龄不限，需本市人口。月姐思谋半天，条件较好，尤其自己平时常看一些化妆类的书籍，虽然自己长相平平，可对美的追求却是人人所向往的。月姐抄了地址找到那家装修豪华的人像摄影室。

　　摄影师的爱人简直貌若天仙，把月姐仔细打量了一番，又问了些她个人的情况，就说，好，就要你了。月姐迷迷糊糊，招化妆技师怎么还未看她化妆的技术如何就草草而定，可怜她吗？月姐十分不解，她就问女主人，来招聘的人多不多。女主人笑笑说，多是多，唯有她最合适。摄影师生着一脸毛茸茸的大胡子，他出来瞧瞧月姐，问她化妆水平怎样？女主人抢着回答说，没问题，要真的不行，可送她学习半个月，反正人就这样定了。月姐这才说，如果你们信任我的话，可以试试。再说，对摄影的化妆能否令你们满意也只有试验试验了。摄影师吸了口烟觉得也对，便不说话了。女主人干脆把自家的小保姆找来，月姐尽最大能力为自己有生来第一件作品进行了化妆，结果很令女主人满意。小保姆甚至有些丑的脸相已显出几分活力。大胡子摄影师撇撇嘴说，还要培训培训让她了解摄影化妆。于是，月姐很幸运地在被裁不到十天便找到了工作，且工资比原单位高出三至四倍，外带奖金，只是很辛苦，很累的。

　　当然月姐绝对想不到自己能受聘化妆师的真正原因。人生需要机遇的，如若没有这次机遇，月姐的命运会是怎样的那可太难预料了。女主人十分漂亮，但他的丈夫大胡子摄影师却仍与以前的女化妆师眉来眼去，也许就是所谓的老婆总是人家的好。女主人气愤不过，为此已辞去了两位美丽的小姐，故而她决定寻找一位年龄稍长，且长相平平，只配作她的绿叶的女性来做化妆师，像她雇的保姆那样，但偏偏应聘化妆师的人中没有她心目中的样子，今天竟来了这位月姐，所以女主人立即决定聘用此人。

月姐便从次日开始在这里工作，一周后，被送到某处学习了十天，此后在这里一干就是五年多。月姐的生活在这五年中发生了较大的变化，经济收入可观，买了房子从单身宿舍迁出，手头也大方得足可以称之为潇洒。但月姐的感情仍未找到可栖之树。求爱者可以说是成群结队，趋之若鹜，但月姐却从那一张张令人作呕的脸上看到钱的威力。这几年中，她更看透人间的世故，她的心冷冰冰的。人比任何一种动物更热情，也更冷酷。人比任何一种动物更势利，大概是因为人的生存决定了这种不可避免的性格。月姐决定在没有找到真正的爱情之前，绝不凑合地爱什么图她钱财的人，哪怕一生一世不嫁。于是她有时候便出入卡拉OK厅、舞厅消遣，那里有她生活的一部分。

月姐用自己的双手装扮了别人，也装扮了自己。虽然她的面貌不能被自己装扮地改成什么样儿，但她辛勤换来的钱却极优秀地化妆了社会性的她。人们开始称她为富姐。月姐以笑置之，富不富她自己心里清楚，她仍在那家摄影室搞化妆。有的人又传说起她的新话题，除了她的感情外，就是她的钱，说她把手里的钱投资到什么公司，或是在别处做着钱生钱的买卖等等，要不然，她凭什么富到今天这个地步？

岁月匆匆，各人都沿着自己的人生轨迹滑行。人吃五谷又难得不生病。忽一日，月姐有病且重，住进医院。大夫要求病人家属来一下。月姐心里十分难过地说，这世上她没有一个亲人了。大夫吃惊了好半天才搞清楚是怎么一回事。月姐问大夫有什么事给她本人说就行了。大夫沉思一会儿，说，没事，没事。

这期间，月姐收到许多鲜花和礼品，多是示爱者的。她不怕孤独寂寞，但怕自己陷入别人的甜语之中成为生活的失败者。

同病室住了一女记者，据说病况也十分的严重，但她却颇乐观，给月姐讲述了自己走访许多山村乡下的故事，看到许多因贫穷而失学的孩子。月姐才知道这女记者是为了采写"希望工程"而累病的。

月姐真羡慕女记者几乎天天都收到一封封来自乡村的儿童们的信件，正因为女记者的奔波，才有了许多写信者的就学机会。月姐的心受到极大的触动，社会上总算还有一丝人间的温情，尤其一老大爷走了几十里山路来看女记者的事，感动得月姐也落了泪。月姐真羡慕女记者。听女记者说她丈夫也是记者，搞摄影的，也在为山沟和贫困地区的失学儿童能上学而奔波着，他很久没有回家了，现在他在哪里，她都不知道。女记者说这些时，眼圈也泛红，露出满脸的痴迷和温情。她虽是记者，可她毕竟也是女人。

月姐便想，这对夫妻是多么幸福啊，他们虽然活得很辛苦，但却十分乐观和充实。就像女记者，总违背医生的劝告，偷偷地借着灯光看自己的笔记本，写什么东西。月姐愈发摇头为自己的不幸而叹息。同样是活人，女记者偏活得那么有劲有生气。女记者说她也三十多岁了，想要一个小孩都没有要，就是为了能让更多的孩子受教育。月姐便想自己，除了挣钱、花钱外再也没有什么顾忌的，心里总空荡荡的。似一草芥，在这社会上无牵无挂，还不如那一群受女记者爱护的山沟孩童。她觉得自己活得挺可怜的。月姐的大脑里激烈地活动着，她不知道日后自己该怎么办。

六天后，女记者悄然告别尘世，告别了她无怨无悔献身的事业，告别了亲人们。她是突然急病而走的，没留下一句遗言。月姐惊得不论怎样也难以接受眼前的现实。就在几小时前，女记者还斜倚在被子上，把笔记本放在膝盖上写山村的孩子们，她怎么会说死就死了呢？她的丈夫如今仍在山沟里走访，他知道吗？她为什么连个别也没道就自己悄悄地去了，留下多少遗憾事未了。

月姐知道人生最大的悲哀莫过于壮志未酬，女记者正是如此。月姐流了很多很多的泪水，以后的几天，她近似痴呆了一样。月姐感到自己的病情也在加重，从进医院起她就预感到了什么，而今女记者去了，她更清楚了。这些天，她眼前总闪着女记者的笑容和夜晚偷偷写东西的样子。

仍有令人生厌者的送花之类，月姐想他们若知道了她的病该做如何惊讶状，也许他们仍会装模作样的，因为他们本来就是为了钱。可有一日他们发现自己追求的是一场空，没有钱，没有多得足以令他们不断地做虚伪状的钱时，他们肯定会惊讶后诅咒痛骂一番的。唉，人呀，偏偏差别这么大。月姐一边想一边哭。她既哭自己，也哭女记者。

那天，月姐老家的一老一少来到她的床前探病，她才知道还有这房远戚。老者是月姐的母亲的舅家的孩子的老婆，因死了男人，寡带三个女儿。来的是小女儿翠翠。月姐不解地问称为舅妈的老人怎么来的。

翠翠抢着说是月姐单位的胡叔叔接她们来的，胡叔叔说月姐病很重，没亲戚照看，心里十分难过的。月姐才想起来可能是办公室的小胡吧。当然月姐无法知道小胡为找她这家远房亲戚费了多少周折。月姐立刻在亲人的面前感动地流下热泪。舅妈说，两家多年不走动，又因自家在农村，家穷，孩子吃饭有时都吃不饱，不敢与城里的月姐家来往，也就断了线似的，以致月姐的父亲去世她们都不知道。老妇人就不停地抹眼泪，翠翠吃着月姐给的糖，瞪着眼看手里拿的花花绿绿的包装纸的糖块。月姐心里很满足，在自己病中能看到家乡的人也算是件让人欣慰的事。

是的，在她春风得意之时，亲戚没来，而在她躺倒时，亲戚却来到她的床边服侍她，这份古老而永恒的爱是多么令人感动呀，月姐生出一串串的叹息。她问这十多岁的翠翠上几年级了。母亲顿时满脑愧疚说家里实在没办法只让老二上学，翠翠从没进过一天校门。月姐的心尖似被扎了一下，她便想起女记者，泪水顿时盈满两眶……这一老一少像所有的亲人照看病人那样陪伴照料在月姐身边，月姐又一次感到了真正的类似父母般的亲情和不寂寞的滋味。

这期间，小胡却一直没来，她想对小胡道声谢却道不成。只是女记者的丈夫，一个留着长发大胡子，穿牛仔服的男人风尘仆仆地来到月姐的病房，详细地询问了女记者的日常生活、言谈举止等情况。他默默地听着，眼圈直发红返潮，只心里狠狠地记着，似乎怕遗漏了一点点，看得出这男人刚毅的脸上在抑制自己的感情。月姐说完时，他向月姐道谢，并用力握紧月姐的手，泪水情不自禁地流出来，他为未能见最后一面的妻子流下歉疚的泪。男人终于泣不成声时，却突然止住哭泣，还是向月姐致谢。月姐已是泪眼模糊，心乱如麻，不知说什么可以安慰这痛哭的男人。当男人两眼盯着那曾躺过自己妻子的病床时，他大概想从那里再找到哪怕一丝一毫女记者留下来的气息，可那病床上的病号已易他人。男人一副无什么表情的样就要转身离去。月姐叫住他，并向他提出一个要求，男记者呆怔了半天，才似乎从梦中醒来时恍然大悟地跑上来又一次握住月姐的手，泪花四溅地说："谢谢你，我为我的妻子而骄傲……"

当月姐明显地感到自己的生命之灯将燃尽之时，她不想让亲戚守在她身边难过。月姐把一笔钱放在舅妈手里说："感谢你们照顾我这么久，我就是死了也没什么遗憾的了，最近，感觉自己好多了，你们家又忙，还是回去吧。"妇人无奈地带着月姐托她向家乡人的问候，流着泪与女儿翠翠回自己的山沟去了，可月姐却发现她们没有带走那钱，那捆钱被舅妈偷偷放在她的床头。月姐的泪又下来了，她又一次被无私朴实的亲情敲动了心坎。

月姐已处理完许多事情，尤其她把此生最重要的事托付给了她十分信任的女记者的丈夫，便安心地等待黑色的未来。死，并不可怕，它可以让人把世间的炎凉、人际的丑恶统统抛去，它可以把一切烦恼和不幸遗留在这个社会上，它可以使人感到善的力量。死后与父母团聚，再不分离，死后可以找到女记者，与她生活在一起，求得更深刻的生存意义。

近日，已没有什么爱的使者到来了，鲜花早也失去光泽枯萎下去。月姐知道这些人看到了什么或听到了什么，有关她的。月姐笑了，让那些人的灵魂在自己眼前这么明朗地曝光，她不遗憾，这些丑留给她的只有无可名状的笑了。她默默地等待着……

男记者接到电话疯一般地赶到医院，他知道将发生什么样的事，泪便不住地流呀流。然而在急救室门口，他却站住了。月姐床前站着一个男人，手里拿了一份几天前的报纸。记者看清了，那份报纸上有记者写的月姐把自己所有的遗产三万多元捐给家乡的孩子们上学的通讯报道。

那男人把一朵鲜艳的红玫瑰插在月姐头边的花瓶里，看着月姐苍白的脸，痛苦地说："月洁，我有句话一直压在心底不敢说，现在我必须对你说……月洁，我爱你。"月姐闭着的眼慢慢地张开一线缝隙，好像在说："小胡，感谢你，在我生命的最后一刻，我得到了真正的爱情。"

　　那男人抓住月姐的手失声痛哭。男记者看见月姐的脸上竟有一丝难以察觉的微笑，那细线般的眼缝在转向床头生机勃勃、鲜红胜火的玫瑰时，突然裂开很大，露出一对光亮洁白的晶体，那眼睛充满了对生的渴求和遗憾，只一瞬，便暗淡下去……

　　月姐死了。

皇甫口的劫数

崽儿自断手指那天，正逢皇甫口两月一会的大集。

当时镇东南六里桥畔的旷野处，临时搭了个戏台子。扮演赵子龙的须生，一身银色铠甲，手中木制银枪在台上舞得风响，字正腔圆地唱得欢实。台下密密麻麻云集了四乡八邻的乡亲，个个仰脖凝神听得端详。突然崽儿上了戏台，右手举起明晃晃的东洋刀，剁去了自己的两根手指。伴着"嚓"的一声，血花点子飞迸，不但溅了他自己一脸，台前有些乡亲的脸上、身上也像点了丹砂。一时间，惊叫声混乱一片。

这事发生在崽儿爹死后不久。

风雪侠女

皇甫口镇并不大，却是山里与平原交界的一个出行要道，走南闯北的人不少。

崽儿爹是皇甫口出了名的实诚人，自小到大，没谁见过他说甚多余的话，邻居有事招呼来，总闷不吱声地卖力气死干。据说他前几辈有人在朝为官，才置得镇上的宅基。不知从哪一代起，宅子主人嗜了大烟，家境败落。到崽儿爹的爹一代，只剩两间小房和一个不大的院子，另有一垄山坡凹田。镇上的人家，尤其临街住户，除了农忙都做些小生意，有些人家干脆弃农务商。崽儿娘在世时曾在镇上摆过茶水摊，因遇麻烦崽儿爹再没做过大小买卖，尽凭力气侍弄田地。

与崽儿爹粗眉小眼宽脸阔肩的相貌相比，崽儿娘是皇甫口数得着的美女，柳眉凤眼，窈窕俊俏，一听口音便知是外地人。据说武功十分了得，十多号强人也靠不到身边。平素她见人总挂一脸笑，顺眉善眼，未曾亲眼所见，说甚也不信她能施展拳脚。

崽儿娘留在崽儿印象中，除了那把挂在爹床头墙上的东洋刀外，就是娘抚摸他的那双温暖的手掌。那感觉后来他在香翠楼的粉姐小红鱼那儿也遇到过，但娘的印象要模糊得多。除了温暖的抚摸，还有满眼满脑子的红。那红，他在小红鱼屋里也曾惊醒过某种记忆。崽儿一生最熟悉的俩女人，其实只算熟悉小红鱼，娘的面貌如雾似影的缥缈。

崽儿爹认识崽儿娘是一个大雪的早晨。

一夜鬼哭狼嚎的风刮到黎明才安宁下来。崽儿爹赶早扫雪，开了门便被眼前的情景吓得缩了回去，把门板关得严严实实。院里躺着一个人，血淋淋的，手边扔着宝剑。背依门框的他心跳如鼓，半晌没动静，才抖抖索索地把耳朵贴在门缝倾听，然后偏头用一只眼隔了门缝上下移动着朝外看。这人会飞？院门闩着，咋进来哩？一点声响也没？

里间的娘问他做啥哩，他怕娘的说话声惊了外边，急忙冲娘"嘘"，然后摸了摸门闩，快步到娘的耳边一阵低语。妈呀，娘叫了一声，便也隔门缝贴上耳朵细听，没啥动静！娘决定出去看个究竟，儿子劝不住，只好搀着娘轻手轻脚开门，没想到门却"吱"的一响，吓得两人退回屋再次把门紧闭。又是一阵无声无息，娘一咬牙，反正豁出一条老命，是福不是祸，是祸躲不过。开了门，试探着把脚伸出门槛一瞧，像是躺个女人？这下母子俩胆儿大了些，相挽着凑近打量，真是女的，胸口一上一下喘气，血还在流……

不管咋说，救人要紧，他不顾血迹背起伤者回屋放到床上，娘急急地为她捂了棉被。女子的脸发青,牙关紧咬,昏迷不醒。崽儿爹收藏了七星剑,扫净带血的雪倒进地窖,突然想起啥,便开了院门,外面路上没甚痕迹,只是厚厚薄薄的雪,或许风的缘故。他关了门还在琢磨,女人咋进的院?接下来,母子俩为是否请郎中而矛盾。请吧,不知此人来历怕惹了麻烦;不请,又担心血流多了丢命。

谁知经过一阵取暖,喝进娘喂的热水,人家自己慢慢苏醒过来,还喃喃自语:"药,药……"她的手吃力地向衣襟下伸去,娘便替她掀起衣角,见是一个系了红丝线的葫芦,取下来,依女子示意打开,倒出药粉,敷了伤口。不久,女子气色渐缓,能以微笑致谢。其实伤不重,头后受了一击,肩头被刀口划过。除了用药,还做一种什么功,经过几天调养,基本恢复元气。问了根底,才知是走江湖的,遇了仇家,爹舍命保她逃出重围……两女人相拥抹泪。

无家可归的女子暂时留下,称老人为娘,称崽儿爹为哥,做起家务似在自家,手脚勤快,娘越发瞧着人家俊俏喜爱。起初称他哥,崽儿爹竟有些羞气,脸红泛热。后来田间垄头耕种,心里多装了一件事,有时想呀想地把什么都忘了。在家里怕累着女子,他也抢着做事。女子天天笑盈盈地洗洗涮涮,让他享受到了一种前所未有的温情。他做梦都在想,有这个女子过一辈子多美呀!

不久,女子果真成了他的女人,她便是后来的崽儿娘。

红色初夜

娶了女人不到一年,母亲病逝,夫妇俩愈发相依为命。

崽儿爹慢慢地知道了女人的爹和爷爷是义和团的,练就一手义和神拳,还打杀过洋毛子。义和团失败后,他们转入秘密,主要铲除曾背叛义和团充当洋鬼子走狗的汉奸。时间一长,毕竟人单力薄,上次与同党打散,仇家苦追猛打,爹舍命救了她,叮嘱逃命后不要再问天下世事。

对于崽儿爹来说，安宁日子没能持续几年，本希望一个新女人的进入，能使家庭重新兴旺发达，孰料却遭彻底败落。他把一切的一切都归咎于新婚之夜……

直到成婚，崽儿爹还在怀疑眼前貌若天仙的女子是否真是他的媳妇。女子平素穿着质朴，脸上透着一股清爽秀气。揭了盖头，红色的艳装，一屋红色映得人面桃花，果真面似熟桃，红中有白、白里透红，丰盈的双唇像滴露的草莓。他醉痴地盯着新娘不知所措，双手搓来搓去。时间静止一般，还是她的一声"哥……"把他唤醒。他问："做甚？"

终究跑过江湖，女子含羞迈着碎步到桌前酌好酒，唤哥。他忙伸手去接，她刚开口说："愿你我白头偕老……"他的手一抖，"啪"的一声，酒杯竟落地四碎八块。新郎官脸色骤变，以为不吉利。新娘嘴巧说是岁岁平安。于是，换新杯共饮交欢。他反复念叨："妹子日后我一定待你好……"

酒后两人再度陷入沉默，至半夜三更。他不知现在该咋待妹子，哈欠连连！

女子红着脸低头轻声道："困了睡吧！"便自己铺了床先脱鞋上去。他不停地搓手说："不困，不困！"女子已不管他，微闭双眼慢慢脱衣，很轻巧，绣花似的……

天亮女人收拾床铺，男人无意瞥见那抹儿红色血迹，怜爱地问她是否还疼。新娘低眉在他肩头轻捣一拳，男人一副无辜的样子，实诚地说真的不知道哎！

多少年后，新婚初夜在崽儿爹的印象里，只剩下红色。

茶水西施

崽儿娘在镇上摆茶水摊，男人本不大愿意，庄稼人种好山田才是本分，又觉得女人毕竟走过江湖，在家待着恐怕也难，上天把这么好的女人赐了他，当然她高兴做啥就做罢。

茶水摊一开张,生意十分红火。大家都说老板娘长得俏,到底怎个俏,只有吃茶时才能美滋滋瞟她几眼,她还必须笑吟吟的。一传十,十传百,来瞧老板娘的人越来越多,崽儿娘就成了镇上的名人,得了"茶水西施"的号。生意好了,人气旺了,也招来几个平日游手好闲的无赖地痞。

来的都是客,生意做八方!崽儿娘不管谁来都笑迎笑送。无赖们见了老板娘,不喝茶,口水都够一茶碗。崽儿爹老实巴交的一个种田人,凭啥娶了这么个仙女媳妇,简直是牛粪与鲜花嘛!他们不时给崽儿娘递着醋语酸言。每遇此景,崽儿娘权当没听见,自去别的桌上续水。

无赖们自己找话,这个对那个说,这等样的美人怎能在这光天化日下抛头露面?心疼啊,心疼!另一个接道,那你把人家娶回家,天天神样的供了,哪能做这些粗活计?咋舍得这张脸蛋?还有接话,好啊好啊,俺娶俺娶……于是,一阵浪笑。

遇到实在不得不理会的情况,崽儿娘便大哥长短,乡亲邻里行个方便,吃茶只管吃,不算钱。一来二去,无赖们觉得老板娘没像样的男人撑台,如此软话是怕他们,过嘴瘾自然不够劲,有时禁不住动起手脚,想占点便宜,崽儿娘只敏捷地闪开……

好心的邻里提醒崽儿爹,媳妇漂亮在外生意久些说不定要出啥事。崽儿爹也担心,劝过女人,女人回说再忙些日子,娃儿出世了,不歇也得歇。其时,崽儿居娘腹中三月有余。

说着话,真出了事。

太阳毒辣辣的,简直要把一切都烤得生烟出汗,逢集,远近八乡的赶集人熙熙攘攘。崽儿爹一早去锄玉米地,歇下,眼皮咚咚跳,闭了眼双手不停地揉,还疼!女人的茶水摊前,常来的无赖们醉醺醺地叫喊要茶,"快点啦!"七八无赖敞怀袒胸,脚踩条凳,骂咧咧要凉茶,嫌热茶烫人。结果端来凉的,又要热的……

其中之一说:"小媳妇,要用嘴把茶给咱暖热,喝了才解酒发汗。"同伙全都龇牙咧嘴,色眯眯坏笑,闹得茶客纷纷离去。崽儿娘脸通红,好话说了一箩筐,人家今天是硬挺。一位手指抠牙缝呸了一口喊道："茶水值几个钱？要说请，俺请了，今天老板娘的茶水俺全包了，咋样？不过，俺跟哥几个打了赌，那几个家伙说俺不敢摸你。嘿嘿，你就让咱摸一下！"许多赶集客已围了来瞧热闹，女人装作没听见，心里却在默数十个数，不急，不怒。

对方并未罢休，把茶碗往桌上一蹾，满嘴酒气晃向她身后，奸笑着伸出脏兮兮的手……十，女人是喊到这个数时，一个转身如燕子轻灵，闪电似的出手擒拿对方，顿时化作鹰爪般的有力，猛一回收……只听"啊呀"一声惨叫，无赖早蹲下半个身子膝盖跪地，嘴里还骂，婊子真有劲……

一伙无赖全体上阵，笑嘻嘻骂咧咧围了个圆，娘的，装熊？瞧爷们儿的！十多只手四面八方伸向她，弹丸之地，崽儿娘无可躲之隙，若不先发制人，必受其辱，于是施展身手，闪展腾挪，不出三招，她身边已倒下一圈。唉哟哟，娘的，这么疼，咋回事？回过味是被平时总笑吟吟的茶水西施放倒后，恼羞成怒，再次聚众扑上。结果如前，三番五次，个个嘟囔着既然起来了还要躺下就不起来了，揉屁股捂脑袋叫着疼，引来观者一片叫好。平时没人敢惹，这回崽儿娘算给大家解了气！

茶水西施的传奇身手在皇甫口大集上洪水决堤般传开，一时间生意更加兴隆。人们都想瞧瞧老板娘生三头加六臂？虽说"百闻不如一见"，可真的一见，都像拨浪鼓似的摇头不信："就这女人细皮嫩肉，能放倒七八个壮汉？开甚玩笑？不信不信！打死俺也不信！"有人争执说笑，甚至打赌都不信。

入夜，两口子正唠白日的事。院门拍得啪啪响，崽儿爹隔门缝一瞧，黑压压的人影，白天吃了亏的无赖们找来的帮手！他浑身颤抖，一句完整话都没了。女人平静地说："没事，这帮家伙吃硬不吃软，白天动了手，现在只能进不能退。"男人泪如雨下，既如此由他出去拼命，也不能让媳妇怀着娃儿去。女人劝他莫哭，几个毛贼不算甚，只仗人多，凭她几年观察，皇甫口方圆没武功了得之人。

崽儿爹哭道："不能出去，要去一起去，死也死在一块！"

怎说不吉利的话，对付这帮仗势之徒，她一人足够……女人说话间已换了紧身衣、鹰嘴鞋，腰扎红丝带，对男人一笑，忽地闪身到院，双臂左右开门。一阵混乱的叫声，女人飞脚挥掌放倒四五人，高呼跟她来，黑压压的人影舞动棍棒，吆喝着，浪涛似的从狭窄的街道涌向远处……院外恢复宁静，像什么事都未曾发生，崽儿爹傻呆地依靠在门框。

半顿饭工夫，女人完好无损归来。崽儿爹如梦方醒搂住她，浑身上下摸了几个来回，欣喜地说："真没事，哎，真的没事！"

据传当夜无赖们被收拾得服服帖帖，起誓再不来惹事，一定重新做人。有传得更玄，说女人有神功，根本不到你跟前，就能把你放倒。还有说，自个都不明白是咋被人家打趴下的。

血溅桥畔

崽儿出生后，爹说如今世道混乱还开了战，起名崽儿吧，名贱些，娃儿好养活。

一晃三年过去，崽儿娘再怀有喜，却意外小产，夫妻伤心不已。崽儿娘养息不足月余，天降大雪，接连数日，道路堵塞。这一天，突然崽儿家门外来了人，胡须长及胸前，紧身衣外罩长衫，白面，眯眼。门环叩响时，崽儿娘身上一阵惊跳，开门见了来人不禁一句："你还是找上门来？"对方"嘿嘿"干笑两声说："早知你在此，我是等娘子五周年忌日才拿你去祭祀。"崽儿娘冷笑："我爹的忌日也需祭品……"对方一抖外罩："请！"崽儿娘摆手制止："慢着，镇外六里桥见……"

在屋里逗儿子的男人隔窗问："谁呀？"女人说："一个熟人。"这句话惊了男人，女人以前从未用"熟人"这个称呼。再问："咋不进屋？"回声："有些事要到外边说。"女人进来，儿子扑入娘怀。三岁多，还是孩子！女人手抚小家伙的猪耳朵头发，泪光盈盈。

咋？一股不祥涌上心头，新婚夜那碎的杯子再次惊闪男人的脑海，禁不住心惊肉跳地追问："到底是谁？是谁？"

瞒是瞒不住。女人说："仇家上门了！"男人惊呆一旁，她说："莫怕，与你们不相干，不管天地，要看好咱的崽儿，他是咱家的唯一血脉。切记，切记！"

男人泪流满面，一时无语。崽儿也哭啼起来，娘用那双令他一生都难忘的手掌抚去他的泪花，而后轻拍他的后脑勺说："没事，不怕，我儿！"娘紧紧地搂一下他，起身进了里屋，崽儿要追，却被爹一把紧紧抱在怀里。

稍许，待崽儿爹掀起里间门帘，哪见女人踪影。父子俩匆匆出门，眼瞅大雪茫茫，哪里去？一时迷昏。跌跌撞撞到镇中石街，听说六里桥有人打架，忙折身奔去。爹的一只鞋丢掉也顾不得回头寻找，一路抱着儿子只顾狂跑……

六里桥是座有些年代的古桥，周围地域开阔，赶大集时常摆戏台之类，便于会聚众人。雪后的桥身像座雕塑，看不出本来的质地，河面失却汩汩水流而冰封凝固。桥畔旷野刀光剑影，铿锵来往，杀气腾腾。桥下的冰面横七竖八地躺着死伤者，血液蛇似蜿蜒流淌在白色的背景下，鲜艳夺目。

崽儿娘的衣衫血迹斑斑，一敌三打斗正酣，周围几个持东洋刀的黑衣人，一边说笑，一边指指点点。崽儿娘的七星剑如游龙上挑横刺，时而腾空，时而卧冰，寒光闪烁，身轻如风。对手也不手软，刀刀相逼，步步紧扣。刀剑相遇，火星四迸。毕竟好汉难敌四人，对方明显是"车轮"战术，崽儿娘渐渐气力不支。突然一声惨叫，崽儿娘的七星剑深深地刺入对手心窝。另两人趁此一横一竖刀锋朝崽儿娘中路、上路劈来，说时迟那时快，崽儿娘轻移身形躲去一刀，再顺势四两拨千斤化解了另一刀，待欲用力从敌身上拔出剑，却被一飞物击中面门。"啊！"她一声出口，趔趄着倒退几步，额头鲜血涌流。另一飞器"呼"声再来，崽儿娘疾退以剑阻挡，不料被冰面的尸体绊倒。对手扑上一阵刀落……

崽儿娘从乱刀中跃起，如一只滑翔的大鹏双臂展开，一声长啸，剑走似半牙月光，一敌手倒地滚出数米，另一敌手腹部被刺却双手紧握七星剑死死不松，一口血喷成线，喃喃而语，了，了……崽儿娘一退一进，手一拧力，剑锋在敌腹里成了麻花，黑衣人的惨叫声惊动树上的落雪，浑身痉挛，往后一倒，气绝而亡。

握东洋刀的黑衣人怪叫全围了上去，数刀并举，剁向受重伤侧卧冰面的崽儿娘，霎时间血线飞溅，却没一刀致命。眼见敌手一刀撩开她的衣襟，另一刀再挑开衣衫，"刺啦"声响，衣服扯出去很长，她的胸口赤裸裸地暴露在光天化日下，虽无力还手，她却明白东洋浪人的意图……

崽儿娘突地直起半个身子，一手擒了两把东洋刀，另一手挥掌划一个弧线……一圈敌手或撞向桥栏，或反弹到桥下，蜷曲身子，口出鲜血，动弹不得。崽儿娘远远地向崽儿父子投去留恋的一瞥，嘴角的笑未及挂上便直挺挺倒下……

扑向娘的崽儿，从那一刻起眼前常常罩着血雾，在未来多少年一直对红色有着特别的感觉。他爹则对女人的惨死心痛不已，如果不是崽儿要他养活，如果不是答应了女人的要求，他肯定要与东洋鬼子拼命，可他只能痛痛地活着。

失踪之谜

东洋鬼子在中国战败那年，崽儿年满十六。

那一天，人们奔走相告。爹前前后后把家里的往事讲给他，崽儿一个大小伙子哭得要嚼碎牙，发誓一定追杀东洋鬼子，哪怕追到东洋去。

爹满面泪水劝他听娘的话好好活下去，如今兵荒马乱，日本人虽败了，可战场留给了中国自己人。战乱纷纷，能躲就躲，能藏就藏，等天下太平，再好好谋个营生。活下去就是对娘最好的报答。

爹并不知道，崽儿曾跟着日本浪人生活了三年。

崽儿九岁那年从皇甫口失踪，那天也逢大雪，风刮得尖厉如哨。烧饭的爹听到崽儿开院门与人搭话，后来没了动静，只是门板门闩被风刮得相互打架，连喊崽儿崽儿，没回声。爹出了门，远眺满街的雪和乱七八糟的脚印，却无人影。在焦急的等待中，他心里的侥幸彻底毁灭。

镇里镇外找个遍，三天过去仍没丝毫消息。心如火炙的崽儿爹才悟得，儿子失去的日子与女人到他家恰为一天，难道两件事有某种瓜葛？他一夜白头，但立誓死也要寻得儿子的准信，不然咋有脸面见九泉下的女人？

崽儿再回皇甫口已是六年后，虽然只有十五岁，却一副成人的模样。从天而降的惊喜让爹悲感交集，问长问短。崽儿说跟了一位娘亲原来的熟人跑商事，那人被日本飞机炸没了，自己才得以跑回家。

爹心生疑虑，六年来，又是跑张家口、太原，又是出没于沧州、青州，甚至远去开封、宝鸡，怎识得回家的路？儿子不愿多说，他只好作罢，待日子长了慢慢问不迟。不管咋说，儿子回来就好！这些年爹每到农闲便外出寻子，吃尽苦头，咋也想不到，有一天儿子这么高像杆玉米挺立眼前，做梦样的！这六年像个不解之谜，以后的日子惊得爹常常夜半醒来，担心儿子会像六年前一样，突然又没影了。

多年来，皇甫口虽地处偏僻，却不断受到各种队伍骚扰，都说要保卫和平，却拿着刀枪火炮。崽儿回家时已不见东洋鬼子的踪影，但不久皇甫口张贴了盖有官府大印的布告，说近闻一江湖神偷流窜至这一带，希望人人注意缉拿，提供线索或直接擒获报官的赏大洋，私通贼匪者以法论处。至于神偷甚样？布告没说，令人纳闷，不像以前有画像之类。于是人们传说神偷像传说当年崽儿娘的神奇，说，神偷可以在你睁眼与他对视时就能偷去你手里的东西，你却分毫未曾觉察……无论谁家要是偷你，再防也无济于事。还说，神偷手臂特长，如猿一般。还说，神偷有特殊的杀人手段，不留见过面的活口，所以多年没人识得他的模样。如此等等，让有钱财的人家紧张得夜不能寐。

半年一晃而过，皇甫口没听说谁家被盗。日常忙碌，很快，人们淡忘了神偷。

红粉惊梦

香翠楼是皇甫口经营了十多年的妓院,兵荒马乱的世道,生意虽时好时坏却一直延续,红火的时候多,落寞的日子少。

小红鱼是长相平平的粉姐,仗着年轻隔三岔五接两三回客,虽未能挂单叫牌,也勉强过得去。一晚闲来无客,想起自家身世借酒作愁难禁伤感,不久在抽泣中迷糊睡去。子夜时分,窗户拐弯的"吱"声轻似风过耳,还是惊醒了她。一个黑影突闪床边把她狠狠地压在床上,手掌捂严实了她的嘴。

这是玩得哪一出?小红鱼心惊肉跳。本来嘛,不会有谁到此劫财,应该到楼下找她们的妈妈;也不会有人用这种方式要她的身子……也没给谁结下杀身之仇惹得人家来索命,倒是别人欠了她的命。这时楼下不少人跑过,街道传来窃窃低语。她挣扎了几下,来人警告:"别出声,没你的事……"

待重新安静下来,那人松开她的嘴,小红鱼张口大喘半天,她知道是道上的人,心早放下来,可人家不放心她,险些把她憋死。还在喘气那会儿,一身青衣的强人正轻启朱窗,她说:"哪里去?现在外面危险……"青衣人回头一望,蒙着面,两眼贼亮,双手抱拳示谢并不搭腔,纵身一跃而去。

似曾相识

崽儿到香翠楼是第一次!以前少年不识其中深浅,几年外出,自然明白了这灯笼高悬、白门柳梢的奢华建筑吃的哪碗饭。一群花红柳绿围上来,崽儿点名要二楼西向临街十三窗的姐儿。妈妈一怔,还没见过这样点粉姐的,不过管他咋点,银子来了不咬人!夸张的叫声穿过廊道,老鸨乐颠颠跑上跳下,心里还嘀咕太阳打西边出来,小红鱼都有客点牌哩!

小红鱼自是有眼色识相的主儿,官爷长官爷短地唤着,不时凑上身子软软地一碰客人,甜甜的笑脸,闪着媚眼半搀扶崀儿往楼上牵引。进了门让崀儿坐定,殷勤地倒茶递水问寒问暖,很会疼人。崀儿打量这小红鱼,眉弯月细唇红脸润,虽身处红粉却不显太多妖艳,一副特别的自然温柔、小鸟依人,便心生几分喜欢。小红鱼的屋内摆设挂饰以红色为主,让崀儿的身心产生了神奇的反应,觉得一切似曾熟识又陌生。

原来小红鱼也曾饱饮人间苦水,爹随主人外出丢了财物,便被主人毒打致死,她被几次倒卖,终沦风尘。

问起以往一下子勾起小红鱼的伤心事,忍不住悲悲切切一通泣诉,抹泪的楚楚可怜ררט让崀儿心下冲动。想自己少小跑江湖,饥一顿饱一顿,东洋浪人性格怪异,语言不太通,他小小年纪要学会看人脸色,稍有不慎就可能招致毒打……唉,崀儿心窝发酸,两眼泛潮,立刻决意帮她脱离苦海去过正常人的日月。

小红鱼止住自顾自的伤痛,回过劲来,还有客人呢!觉得怪怪的,与一般进门急急要她身子的人不同,这客人没几句就说这?反过来一想,这样的王孙公子官爷客商并不少,都说要赎她,其实开心玩戏,天亮去了再无回音,大概又给别的女人说去了……起初她信过,慢慢死了心,不想想平白人家谁愿意娶个青楼女子?富门匪盗对她这样没有绝色的女人也不会感兴趣。想到此,她变换颜色,手搭他的肩头妩媚一笑:"官爷取笑,今个儿陪好您,明个儿再来,俺就知足哩!"

"哗啷啷",崀儿把钱丢在桌上,还在滚动脆响着,便起身准备走人。亮光光的银圆,小红鱼知道遇到有钱的主儿了,哪肯放过,这是她的生意!赶忙从背后搂住崀儿哆道:"怎么见我丑连身子都不沾?"用胸蹭来擦去,惹得崀儿身子一阵发麻,急说:"不是不是,我不是这意思……"崀儿有气无力的嘴早被两片丹红噙住,一个滑嫩的小泥鳅便慢慢地挤呀挤,突地冲进他嘴里,翻来搅去寻找着,没几个回合,崀儿便难以自持,任人摆布了……

虽外出经年，崽儿从未有过女人经验，何况遇到小红鱼这样成精的女人？

那一夜的代价是崽儿丢了魂似的天天找小红鱼，在他眼里，小红鱼便是世上最好的女人，大把大把银子流水似的进了香翠楼。同时，崽儿决意赎她出身，不能让别人再碰她一指一毫。

狼窝偷生

青楼女子向来对钱不对人，只要有钱，不问官宦匪盗商贾兵民，像集市上其他生意钱物倒手而已，她们做的皮肉生意。起初小红鱼不问崽儿的来龙去脉，见他扮相推测商贾之家，见崽儿真动了赎她的心思，再三思忖，借一夜侍候崽儿六神飘扬之际突发奇招，泪水涟涟要问个究竟。先是自我表示："你真心待我好的话，不论你做什么都随你，一辈子当牛做马服侍你，来世来生服侍你，就算你要饭行乞，俺给你捧碗带路。但必须说出真实的来路，否则谁敢跟你去？"

崽儿早感动得家底一窝端出。九岁他被人用麻包捂走，在山里跟山匪学艺，燃烧的香火上掐火苗，滚烫的热水锅里取锋利的刀片……动不动吃顿毒打。不仅有狼狗日夜守着，还养了狼专吃抓回来的那些被抢了钱财的富商。山匪还一再唬他，若哪天头人不高兴，或是下山空手而归，就可能把他喂狼。于是崽儿天天盼他们下山能有收获，日后随着下山他从没空手。

起初不知为啥绑他，慢慢地他只跟一个师傅。听说这伙山匪与日本鬼子有来往，不少人帮日本军队倒卖军火，山上不断出现东洋浪人。因天分高，师傅对他不错，不出半年，他就成了师傅最得力的帮手。他们只偷大户，至于钱财如何处理，他从不问。知道了师傅是江湖上闻名的神偷，惊得他不知所措。师傅笑说："将来你便是我的单线传人！"最后一次师傅出手张家口，酒醉的师傅说出了真相，崽儿娘与山匪头人是仇家，绑他是要强迫他干这行。崽儿心痛如裂，决计报仇。不料遭遇飞机轰炸，师傅身亡，待他几经曲折回到山头，早没一个人影。据传都跟日本浪人走了。再没见着其他山匪,他便自己干起来,成了神偷!

至于如何称神偷,是有一种绝世偷功,当然不能随意道出玄机。有一点千真万确,正像人们传说,他可以在别人明眼盯着时,轻易取走人家手拿之物,身上的东西更不在话下。

小红鱼听得嘴半天合不拢……突然她放声号哭,其悲伤与先前判若两人。崽儿后悔告诉她真相,看来她反悔了,谁愿意嫁给一个贼?何况是被官府重金缉拿,性命几乎早不是自己的了。

小红鱼平生最恨贼,正是贼人盗了她爹的财物,才使她家破人亡,爹爹惨死,自己沦落青楼。哭一阵叹一阵,叹一阵哭一阵……

崽儿痛下决心,从此再不为盗,与她一起种田谋生,只是这样怕过分清贫让她受罪。小红鱼止了涕泣说:"只要安安分分过日子,吃糠咽菜烂衫破衣不在乎!"

次日告知妈妈,老鸨喜不自禁,小红鱼这样相貌平常的女子多的是,有人赎她,快快挣几个现钱拉倒。太阳真打西边出来!不过,狡黠的老鸨嘴上还是叨叨着小红鱼如何如何好,自己怎样怎样疼她,花了多少心血钱财才调教养大成人。崽儿只一句:"多少银子?"

崽儿出门前一再叮嘱妈妈,不许小红鱼接客!妈妈连声道:"官爷放心,她就是您的人啦,我们好好侍候,官爷尽管放心!再说啦她是我的女儿,我也心疼不是?她有了好的出身,谁不高兴?是不是?"

别过小红鱼,崽儿盘算借钱不可能,只有做最后一手,相信日后她知道了也能原谅他。以前骂别人贼性难改,现在果真如此,总为自己找理由,哈哈一笑,崽儿自语,为了小红鱼就这最后一回……

重现江湖

崽儿离去不久,皇甫口风传首富被盗,丢失不少财金,官府悬重金拿犯。据现场勘察,与半年前的神偷一案可以并案。官府一贴布告,住家行客人人岌岌可危。

果真乃崽儿所为！一般不会打本镇的主意，上次因爹病而手头紧才第一次在皇甫口下手，恰逢自己腿伤结果失手，多亏在小红鱼屋里躲过一劫。这回实乃迫不得已……香翠楼随着外人传说，江湖重现的神偷凶神恶煞一样，惊得有些人夜间觉都睡不踏实。小红鱼虽心生疑窦，想想不会是崽儿，毕竟他曾以手指起誓，何况这些天不见他人影，应该是到外地凑钱了。

当崽儿把一包银圆放在香翠楼妈妈的眼前时，老鸨吃了一惊，没想到这面貌不扬的小子这么快凑了钱来，心悔当初没再狠些，狠抬赎金。她安顿崽儿楼下吃茶，一边唠叨，您瞧小红鱼在我这吃最好的穿最好的，养了这么多年，刚指望赚钱又要被官爷领走，唉，我命咋这苦？她一屁股坐下来，叨叨个没完，只不提唤小红鱼的事。

崽儿再取了腰间另一个小袋，往桌上一扔厉色道："喊人，否则……"他一拖音，目光凶狠起来。妈妈两眼放光：天哪，不会吧，不会吧，金光闪闪……她仰脖朝楼上大喊："红儿红儿，神星到了，官爷接来了，快快收拾走人……"那声音颤巍巍在楼道传来传去，引来一帮姑娘们唧唧喳喳羡慕得不得了，有的干脆抽泣落泪，慨叹小红鱼命好！

小红鱼本来心已凉了，觉得崽儿像先前的客一样也一走了之。当姐妹们纷纷道喜，她才拧一把自己，敢情不是做梦，三步并作两步下楼来。妈妈抱住她头肩假模假样挤出几滴泪说："走了去享福吧，可别忘了俺呀！"小红鱼回屋草草收拾个小包袱，随了崽儿便走，好像晚走一步，都担心他会变卦，再也走不了似的。

这时，皇甫口神偷的传闻愈发惊了人们的日子。连晚间小孩啼哭，娘都会说，再哭，神偷就来了。小孩立刻止住，惊恐的小眼睛盯着娘……

失之毫厘

崽儿把小红鱼领回家那天，爹平生第一次对他发了脾气。咋把这么个女子带回，让他咋给死去的女人交代？让他咋有脸见先人？爹痛心疾首……

低着头等爹骂个够的崽儿，突然被安置在里屋的小红鱼的哭声惊扰了。唉，不是说好了爹说话再难听，也要忍吗？咋又添乱？他本想不理小红鱼，却感觉她哭得异样，忙进屋问个究竟。不料，小红鱼是拿块绣花绸巾，看一看便哭，哭一哭再看看。抬头与崽儿疑惑的目光相遇，她也不顾满脸的泪水鼻涕，只问绸巾来历。她那凶相让崽儿全身一个激灵。那是他第一次随师傅偷的一富商的财物，因喜欢这条绸巾上的梅花，师傅就留给了他。小红鱼一听原委，哭得更加悲切，崽儿根本劝不住，直到她哭得晕死过去。

崽儿爹才知这女子刚烈，忙端水与崽儿一起施救，等小红鱼缓过气昏迷中接连唤爹，崽儿方悟出些其中的缘由。

其实小红鱼一见绸巾早猜出几分，那是她亲手给爹绣的……老天爷啊，刚出苦海，咋跟了致她家破人亡，沦落风尘的仇人？真恨不得一口吞吃了崽儿。她可以容忍自己嫁给一个贼，绝对不能宽容那个偷了她全家性命的贼……

半响，小红鱼说自己累了要歇，让他们出去，脸便朝墙躺下……

父子俩再次落座，崽儿干脆把自己这些年的往事一股脑讲了出来。啊？……这时崽儿爹才想起，女人当年有过交代，无论如何要看好娃子，不能让他成了贼盗。仇家曾与她因此赌过誓。否则，她一家武功再强，仅儿子一点便彻头彻尾输个精光。爹不听则已，一听前因后果，两眼瞪圆，声音忽地沙哑道："偷？我们几辈……老实做人……咋能偷……你娘一世英名……你……你……"爹倒在床上不省人事，待找来郎中，身体早凉透了。

崽儿抱着爹失声痛哭，邻人劝说眼下要紧的是办后事。崽儿忽然想起小红鱼，一拍脑袋，飞跑几步挑了门帘，见梁上悬一身影，舌头吐出老长。他两眼一黑，闷头栽倒……

崽儿为爹和小红鱼先后办了两桩在皇甫口轰轰烈烈的丧事，其气派足令观者咂舌。人们议论到底是侠女的后人。不久有人质疑，这么个穷小子哪来的钱财？做甚生意，先前外出，回家坐吃山空，还赎了香翠楼的粉头，听说是大把的银圆，还有金锭。难道捡了宝贝？或是与江湖大盗有干系，做得如此滴水不漏？难道是……是神偷？天啊，他要是神偷，皇甫口的富家咋过日子？

绝尘桑梓

传说四溢，神偷是崽儿？崽儿是神偷？

正好，逢皇甫口两月一会大集，镇外六里桥边搭了戏台，台下人头黑压压的，台上"赵子龙"高唱长坂坡，摇头晃脑，挥枪打马，要去救出刘皇叔的儿子阿斗。"赵子龙"转了几圈，便与悄然出现他面前的崽儿照了面。咋回事？"赵子龙"想不明白，戏还这样唱，本想问话，一眼望见崽儿手里闪亮的东洋刀，唱了半截的台词咽了回去，哆哆嗦嗦退向一边。台下"哗"的大乱……

崽儿站在道具桌前，面无表情扫视一周四乡八邻来的乡亲，放声高喊："我就是你们说的神偷。"

台下再次混乱，有人缩脖子觉得有凉风，有人踮脚后跟想看清神偷胳膊到底多长。等大家安静下来，崽儿如数家珍讲述了近年来自己在哪儿偷了谁多少财物……都是些名望不胫而走的大户。突然，崽儿举起左手两指向大家示意说，我曾给小红鱼以这两指起誓，如今大家见个证。然后举起从爹手里传下来的娘亲夺得的东洋刀，狠狠地剁向自己放在桌面的手指……

台下传来男男女女的惊叫，一片散乱拥挤。

官府全员出动缉拿，镇里搜了个遍，也不见崽儿半点影子。为此，皇甫口的官员功过参半。功是总算晓得了神偷的模样，过是神偷久居镇上竟没发现，待神偷自家暴露又未能缉拿归案。于是，功过相抵，急急四处缉拿，再论功说过。

若干年后，亲眼看见了崽儿戏台断指的一位外乡人路过皇甫口探友，说曾在东洋一艘船上见过崽儿。人是老啦，还是能认得出来！两人搭讪，提起皇甫口生出几分亲切，崽儿问他可听说过数年前皇甫口的神偷,他没敢说知道,崽儿瞅瞅自己的断指便默不作声。

这事在皇甫口再次刮起不小的一阵旋风,不过多是些上了年纪的人神神叨叨地传说,年轻人听后仅笑笑而已,几乎没人相信。

求　离

即使我没回到办公室，有一段时间没上班，但单位换了领导的事，早有同事在电话里给我通气。人在世上混了这么多年，谁没有个嫡系或亲近？

再说了，有些事，藏也藏不住。生活在这么个乱成三国两晋南北朝的时代，想不关心外界都难。何况是自己的工作单位，那可是要影响你的饭碗和幸福指数的地方。

话说回来，我与单位在那个时刻的关系，让我一下子就想到如今使用率最高的汉字之一"求"。

有人微博上求关注，某明星要结婚了求祝福，还有谁发了个啥玩意在朋友圈求赞、求分享。只要用手机或互联网，这个"求"字真是无处不在。有些人无论走到哪儿，都喜欢自拍或在微信朋友圈曝自己的私生活，比如吃喝拉撒，一盘菜刚上桌，绝不让大家先动筷子，立马要拍一张照片再说，或是看到什么，或是跟谁在一起等等。你说，你自己这么不讲隐私，跟你在一起的某人总要防范啥时候都曝光于天下吧？对了，央视那位名嘴老毕，不就因为这个环节玩砸了不是？

你说，如今谁没有手机？手机拿起来方便，用着没啥技术障碍，早成为天下最公用的媒体，因此人人都成了信息的发布源，术语叫作自媒体。网络几年间就把人类几千年的事搞乱了。如今的人到底是咋啦？一方面把自己关闭在屋，不愿意跟他人过多接触；另一方面又以网络形式希望引起别人的关注，甚至有人为此干脆动用了极端的手段，低俗，献媚，自虐，不一而足。如果说，抑郁这个名词给当下人增加了一种时代病。那首鼠两端，是否是早就为当下人设计的一个词语，至少从心理上？

扯远了。我不说人家，也不说人类，虽然我也属于人家当中的一员，人类当中的一个子概念，但我还是不能说自己是人类，我只是人类中的一个微不足道的个体，在人类的狂风暴雨中，即使有一点风吹草动，我的方向都可能改变，命运更是无从把握。用一个关键词，就是渺小到可以忽略不计。但对于我这个个体本身来说，我就是我吧，我就是我的全部。所以，就从说我自己开始……

求，或许是这个时代普遍的心态和人的总体特征？这不，我一向最烦这个字，因为"求"总是把主体表现得很低，有求于人时，自己那种心理弱势不言自明，要看别人脸色，听别人说难听话，讲狠话，要察言观色，随时准备迎接对方的拒绝，或提出某种互换条件……谁都一样，稍微能过得去，都不愿意求人，哪怕是儿子求老子，老公求老婆，兄弟之间，姊妹之间，最铁的闺蜜之间，睡在上铺的兄弟等等。毕竟，求，总让主体损失着尊严和主动。关键是，求的结果，还不一定就是你要的。所以，我们还常说一句话，求人不如求己。但从本质上说，这只是自我安慰。许多事求己是没用的。求，更多是向外的，不是向内的。比如说到我，现在也要用这个字，后面再加一个字，组合起来便是"求离"。

对了，就是求离！

哈哈。甭想别的，不是求离婚，虽然这个时代离婚频如家常，有因婚外情离的，有因房产税离的，有因房子限购而想多买一套可以贷款的房子而假离婚结果弄假成真的，还有真的过不下去而离异的，即使如今年代，仍有因父母而离的，还有……不说了，说这些跟我有什么关系啊！我求离不涉及婚姻，是求离职。对了，是想离职，却有些麻烦，没那么简单，所以就求离呗！

怎么能不求离呢？并非所有单位都像一个小公司那样，说不干了拍屁股就走人，或是连招呼都不打，反正不去上班了，让老板望穿秋水才知道自己被炒。在我们单位，你要想走人，还牵扯到三金五金、医保社保的，当然，还有你的薪金，至少你当月的薪水可能因为你没有进行真正的交接，会被单位以各种理由扣掉。得不偿失，没人为此而硬拼，不就是办个手续吗？从另一个角度理解，也就是给领导一点面子，让他行使一次最后的权利。

如果放平时的话，离职或许不算啥事。但此时正逢领导换岗，且是一把手新到任。你说，这时想离职，能那么容易吗？事后，我对自己这一段人生小结时发现，领导多是小心眼，你千万别认为他们有多大气量，或是宰相肚子里能撑船。虽然尘归尘，土归土，但有时道理与事实并非一回事。

报社一把手换岗前，我在外采访。之前听说要换一个副社长，没想到来的是一位姓富的社长。瞧瞧，我在新闻单位工作十多年，对人事关系如此不敏感，自然在单位的发展前景也不容乐观。

这一扯有点远，再往回来说。

我当时的采访只是个借口。这一点新闻单位有优势，当记者你只要说自己在外面采访，可以不用天天去单位。说是借口，当然就不是事实。事实是，我仅有的一个姐姐被拘留了。

说几句具体的与姐姐有关的话吧！我姐姐在农村生活，收养了十多个智障孩子，可是，有一天她外出不到半个小时，孩子中的一条腿有些残疾的女孩不知怎么把小院里的麦秸垛点了火，后来小院跟着起了大火。火势在风的吹动下，引燃了西边房屋，屋里的三个孩子烧死了……

姐姐因此被警察带走，我是她在这世上唯一的血缘亲人。平时，她是把那些智障孩子当亲人的。因为她自己不会生，又收养了那些孩子，老公早跟她离了婚外出打工。警方电话便打到我这儿。还用说啥，我必须立马回家。

这事很麻烦，不是处理，是对付在如此媒体无孔不入的时代本来就爱凑热闹的记者们的轮番折腾，我本人做了那么多年记者，我知道没事都想闹出点事的记者，这一次好容易抓住点事，像野猫异想天开噙住了一条树上掉下来的小鱼，哪可能轻易丢口？

姐姐本意为帮助孩子们生活的，却被质疑收养条件不合适，住宿条件不安全，存在多种隐患。更有恶毒者，说姐姐是为骗取民政部门低保之类，利用智障孩子挣钱。果真是世风日下，人心不古。自己内心浸着毒汁，便觉得满天下人都在想着害人。鲁迅当年写的《狂人日记》真是高明啊，那个怀疑谁都要吃他的狂人，一直在中国延续至今。你说，这样的记者有什么存在价值？

虽然我是一个老记者，但我也没法在事件中游刃有余地周旋，除了本土记者外，还来了不少闻到腥的外地媒体人。我仍需要在此间周旋，因为我撒手的话，姐姐就真的没救了。瞧瞧，我之所以在领导换岗之际还外出，当然是有了比领导上岗还重要的事，我不是傻瓜，也不可能对换领导漠视，但没办法。我们在生活中的选择，有时只能说无奈。

我费了九牛二虎之力，也没保姐姐出来。十多天后，我觉得这事也不是一天半天能解决的，我还是离职吧！反正我早有去职的想法，这个报社待着不舒服，早上要签到，打卡按指纹，领导太奇葩了。虽然你可以偶尔找个借口不打卡或不签到，说你有采访，但你总不能天天这样吧？都什么年代了，记者天天忙碌拼命，竟然管得像犯人一般。每天要在群里发布当天的所作所为。这变态的单位，没有离前，是因为没有这个事、那个事的纠结。人不都这样吗？一旦牵着痛扯了筋骨，工作都是次要的。

我回到单位，发现报头变了，原来是鲁迅先生的字拼的，现在成了毛主席的书法。突然意识到，领导换了，好像都是先从换报头入手，这是要昭告天下，如今是另一个的天下，另一拨人掌印。你说中国打造不了百年报纸，也就不言自喻。由此而想，除了过去那些有钱人家把房子盖得子孙都够用，不仅百年，两百年三百年的都可以。他们当然想不到，这些目前已不再属于他们的子孙，而是文物。文物就归了国家。现行国家，房子产权最长的70年。那么，位于城市里的那些文化名人大家，估计70年代的小楼便荡然无存，除非他自己在农村买片地，盖了房，或是当年生养他的农舍茅屋尚在，现在就申请为文物，比如莫言，获了诺奖，当年生他的小院芜草，便被游人一夜之间踩得精光，家里栽的红萝卜，无论透明与否，都被连根儿拔起。所以，当地领导才要规划种红高粱，虽然这种农作物特伤地，据说，产量高，种一茬地，几年土地都缓不过来气。可这些领导还是要打造莫言故居和莫言笔下的高密。要不然，游人来了找东找西，就会说，莫言写的原来都是瞎编的不是，咋什么都没有啊？当然，领导是出于这种考虑，他们是挣外来人的银子，另一方面，也是给自己弄点政绩。多亏莫言当年生活在乡村，如果是济南、青岛，生他的"故居"早不知拆迁过几轮了。对不起，又扯远了。你说我这毛病，难怪领导看不上，说我尽扯些没用的。

还说房子吧。1749年出生在法兰克福的德国人歌德，200年前的四层楼现在还在市中心大街挺立着。那可是他祖父柯尔丽河在歌德出生前16年买的。如果在中国，估计早就不存在了——市中心拆迁是再正常不过的命运。

再比如说巴尔扎克的故居，雨果故居……

怎么搞的，又扯远了。说求离呢，怎么说起了房子？我这人真不靠谱。

还是说离职的事。回到单位发现报头换了，其他还是外甥打灯笼——照旧。听同事说，这一届领导决心很大，要改变报社的面貌。我一听，就笑了。好像新换的领导都一个样，都有这爱好。都要改变前任的面貌，都有两把刷子，比前任干得更好。要不然中国怎么有句老话，新官上任三把火。火旺不旺，总要烧烧。除了换报头，还可能换标题的字号、字体，或是改成彩报，多几个彩版之类，要不然还可能把几个版面的秩序进行调整……尽是些换汤不换药的形式化。也不想想，那内容，尤其是行业报，内容都是以本行业为主，想换也没啥法子换啊。你试试敢不选用本行业的内容，不出几天，要么你的位子另换其人，要么你的报纸被行业抛弃，早晚玩完……

管它的，我还是辞职去。

社长的办公室是楼层里不挂门牌的两间之一，另一间是书记的。仅是同一楼层，各门上都挂了这个部门、那个部室的名称字牌，有冤有屈，外来人找领导总是找不到门，如果东问西问，那就坏了。得有人告诉你。你瞧瞧，这年头吧，找领导其实最好找了。就一招，冲那间没有牌号的屋子去，一准找着。不信试试，百试不爽。

当然，我知道社长的屋。虽然换了个领导，换了个人，但一般领导的办公室不大会换。毕竟当初这个屋是全报社最最应该被领导使用的屋子。这个就不扯远了，其实大家都懂的。但不换屋，不代表其他也不换。正相反，办公室里的东西，全换了个遍，包括桌椅沙发书柜茶几，就连花木盆栽，无一遗漏。另外，原来的领导桌子可能是朝这边，新领导一定要调个方向。新领导咋弄咋折腾，就是不愿意跟前任摆治的一样，更不可能使用前任的办公物品之类。如果说，办公室的人员连这个都搞不清，那很快就会被扫地出门。难怪许多领导上任不久，办公室、总编室、财务室等与他直接打交道的部门，人员割韭菜似的要换一茬。

实际上，我刚站到社长门前，举起右手准备敲门，手指曲得像示意阿拉伯数字9。突然听到门内一个女声："我脱吧，我脱吧，您举高点就完事。"

我全身被电击过一般，瞬间麻木。我的右手指内握着僵硬在半空，鼓出的中指离门板也就一厘米，也就是说，如果超过了这一厘米的距离，门上肯定会传来当当当的声音。那太尴尬了，实在是太尴尬了。

另一个声音传来，不高，但听得出来是男声，应该就是新任社长——"我自己脱吧，我自己脱吧，来来来，你别动手，我自己脱就行……"

我的冷汗即刻成线，做贼似的向走廊两侧瞧瞧，见无人，匆匆忙忙向前蹑手蹑脚而去。直到走廊尽头，心跳还如鼓，手心空捏出两把汗来。真玄啊。要是我刚进去撞上了什么不该见的，多尴尬。

要知道，我这个人可是有个毛病的。一般是一边敲门，一边就会推门而入，根本不可能等到里面说什么请进。

唉，真玄！

这女声是谁呀？刚才一紧张，竟无法判断。男声呢？在社长屋里也不一定就是社长啊。可不是社长，会有谁呢？谁还敢在社长屋里造次？就是社长本人恐怕也不至于如此胆大妄为吧？社长也太过分吧？难道是哪个领导的小爪牙出身？妈妈的，什么天下？求什么的都有，还有女人去找社长求着上啊？

嗨，多亏我刚才溜得快，如果此时恰有某同事经过，或在远处看到我那副样子，做贼似的，在领导门前鬼鬼祟祟，肯定没做好事吧。人家献媚地一本参到社长那儿，我吃不了兜着走。还好，我的所为也只有我自己知道。

这个领导，真是胆壮……

我还有些气喘吁吁时，三十米开外的社长办公室的门竟然自己开了。白色的光透在走廊上，一片片，由斜变正，我本意想背过身去，可好奇心还是让我正对走廊。

一个女人背对着走廊退出来，并顺手带上了门。然后，她冲着我的方向而来——竟然是楼层保洁，右手提着拖布。我吃惊地一直看着她手里的拖布。走近我面前，她冲我微微一笑，然后九十度转角，走向另一侧——WC在那边，看来去洗拖布了。我当时接了她的微笑，脸部肌肉僵僵的，有些皮笑肉不笑的，一直到她背影消失。

乖乖哩，看来是我搞错了，误会了。说不准，多少冤假错案就是这样诞生的。此拖并非彼脱，看来我想多了，自己太过猥琐。

不过，我并不会因为这个可能是错误就推翻现在的领导即使在办公室也做出龌龊不堪的勾当的可能。因为之前，被捕下狱的市晚报老总的办公室，就发生了可能的事件。而且他肆无忌惮得连门都不反锁，刚把一位女下属放倒在办公桌上，有一广告部的人风风火火撞门而入。那是个十万火急的事，九十万的广告单子。但再急，怎么能急过领导那本能的急呢？傻眼了吧？进不是进，退不是退，门还半开着，如果外边有人经过，肯定对里面的一切一目了然。令这位广告部的小年轻事后怎么也想不通的是，老总就是老总，正在女下属上位的老总只瞬间停下行事，根本就没看他，似乎是冲着门喊了一声："咋搞的？不知道敲门？出去……"小伙子大赦一般，终于知道了应该怎么办，点头哈腰地闪电转身……

  当时要是有手机，要是手机还像今天一样能照相，要是那个被吓着的广告员工还知道掏手机拍，或他本身有手机"拍摄控"，于是一通手机啪啪啪的拍摄声响后，冲着老总呵斥一声："出去……"

  当然，事件不是那样的。那件事风平浪静，广告员工还忙活他的广告，总编还是总编，各做各的事。只是后来东窗事发，老总被牵连，突然有一天广告人员被公安带走，询问情况。他当时吓得不轻，一脑子的事，看来也约莫着包不住，就向警方招供，某年某月某日，我去某单位讹人家多少钱，有时去哪儿，收了人家银子就不曝光了。反正是招了一大堆，足够关大牢了，就是没有招供遇到总编与女记者在桌子上的事。他当然想不到是因为这码子事才扯住了他——原来是总编被审时自招的，总编以为那广告人员早供了他。总编太明白了，墙倒众人推。他在台上肯定得罪不少员工，即使不得罪，在那种情况下，也有人以此举报为自己立功啊。是两岔了——审案人员找广告人员本来是要做证人的，结果他却把自己的事招了一大筐。

  什么事呀，又扯远了不是？还是说自己吧！这年头，管那么多事干嘛？各扫门前雪还扫不干净，谁管谁呀？

  还别说，我是第一次与新头儿面对面。敲门时我虽然惴惴于心，但里边的声音却甚是洪亮——"进！"一个字。啊哟，果真一个领导一个样儿，不过人还是千人千面好，领导就一个敲门声后的反应也各有千秋。他一个字"进"，简单有力，外面也听得清楚，不像有些人在屋里，你敲门半天，听不到什么，于是可能估摸着推门而入，他还会问你，我说半天了让你请进，你听不见？

  他当然不认识我。估计来找他的人他不认识的还很多。刚上班一周，除了相关的部门主任，员工上百号，他不可能都认识。何况他就职的时候我还不在，另外，他就职后去各部门走动时，由副总编、办公室主任一行陪同，目的当然是要让员工们都认识他，而并非仅仅是他要认识一下员工。

我说："社长，你好。我是……"

我没说完，他竟然站起来，并且立即叫出了我的名字。

不会吧？我的心里有点小小的震动。我这么一个无名小卒，虽然我不算什么，而且在他上岗时我准备离职，但在见第一面，至少是在他办公室的第一面，他能直呼出我的姓名，实在让我吃了一惊，一大惊。或许这就为我的求离失败埋下了伏笔。

事后我才知道，这个社长曾做过县里的人事局局长、组织部部长，到了报社做的第一件事，便是让办公室主任把员工的一寸照片，按部门的形式，分行排列，然后彩印打出，放在自己桌面案头。几天下来大部分人员的姓名脸面已半生不熟。

我面对领导时常常嘴拙，虽然采访起来思维敏捷，脑子转得比嘴快，嘴里谈此问题，大脑中另一个问题或两三个问题已设置好。但对领导就不行了，每次听领导滔滔不绝，就明白这是在他的王国，他说什么都有决策权，你争执也没啥意思，有时你说完自己的想法，领导一句话或几个字就把你否了。还有更烦人的那种领导，根本不听你说完，基本上你说几句，他否定一下，或是回给你个疑问，你觉得这样可以吗？同样否了。那还有什么接下来啊？有点自知之明的就不说了，由着他去吧。时间已久，我基本上是那种不愿意跟领导打交道的人。但此番是我个人的事，部门主任当然不能前往代劳，而且这种事，应该我本人先跟一把手沟通后，才能告之他人，包括部门主任，否则，人还没走，有可能闹得沸沸扬扬，满世界尽知。经验之谈，尤其是有些人想调至更好的岗位，因为闹得同事中不少人都提前风闻消息或被谁通风报信，弄不好别人便比他近水楼台或捷足先登，最后他的事办砸了，不仅没调动成，还一下子成了其他人取笑的茶余。

是的，社长见了我，呼我的名字，热情洋溢地让座，且站起来走到饮水机前给我倒水，还问我喝茶还是白开。我忙不迭说："不喝不喝，不用忙乱了。"领导还是比前任显得更加平易近人。见我制止，他一边望着我，一边接了半杯子纯净水说："那就白开吧！"呵呵，他说白开，没有水，省略一个字。我突然觉得有些手足无措，但还是很灵醒地走向他说："那我来，我自己来。"社长以手势及平和的声音道："坐，坐下来说。"我一边答应，一边坐沙发上，事后发现自己只是屁股搭了个沙发边儿。结果他出人意料地没有回到原位，就是那个大板台后面，而是伸手从桌面上拿了水杯，顺便坐在我沙发的另一侧。这样一坐，我们就平行成一排，我说话时不得不扭转身子面向他。

是的，在当时，我还没开口说辞职的事，几乎什么都未来得及说，社长先开了口。你是报社的元老，曾为报社的发展做出了极大的贡献，以后报社的工作仍需你出谋划策。我刚来，以前又不是做报纸的，业务不熟悉，许多事仰仗大家帮忙，当然你们有什么可以直接来找我。不一定非拘于级别，要先找主任再找我。有什么直接说，不用绕弯子。我这人是直肠子。有一说一，有二说二。哈哈哈。

看来新社长是那么喜欢说话的一个人，还是初来乍到，以此笼络人心？弄不清楚啊。时间是检验一切的标准，可我没时间了。

社长那三个"哈哈哈"声，朗朗的，爽爽的，很男人，很干脆，给人尽是好感。所以，我一边听着他的东拉西扯，谦虚若谷，一边想着如何启齿，同时，还要点头附和，表示对他说的话或观点的赞同。

当时，社长说了一通让我好好干，家里有什么困难，工作有什么困难尽管说的话，而且表示若有什么影响上班，也可以请假。单位还要仰仗我们这批中坚力量，希望我能对他的工作多捧场，多支持。

总之，当天的谈话，社长"封"住了我要辞职的嘴，在我谈到姐姐的事时，他立马表态，需要报社支持，责无旁贷，如果个人要处理，可以请假。如果经济上有问题，报社也可以先借款。

我的心头一热，泪水含在眼眶。虽然我也算新闻界的老江湖，可这些天的折腾，突然发现自己其实什么都不是。什么尊严、名气、地位啦，不就一个报社记者吗？人家认你，你就是个什么，不认，就什么都不是。几天的心灵加身体折腾，时间和空间的消耗，社长这几句话，就是寒冬的暖风，让我不知对他说什么好，心里和手上拿的辞职信一时间不知所措，还没递出去。

真成问题。其实，那一刻，我听着社长说着什么，似乎又什么都听不见。但我最后还是想硬着头皮说，即使如此，我还是要辞职。这时又有人敲门——也就是说，在我在社长办公室不长的时间段里，已有不少于四五拨人敲门，听到社长喊了声："进……"但他们见我在，便知趣地笑笑说："社长正忙啊，那我一会儿再来"——大概多是对我视而不见？呵呵！这一次随着社长一个进字，门口站的是广告部的田美女。

她的乌发长及半腰，从脸庞的左侧滑顺地舒展至腰际的那条细细的裙带。古诗有云："待我长发及腰，少年娶我可好？"古人大概是指及后腰，她的是及前腰，或许是怕放后面的话，前面人瞧不见。不过，她早已婚了，当然也不"怕长发及腰，少年倾心他人"。与那些"待我长发及腰，遮住一身肥膘。纵然虎背熊腰，也要高冷傲娇"的资深美女相比，她虽婚了，有时看上去说未婚也未尚不可……

田美女甜甜地望着社长，间隙快速地扫一眼我，跟之前来的人差不多一个意思，笑笑说："社长忙哩，我回头再来……"跟之前来人不同的是，她的俩酒窝也随着笑靥笑起来。——让你看着看着，那酒窝就有点旋转的感觉。据同事们说，她拉广告时，这两酒窝就可以旋倒不少老板……

社长冲她说："没事，你来吧，这边就完了！"

田美女很乖巧而听话地站在社长桌前，而且左腿往右腿前一交叉，落落有形，一副小女人的可人样儿。

我就明白，社长这是在对我逐客了。

我终于没法子硬着头皮交出辞职信。当然也因为有田美女在旁边，这个头皮是想硬也不好硬了。万一被她传出去，毕竟不是个好事儿。

接下来，回部门工作吧，还能咋的？求离，也就是从那天起，其实只是我内心里的事了，未付之行动。同时，自我安慰，再等机会……

当然，这于我而言，便是辞职不成的另一种可能，就再安心干一阵子吧！不管怎么说，新社长话都说到这个份上，辞职当然是不好的事。更何况，我也替人家社长想想，哪有新来的领导，部下就提出辞职，这不明摆着，给人家上眼药。传出去，还是证明新领导不能服众，更没有容人的气量，就像有些领导总拿"不好好干，就走人"之类的话来说事，那不叫水平，是二蛋。一个领导的能力与水平，不是撵人走，总以下了别人的岗为口头禅而要挟，而是如何聚拢了人，按自己思路往前走。那种今天工作不努力、明天努力找工作的说法，纯扯蛋。当然，新领导如何讲运气、讲风水之类，更不可能在自己刚上岗之际中，放人走——这对他自然是一个考验。如何形成以自己为核心的团队，团聚一心，这都是他的上司看着他的细节。尤其是新上岗，多少人的眼光都在盯着。

我说服了自己，那就先好好干吧。是的，就这么简单，一个人跟自己的对话，往往很简单，你说服了自己，就像说服了别人一样。

我真的想好好干的。但报社的一切并不是因为我一个人，还有其他老资格的同仁想干就能干好的。现在的年轻人，已比不得我们刚工作时那会儿心里还有些集体主义观念，喝的都是整桶的纯净水，即使如此，没水了，也懒得打个电话让送水来，更不要提办公室的卫生。一年不伸手打扫一次卫生的人有的是。而取样报才是多大一点事啊，也就是每天上班时从发行部门前经过，然后进入并拿几份报纸，回到办公室往公用报夹上一夹，大家需要时可以随手查询。这是多么顺手的事啊。你不会想到吧，现在的年轻记者都觉得自己工作很累，取样报的事也交给我们几位老同志。有哪一天我们没有取，他们去看报时还可能咕嘟，"咦，怎么没人取报啊！"你说这年头，整个一个180度，当年的青年多干，今天成了老人多干，当年新到单位的年轻人，手头勤快，手下利落，如今整个都换了个。

我姐姐的事，很是麻烦。她起初只是看到一个流浪的孩子在家门口，便给了热饭热菜，吃了饭的孩子便走了。没几天，又回来了。敲门，还带了另一个孩子。姐又给了热饭菜。俩孩子高兴地吃啊喝的，这一次，饭后就坐在她家门口，不走了。晚上饿了，又敲门。

就这样，姐姐收留了他俩。或许是命里该吧。陆续还有一些智障孩子跟着来了。这些孩子大脑有问题，可怎么聚拢来的？姐姐也挺纳闷，难道他们也有相互联系的无线神经？

姐姐是那种很愿意怜悯别人的人，尤其这些智障孩子。她知道，这些孩子离开这里，就可能在别的地方饿死，冻死。既然来了，就先住下吧。姐姐的生活本来就艰苦，却把屋里的床换成架子床，让孩子们好有住处，没想到这一着火，事大了，而且死了人。

我这几个月当然是家事、国事、天下事，事事都是工作，无奈啊。谁让我们人到中年，上有老，下有小，事事都要落在自己肩头。

可是，我没想到，我的忙中还是出了问题。求离不成的我，再一次面临选择。其实，我是一个最不喜欢选择的人。如果只有一个目标，于我足矣。可是有了两个就要选择。这种选择于我是很闹心的事。就比如，你进了一个服装店，买件衣服，只有一个款式，买了拉倒。最好也就一个价格，不讨价还价。不打折不优惠，实打实一个价。可因为多了选择，人家可能估算了你要打的价格战，于是加了多少价码，你心里没有底，而对方有底，便给你打起马虎眼，要不说，南京到北京，买家没有卖家精。这选择是我头痛之事。

又扯远了。人到中年，脑子想的事太多，一乱就乱出去十万八千里。

我想说的是，在我求离不成的四个月后，在报社的员工仍然是一副散淡的样子的时候，在年轻人还以为新领导在步前任的后尘的时候，显然新任社长却不同于上一届，他是非媒体出身，是管人的人事部门、组织部门出身，也不想想，如果他来了，跟没来没有区别，那空头领导还当得有什么劲。于是新的制度、规定之类相继出台，包括一些奖罚任务、制度规定。记者绩效考核也有了新的变化，不仅仅是写了稿，发出来稿，还请了外来聘用的人员为每一篇稿子打出九个等级。甚至还弄了个末位淘汰的办法，也就是说，无论你这个月的工作做得好坏，只要你在最后一位，你都是末尾，这样的业绩连续两个月，一年有两次，对不起，你要自动走人了。

看来，哪个领导的祭旗之刀都是同质化的。只是这次祭旗竟然用了我，没想到，根本没想到，真的没想到。

原因是我的一篇稿件，省委书记、省长都出席的活动，发给要闻版，可要闻版的编辑考虑到这个新闻如果发就要发头条，但作为行业报，上头条的应该是主管单位的老大，或本行业新闻，怎么办？县官不如现管啊。于是他们私下做主，把我写的稿子扣下不发。结果次日社长一看我的稿没见报，电话打来。我说写了稿，交给编辑了，不是我的责任。

社长立马发火。为什么不给编辑叮嘱一下，是报社安排的？

我呵呵一笑。用叮嘱吗？无论怎么说，一家省级报纸，不可能不明白省委书记、省长同时出席的活动其新闻价值的大小吧。

社长"啪"的一声挂了我的电话。

就这个事，多大事啊。可是，在新闻单位，有些事说是大事就是大事，说是小事就是小事。

这个事，这次在我这儿成了大事。报社由副总编挑头成立了一个工作组，火速对此事展开调查。你说动静多大。本来事实明确，我交了稿，责任就到此，下来应该是编辑的事。

没想到责任采取倒追法，最后认定是我没把工作当回事，给编辑、副总编辑、值班人以处分，我不再是检查和处分了。

我很无奈，调查组最后谈话时表示，我可以引咎辞职，否则将会被辞退。

唉，这都什么事啊。这传出去，好说不好听啊！无论怎么着，就是被人家开除了呗！

走在大街上，我想大声骂娘。

求离不成，竟然被离。当然这两者之间是有区别的。主动和被动的关系一样吗？我突然想起来社长无意中说的那句话，"我刚接任时，你不是想辞职吗？现在辞了，也就几个月，也算遂了你的心愿。

不是吗?"

　　我因此另想起一个问题。我当初想辞职时,并未来得及向社长亲口提起,他如今说这话是什么意思?而且从那次找过他后,我再也没走进他的办公室,我想辞职的事,怎么就让他知道了呢?

　　再仔细搜索自己的记忆,我想离职的事,曾给谁提过?仅仅三个月,就想不起来了。三个月,不足百天,怎么我自己都忘了的事,社长竟记得?

　　社长亲口对我说的。

　　他当时就是这样在冬日的中央空调的暖风下,吹了一口茶水上的热气,然后说:"这下你也可以了却心愿了。不是我刚来时,你想辞职吗?现在也算是你辞了,但报社的开除决定,我没法收回。这是组织决定,不是我一个人的意见。好了,不说了,低头不见抬头见,以后我们还有见面的机会,青山不改绿水长流,有空常回报社看看。虽然你可以记恨这里,但它毕竟是你为之奋斗多年的一段青春岁月的痕迹,抹也抹不去。日后回忆的时候,只会多不会少……"

　　我在求离不成而被扫地出门后,真的一次次回忆起那个我工作了多年的单位。

　　关键是我在想求离的事是如何泄密的。

　　当然我不知道,在我找领导之前,我要辞职的信息早已传到他那里。也就是说,我要辞职,社长知道是在前的事,我知道是后来的事。

　　难道是我在什么时候漏过嘴,还是我修改辞职信的草稿在电脑桌面被谁用我的电脑时看到?或是我的打印稿被谁提前一步注意了?总之,这个信息的泄密当然不是我所能知悉的。社长自有他的想法,自己新上任,肯定是不允许有人炒他的鱿鱼的。在体制内的人事组织部门工作是干吗的?不就是与人打交道?他的上任之初,别人辞职,传出去好说不好听,什么理由都可能演化成他本身的问题。

　　突然想起来第一次找社长时,觉得他就是个那么喜欢说话的一个人呢,还是初来乍到,以此笼络人心?弄不清楚,只能安慰自己时间是检验一切的标准。遗憾的是，在这个时间检验之前，有人为了向社长表忠心和以示亲近，出卖了我的信息。只要在我进社长大门之前早走那一步去通风报信，都算是他领功请赏。生活中以揭发别人的方式向领导献媚，从而取得领导的信任，这是某些人的为人之道。

这个世界上，许多人在关键时刻，大多是靠出卖别人才能进步的。就像女人们要想成为闺蜜，是需要以交换秘密为前提的。如果你的嘴够紧，只听对方说某某怎么样，或是个人的私密怎么样，而不提供相对等的秘密，自然，你很快将被对方淘汰出自己的秘密圈。在QQ上的话，就是被屏蔽或拖黑。那年头，说拖黑，年轻人有不知道的，一定很奇葩。

唉，我算中招了。

辞退和辞职，就一字之差，主动和被动的心情、心态、立足点差异大了。

"不行，不行啊，大街上呢？"——这个女人的声音，我熟悉得不能再熟悉。

身心俱疲的我走向回家的大街上，正在用伤痛来麻醉和抚慰伤痛，但这个熟悉的女人的声音，使我不得不顺着声音去观望，于是看见那个女人半推半就地拒绝另一个男人。男人一副死缠活缠的样子，终是双臂拥抱了她，并飞快地亲了一下她的前额——动作之快，像一只雄鸡发现了杂草里的一条虫子，敏捷而准确地伸喙一点……

女人轻推对方一把，男人便依势佯装要向后跌倒，女人早伸手去拉，男的便把女人一把扯进自己怀里——正好嘴对嘴，男人亲吻起女人来。

女人起先有些想挣扎的样子，也就是做了个样子吧，或许是矜持，但很快跟对方配合默契地互吻起来。

我愣住了，望着他们，全身都发紧，至少两三分钟，100多秒一动不动，凝固了似的。他们都不打算换口气？

或许是我看的太久，他们的亲吻被我的目光惊扰了。据说，人眼睛的余光比正视更敏锐。两人同时扭头朝向我。男的，不认识，没见过，一点印象都没有，很陌生。女人，我认识，很熟悉，熟悉到曾在一张床上共枕过半年，200多天。我没有想到，我的下意识动作是，双手很响亮地为他们鼓掌。

女人先一愣，然后沉着冷静地对身边的男子大喊："快跑，快跑，你个笨蛋……"

那男人真是个呆鸟，还迷惑不解地问她："咋着了，咋着了。"或许他突然意识到什么，开始猛跑，不过一边撒腿跑，一边还扭头问："到底咋着了呢?"男的跑得很快，像股烟，会拐弯的烟，眨眼没了，也没留下烟的味道和痕迹。

女人杆子似的站在我迎面，大概担心我撒疯地去追，她便可以以身阻挡——她个头不高，身板也瘦小，站在那儿还真把自个儿当成一面墙了!目光紧紧盯在我脸上，眼里是焦急，不是负疚，有些想迸出泪花花，没有什么想解释的。但让那男人快跑的口气，像个母亲护着干了坏事的孩子。当然，那个男人不可能是她的孩子。

这就是我在被离职走在大街上刚说服了自己接受现实时，再次遭遇了另一个无情、残酷，甚至逼迫生命的现实。

上帝啊，今天是什么日子?

亲爱的读者，你猜对了。其实，你真是太聪明和有预见性，你猜我的事怎么就比我自己都猜得准? 我只能猜着前头，却猜不着后头。当你初见本文标题时，你猜测的意向是对的。

接下来，我要向那个女人提出离婚，但她坚持不离，说，他们其实什么都没做，那只是她的一个高中同学，当时喝多了酒……

谁信啊!

我只能求离!

当我想你的时候

窗外的雨一会儿大一会儿小,一直下个不停,应该有些日子了。林坐在窗前吐着烟圈,目光咬着那雨丝,心里乱糟糟的,全然没有被雨水冲洗湿润洁净的感受。他总在想,十年在人的一生中是多么重要,人的一生又有几个十年?

时不时张开五指像把梳子烦躁地搔一把头发,有那么一刹那,他的目光便落在掌上,却有些视而不见,感到一切都模糊了。那僵硬的五指纹路在这种模糊中,竟化作一张熟悉的脸孔。他惊叫一声,该死的幻觉魔鬼。

那一夜林总睡不着,翻来覆去,甚至隐隐约约听到隔壁同事屋里床铺咯咯吱吱的声响。林知道,那是同事外地的女友来了。两人大概又"非法"睡到一张单人床上,提前上岗了。隔壁同事其实是去年才分来的大学生,真够浪漫开放。

林的大脑随了那乱七八糟的思绪,时断时续地浮现出大学时与梅在一起的情形。

梅很漂亮,苗条的身材,五官小巧而比例协调。起初她是校园里流行的披肩发,黑而亮的秀发,长长地、直直地、顺顺溜溜地自上垂下,柔柔地、轻轻地,依了微风飘逸起来。那背影是令多少男生心动、着魔得夜不能寐的。

那时候,她总喜欢问他的一句话是:"当你想我的时候,你会怎么办?"林嬉皮笑脸回答:"当我想你的时候,就想入非非……"

梅顿时羞红脸,两手并用,一把拧在他脸上,佯装怒态道:"流氓。"她的本意是,林能用当时最流行的千百惠的《当我想你的时候》来回答:"当我想你的时候,我的心在颤抖……当我想你的时候,才知道寂寞是什么……"

被拧的林当然也要随着她表演疼得大叫!

如今,仍是孤身一人的林,脸挂笑容,怀忆往事,当昔日的幸福甜蜜又一次清醒地活跃起来时,就在床头恶狠狠地挥挥拳,脚敲床板,神经质吼一声:"魔鬼。"是夜,迷迷糊糊入睡后,他还真梦见了一个红脸长舌的魔鬼,露着狰狞的獠牙向他扑来……

与梅相识是平常而平常的日子。

大学报到那天,林在校门口看到一个女孩眼睛红红地站着,大概刚哭过不久。他上前问她需要帮忙吗?因为她的身旁有两个看上去很重的旅行包。这一问,女孩的泪又流下来,边哭边些许窘迫地掏手帕,带出一个信封掉在地上也没察觉。直到她欲拭泪的侧目一瞬,所有的动作才凝固了,继而突然破涕为笑道:"找着了,找着了……"林莫名其妙地摇摇头望着她。女孩不好意思地解释,起初以为大学录取通知书丢了,翻遍了包也没有,怎么会在这儿?林问她那么多东西,为何不找个三轮。她说,钱丢光了,一边走一边想,便突然感到通知书也可能一起丢了,结果一时间真的找不着……林帮她拿了行李到报到处,她的同学们就把她送到安排好的宿舍楼。这个女孩是梅。

梅当时却忘记问林的姓名或专业科系,她感到遗憾时已是几天以后了。梅先是不适应七个人共住的南腔北调的大宿舍,接着想念远方的家和爸妈,直到一段时间习惯了才想起来那位好心送她的男孩是谁,在哪栋楼住,是哪个系的之类。唉,都怨自己,连声谢都没有道。

林与梅的初恋大概正是从那天见面开始的。他续了一支烟走到桌前翻开影集,里面有他和梅的合影,仅一张,其余的全应梅的要求毁灭了。这一张幸存,是因为当时洗得多,无意中夹在书里,忘了烧,直到工作几年后用那本书才翻了出来。他有些如获至宝，或失而复得的感觉。

照片上的梅留齐额刘海，与他背靠背坐在草地上，那是林用相机自拍装置的杰作。这张合影有极其重要的故事。林曾无意中说起他喜欢女孩留齐额刘海，像温存的日本姑娘似的，梅因此把一头瀑布般的长发剪短了，让林后悔得跌足长叹，骂自己多嘴。梅不在乎地说："只要你高兴，你喜欢，我怎么都行。"林的泪涌了出来说："天哪，我真是感动都来不及，不知该为你付出些什么。"梅咯咯一笑说："全身心爱我！"林狠狠地点头，恨不能点出一个什么痕迹留在空气里。

手拿这张相片，林的心颤抖起来，他没有勇气毁掉它，便把它夹进影集。他不怕什么，因为他是单身汉。而那时，相片上的女孩大概已为人妇，或为人母多时，沉浸在她追求的生活之中去了。

梅性格开朗活泼，从遥远的农村来到大城市，心理和环境都使她面临有很大差距的改变。她从来没想到自己竟对这一切适应得那么快。因天生丽质，虽长在农家却出落得自然美丽。像许多入校不久的女生那样，她们的变化是从发型开始的。她起初的一把抓式的马尾，一日被城里女生的披肩发所代替，其质地黑亮的头发如瀑布般，成为班级的一道风景，令同窗羡慕不已。不仅是同班，就连上一届两届的男生也向她射出丘比特的锐利之箭。对于这些求爱者，她却从没想过，或许是对恋爱的故事太冷漠的缘故，或许是内心一直对男女之间的关系保持着一份单纯，她对谁都显得那么真诚，愈发显得可爱，亦愈发刺激得追求者朝思暮想。

梅的中学没有读琼瑶、三毛的浪漫，只是读课本。或许她少了些爱的启蒙。

爱需要一种默契和参悟，一旦说明就显得苍白无力。但所有的暗示都被梅看作是友好，故而收到一封封信，那是爱的使者。梅却说读得肉麻发笑，同室姐妹们看了她的情书，有羡慕，有忌妒。

当上一届某男生约她当面表白时，她竟笑弯腰，使对方难堪，尴尬至极。她并不是有意的。因此，同学们传说她心理上有病，根本不晓得男女情事。立即便有几位跃跃欲试，要尽力以自己的耐性理疗她的病态。这时，梅找到了林。

　　大学生活开始的第三个月，那座北方城市雪花漫天，大地银白，苍松挂霜。因为体育课上滑冰课，梅到体育室领冰鞋时，与林走了个对面。她感到他眼熟，却想不起来何时见过。当初泪眼中瞟了他几眼，现在彼此都穿得棉花包似的。

　　林却眼尖地冲她一笑说："你好。"声音和微笑顿时唤起她的记忆，她想起来他是谁，便迫不及待地说："你好，你好，想找你，找不着……"她的仓皇失措和大惊小怪以及那火热的眉眼使林在众目睽睽之下感到极不自在。梅立即决定放弃那节课，与已下了课的林说说话。这一点，梅绝对不像农村式的女孩。

　　那天，梅知道了他叫林，中文系的；林也知道了她是梅，学历史的，两人还同届。对于林，那个冬雪纷飞的日子才是他俩真正相识的开端，而梅却不以为然。从校门口初次相见，她心中已深深地刻印下林的模糊印象，她仔细留意过各种场合，却无法找到林，甚至在食堂佯装等人，由始至终，也没有他的影子，她埋怨自己当初太粗心了。

　　对于梅来说，自己是汉族，不会想到她要找的林会是回族，在学校的民族食堂就餐。失望更增强了她对林的找寻心理，可她错过了很多机会。不知姓名系届来源，到哪儿找？何况又不在同一教学楼上课。梅一生最高兴的事情之一是这次与林的重逢。那其实拉开了他俩初恋的序幕，也可以说是爱情悲剧的第一章。

　　梅的丈夫是位高大英俊的小伙，比梅小两岁，白净面皮，很有些奶油书生味儿，他是强。他父亲是梅与强工作的小城的市长助理，权力大是大些，但性情温和，待梅也很好，没有什么门当户对的观念而鄙薄农村出身的梅。梅很是欣慰。此时林仍在与梅就学的那所城里生活，做中学教师。当梅与强面对红烛脉脉含情时，林的中篇小说《爱吻》在省作协的文学刊物上发表，且刚收到杂志社邮来的样刊杂志。当时，一整天都心神不宁的林，在夜色中走回校园，收发室的老翁递给他一个纸包,瞥了一眼那寄件地址上的红色杂志名称,他忘却一切冲回卧室。泪水慢慢流下来,是激动还是委屈?继而他长久地哭泣。

当林的《爱吻》轰动文坛拿了全国小说奖和刊物奖,被译作三种文字走出国门时,梅已是一个很贤惠的妻子,操持起家的温馨了。

莲的所作所为,令作为她的班主任老师的林不敢置信。

自小说《爱吻》轰动后,他收到来自各地的文学爱好者的信件,授课、管理班级学生、创作等等之外,他总要抽时间一一回信。莲却确确实实地硬闯进了他的生活。

莲是林带的班里一个不起眼的学生。学习成绩平平,课堂表现平平,体育活动、文艺才能等各方面皆平平,也就是说,她没有什么可以引起别人注意的。尤其在老师眼里,关注的多是学习好的和差的两类学生。但不久,莲唯一的不平平是,无论在什么课上都不安生,做别的事情,不听老师授课。这在以前是没有的。莲被班主任林叫到办公室。林像所有的园丁栽培花朵似的讲了一通连自己都说不服的道理,何况是面对高中生?莲听笑了。

一周内,莲被林连续四次叫到办公室。林才开始注意起她来,虽不十分漂亮,但少女身上的清纯和青春是动人的,也就多了几分让人怜爱。眉眼端正,脸色红润,身材适中,穿着朴素而洁净。每次听林批评时,她都显得天真可爱地稍歪头,两眼紧盯着他的眼睛。倒不像听而是看,有时看得林慌慌的,不得不时而把目光投到别处。她似乎根本没有一丝为错误而羞愧,自然也没有什么改正的想法,只是盯着林任他说下去。林觉察对方目光的异样,只好停下来容时间凝聚性地沉默。

隔周后的一天,发生了令林目瞪口呆的事情。莲走进他的宿舍,他让她坐,她根本没接话,径直冲他说,她喜欢他。林的嘴张多大,那样子一定十分不雅观。之前,他没想到莲是个直言快语,性格颇倔的女孩,这种单刀直入的表白,大概只有这些学生才会使用。

与梅的相恋完全是一种默契的感觉,直到紧紧相拥,热烈地亲吻，两人也不曾说过爱你的话。每每与梅在一起，她常常问的一句话便是："我不在你身边时你在干什么？"回答，"想你！""当你想我的时候，怎么办？""想入非非。"两人都笑……这是梅与他在一起时使用率最高的一个桥段。如今比他不知小多少的莲竟如此大胆而坦率，让他一时语塞。

林努力镇静下来，希望解说些什么时，莲却说："没什么的，琼瑶的《窗外》不就是写师生的感情吗？何况鲁迅和许广平……"天哪，林大脑轰炸了一般，有些气恼地脱口而出："你们这一代学生呀……你这么小，知道什么是感情嘛？"莲格格一笑，不软不硬地说："你怎么知道我不知道呢，那是能用语言说的吗？"过了一会儿，她又说："我喜欢读你的小说，我能读懂。"林又一次吃惊地张大了嘴。

林无奈地摇着头把目光投到书桌的台历上，那上面记的日子是他与梅相恋十年的纪念日，他们曾约定，无论两人在哪儿，是否在一起，都将从不同的地方会聚到第一次拥抱的大学校园那片林子的老树下。于是，林的耳畔又想起"当你想我的时候"的问话。

梅性格开朗，在恋爱上却极含蓄。两人相处到了两天不见就像掏空了心一般，林才明白了哪位哲人说过的爱情会使人发疯。那一刻，似乎世界上仅剩下他们两个人，其他一切都可以不再顾忌，爱让所有的视野都变得美好起来。一生中是什么让你永生难忘？是什么的热切，每每回想起来就会为一个人激动颤抖？林有时坐在宿舍的窗前自语："梅，当我想你的时候，真的，我的眼前和梦里都是你的影子。那个日子刺激得我在难过，我总感到有一天你会再次投入我的怀抱……"当林沉浸在痛苦中时，莲却提醒他，还有她的存在。林重重地叹口气，苦笑了。

梅毕业后分配的工作地与林相隔遥远，昔日曾设计勾画的生活蓝图已全部打乱。一切与想象中差距太大，她甚至一时间陷入了迷惘和极度痛苦的低落情绪之中。

梅工作的小城是有些历史的古城，与自己的家乡小村相比自然繁华得多，但比就学的城市却显土气十足。她无甚意思留恋小城的历史古迹，总想着美丽的大学校园和她的林。

梅学历史专业，当然没有林学了中文就努力当作家的志向。她没有做什么历史学家的愿望，只图一生无拘束地自由生活，甚至是纯自然的生活。她虽然喜好山清水秀，却断然受不了那份冷清和孤独。或许最大的希求是平平安安过一生。然而，在这小小的古城，既无什么美丽的动人山水，整个小城也不过一座煤城，沿着一条大沟，是成串的煤矿，更是失去了爱的乐园。师范学院毕业的梅的第一份工作自然是做中学教师。同宿舍教师长她五岁，仍过单身，也是从外地分配来的。梅真想不来这位同事怎么孤身也能在此熬过这么长的岁月。日后，梅才知道同事不甘心找一般的男人，而希望攀高枝改变自己的命运，她生得白皙美丽，每天都实际地谈生活中的吃穿住行，从未畅想过爱情的浪漫。生活的一切都与钱有着密切的关系，世界上权与钱往往不分家，有了权就能得到钱。她的所有理论给梅走入社会上了一次深刻的现实挑战课。梅大概从未想到过自己会在这场挑战中，不自觉地把一切都投入进去。这或许只能算作解释她成为强的妻子的一个背景。

其实，梅于林面前曾尽力的爱都被闯进生活的强搞得乱七八糟，甚至，梅根本没曾注意过强是怎么走进或者说渗透进她的生活的。

梅曾与在本市工作的一位大学校友玲去交际舞厅。梅在一切活动中最热衷的是跳舞。这也是她与林最大的分歧，林不喜欢跳舞，曾阻止过她，当然阻止并非强迫。为了林，她放弃了许多机会，甚至在林面前不提那两个字。

这次在小城意乱情烦中与校友玲同去，她遇到了强。梅的校友玲告诉她，强是市报的记者、省报驻地特约记者。梅有些羡慕，她早对记者有种感应性的向往，只是高考她所报的新闻类专业全告作废，被录至师范学院。所以，与强初次接触，给她留下了很深刻的印象，不仅因为他是记者，谈吐风趣，舞姿潇洒，同时也因为在那种场合。在小城，她除了认识本校的同行，强是她结识的第一位男性。从那以后，梅在报纸上常常看到强的名字，有时便猜想他一定每天都忙于采访写稿。后来强告诉她，其实记者有很大一部分时间泡在交际场合。

不久，强在市里为一个患白血症的青年组织了一场卡拉OK义演，轰动不小。省报也用了大版面刊登强写的绝症青年义演捐款给失学儿童的报道。强在新闻界的名气非同凡响，至少梅是这样想的。同时，梅也知道了强有一位当市长助理的老爸。强不依靠老爸的优势，自己努力出一方天空，这一点，梅暗暗佩服。如今公子哥儿们不吃父辈的有几个？当有一天，梅感到与强交往已过分频繁却自然而然时，她不得不惊诧自己的变化之大。

梅迎来自己第二个本命年的生日那天，没等来远方的林的只言片语或意外的礼物，却出乎所料收到强的鲜花和祝福。梅没有理由拒绝，无法猜度对方是如何知道她的生日。强神秘道："天机不可泄露。"梅终推辞了强邀请她共进晚餐的要求，独自躺在床上满脑子是思念。"林，你在干什么？竟敢忘记我的生日？"她不会想到，林那时正倾力修改他的《爱吻》。梅那夜流下很多泪……

当强拥抱梅时，梅几乎毫不犹豫给了他一记耳光。强涨红脸不断地说对不起，梅反而有些不好意思。不久，梅进了市教育局办的一个以中学生为读者对象的教学刊物做编辑，先是临时帮忙，两个月后正式定员。梅永远不会知道，命运之神给她这样的安排，是强在背后做的推手。然而，梅却极清醒地发现自己与林的感情长城不摧自溃。因为她脑海中已凸现起强的强烈的形象，而林淡漠了。

梅写给林长长的一封信。本以为他会风风火火地扑来，或许她内心深处仍与林统一，她会骂他打他，然后撒娇地哭，然后一切恢复如初。然而，她绝望了。收到林冷静的几个字："发生的就是有理由的。"梅大哭……毕业不足一年，却发生如此天翻地覆的改变，林真的头昏脑涨，但他终放弃了要去找梅问个究竟的想法，专注地写《爱吻》。虽然那天他失眠后痛饮了半瓶白酒，醉醺醺地对自己说："既然如此，何必挽救？存在的，发生的，便是应该的，有理由的……"

梅不能清清楚楚想起来是怎样一步步容强挤进自己的生活的。但事实是她终于接受了他，投进他的怀抱，与他深深而长久地亲吻。那一刻，她流了泪，眼前曾闪电般出现过林的嘴脸。后来，她嫁给了强，婚后的一切显得温馨和祥和。强的父母兄嫂小妹都很喜欢她，在新的家里她满足到再不苛求什么。强不但见多识广，性情也没有某些文人的清高傲气，且人缘各方面关系处得十分好。那个家中所有的人都没有梅想象中官宦的势利和得意，日常一切都低调行事。

梅与强相亲相爱，并不是说梅真的把林彻底忘却，永不会忘记，不仅因为那是初恋，而且与林分手的不明不白更使梅一有闲暇难免想起林，甚至在夜幕下强拥抱她时，都会想起曾问林的话，"当你想我的时候，怎么办？""想入非非"……梅的脸便烧到耳根。

莲的一切促使林认真地重新阅读了琼瑶的处女作《窗外》，是写一个中学生与教师相恋的故事。林从一开始就没准备也不可能接受莲，看完《窗外》更坚定了这一信念。但莲却听不进去他的任何解释。从公开说喜欢他的那日起，莲毫无顾忌星期六星期天去他的宿舍，伸手就洗他脱下的衣服，擦桌拭凳，把桌上的书籍文稿归类整理，甚至收拾他的床铺。林十分无奈，撵又撵不走，只好又劝说又拒绝。但莲几乎不听他那一套，你爱说什么就说什么，反正我做我的。有一天，莲端了两盆花放在他的屋里，他心底却有些喜欢，一盆文竹，一盆君子兰。莲走后，林静静注视那绿的叶子高傲的骨架说："没想到她小小年纪会这样煞费苦心，看来是一个知音人！"

林终于主动约她来，不仅为了避免莲突然袭击不定时间段便可能出现在他宿舍门口，也是感慨莲竟能洞察他的心理，想要挽救莲。

莲几乎不相信这是事实，当她见到林时眼里已起了一层潮雾。直到林的宿舍门口，莲还在猜测是自己的哪一步敲开了林的门？终于还是敲开了。

听林说，你现在的任务是好好读书，一切，一切，都待高考后。莲从心底笑了，眨着那对水亮水亮的眼睛直勾勾瞪着他，目光炯炯又满怀柔情。林一笑置之。莲就狠狠地点头，脸似乍开的桃花，泪却流了下来。林想起来当初面对梅为了他的一句无意的话而剪去长发，他感动得点头的样子来。莲突然走近他，踮起脚跟在他脸上飞快地一吻，在林惊魂未定之际，她早跑得不见踪影。

次年七月大考，莲果然被录取，却是林曾毕业的学院。按她的考分完全能上更好的大学。林无奈间，莲说，她志愿只报了这个学院，也是中文系……

林送她走时脑海中仍在思索，莲怎么非上这所大学。他的眼里淌出两颗闪亮的泪花。

林与梅十年间唯一一次见面是工作后的第五个年头。林已是省里小有名气的青年作家，在那座海滨疗养院参加一次全国性笔会。梅作为编辑参加杂志社在那里召开的征文颁奖会。

两人的不期而遇也许是上苍的有意安排。在宾馆大厅内的台阶上，他们几乎同时看到对方。梅正在下楼，林正在上楼，两人的目光在楼梯的上空遭遇。先是同时停下来愣怔怔地彼此对望，谁都在确信自己是否眼见属实。短暂的大脑空白后，林开口："我……来……开会。"梅躲闪了对方的目光，低声应答："我也是。"林嘿嘿一笑，有些尴尬，为自己临时的结舌或是没有意思的一句话。梅则好像瞬间噙了眼泪。

见梅又蓄了一头长发，林真想问，是否又为了讨谁喜欢而蓄了长发？终没开口。看到梅点点头要走开的样子，林急忙说："晚饭后有时间吗？"她静静地把目光落在他脸上。林说："到时候一起去海边走走。"梅稍一思忖，抿着嘴无声地点点头。当然，这个抿嘴的细节，林太熟悉了。她常会先这样一抿嘴，然后可能是那句，"当你想我的时候……"

夏风在海的感召下温柔多情，夕阳给海岸线披上了美丽的余晖，水中仍有嬉戏的人们，或男女调情，或一家儿子女儿学泳，沙滩被漫步的人踩出诗意的串串窝痕。林与梅并肩走着，各自内心的风浪虽然已波涛滚滚，表面却静如礁石。

梅的粉色连衣裙在风中微微飘动，勾勒出美的身材和质丽的胴体。梅开口时就伴着两行泪："对不起，有时说不清楚，其实一切都太突然……"因为激动，她没能说下去。

林无所谓似的接道:"不要说了,什么都不要说了,大概全是我的罪责……唉!"

梅摇摇头:"你只创作,假期也不放过,唉,该变的……总要变的。"林就不说什么,两臂交叉抱在胸前长出一口气,把目光投向遥远的海平面,直到火红的太阳把海平面扯成一面彩旗,而后被远方吞没,他们只默默地轻轻漫步,听海水哗哗冲上沙滩又退一浪回去。

是梅提议返回时,他们才发现走出去太远,夜色笼罩了海和城市,灯光似星散布着繁华,除了海水撞击岩石,隐约地听到男女间爱的情话或呢喃,一切显得十分安详。两人沉浸在这样的环境里完全可以忘却所有的红尘烦忧,然而谁也无法那么去做,因为这样的夜,这样的并肩漫步,此生或许仅这最后一次,毕竟上苍不好再安排了。

"成家了吗?"梅还是忍不住问出了犹豫再三的话题。林极爽快说:"目前没这必要。"他停顿了一下说:"我们曾有个诺言……"梅的泪又一次淌下来,林说的是他俩初吻那天约定的十年后在老地方共温当年的时光,为那一吻,他可以终身不娶别人,梅当时还轻轻捣了他的胸口一拳说:"真会耍嘴皮子……"

梅那夜很晚才由林送回疗养院。她的头发上是海水的潮气和一些未脱落的沙粒,背后也有些沙子沾在连衣裙上。坐在房间里呆望着墙上那面大镜子,她大脑中的一切模模糊糊。似乎一瞬间她被一个男人抱着,两人滚倒在沙滩上,她看到男人饥饿的目光和嘴唇,没有一丝恐惧和退却。因为那男人包括气味都让她熟悉和陶醉过。她感到流进嘴里咸咸的泪水,不知是自己的还是林的,耳边似乎响起"当你想我的时候就想入非非"的声音。她尽力地搂紧林说:"让我还你的债吧……"林那一刻曾被她拉到身上……梅感到脸上被抽了一记耳光时什么也不想了,嘴里只呢喃着诺言,诺言,债……

第二天,梅向编辑部主任告假先回去了。

莲上学的半年,林什么作品也没写。他写不出来一个字,构思不出来一个题目。林怀疑自己是否真的江郎才尽,因为《爱吻》的起势太大,以致后来发表的几个中短篇都未能产生什么影响。几乎同时，他决定停下笔来，准备写一部长篇小说。这一举措，不仅因为在某些评论家笔下他大概将无法超越《爱吻》，就是说他的创作高峰已到极顶，同时，他也必须把自己的生活做一次全面的总结。当他把这一想法给省作协副主席、杂志社主编、与他忘年交的朱老说后，这位在五六十年代便在中国文坛颇有名气的老作家鼓励他认为颇有才气和潜力的林，"沉下去"写出更优质的作品来。

当寒假到来，林仍蜷在宿舍桌前翻阅记录一些材料时，房门外站着一位穿着入时的妙龄少女，是莲。令林想不到的是，莲的辅导员老师正是林大学的同班同学，后来留校的贾。莲从贾那里知道了许多林的故事，再加之她大学的第一学期阅读了不下十多本的中外文学家传记，她似乎才开始有些理解作家的生活和感情世界，也才悟出些来龙去脉，从而发现自己永远不可能走进林和林的世界，尤其她又一次站在林的面前时更确信了这一观点。借着林出去打水之际，坐在林的床边，莲只随便翻了翻几本桌上的书，在林为她倒的白开水还冒着热气时，她扫视了一下与昔日屋内摆置没有多少差异的林的床铺、书桌、成沓的稿纸，以及那些塑料盆子、水桶，最后看了一眼那盆生机盎然的君子兰，再把目光落在婷婷瘦而不弱的文竹上，然后不辞而去。据说莲后来嫁给了大学的辅导员老师，林的同窗贾。

莲走后，林感到身上的一切重负都消失了。他几乎像一个傻呆的人趴在桌上翻翻记记，做着机械似的工作，让人真的想起来一个痴傻的人不停盯着自己手上的一个腐烂物什翻来覆去玩味着，因为他永远搞不明白手中之物，却偏要弄清楚那物什究竟是什么。

某年某月某日，冬雪漫漫，夜色沉重，风轻悄悄不显寒冷，却有一丝温和。

林靠着那棵十年前曾与一个女孩背栖的大树，任雪花透过枯枝叉隙轻轻化在嘴里。树老了，十年，粗了许多，树皮开裂，但他曾刻在上面的字即使是在夜色下也依稀可辨。他的手摸索那树，泪滚滚而下，脸上冰凉凉的。

林的穿着与十年前那个夜一模一样，棕色羽绒服，牛仔裤。十年前,那是他将毕业的一年,也是他与梅三年的友谊撞开爱情栅栏的一年,那夜有他们的初吻⋯⋯林好像已忘却自己已是杂志社编辑,刚出版了长篇小说。眼前是一个纯情女孩甜甜而动人的笑。冷不丁,女孩说有你在,怎么会冷。女孩子果真又抿了抿嘴。那一刻,他觉得一股电流击中全身,所有的经脉毛孔都似蘸了幸福的蜜汁。她说,我需要一堵墙,他拥抱了她,手指抚摸着她的黑发。他说,十年后的今天,我们⋯⋯

而今林来了,腋下夹着一本自己写的书,蹲下来,把写有十年前故事的书慢慢地一页页撕开,一页页点燃,任火苗悠悠荡荡。林自语,纪念纪念,也是埋葬一些什么。而后他眼看那一堆灰烬抽搐至平静,深深地吸了一口刚才用面前的火焰点燃的一支香烟,便踏着飘落的雪离去。林的脚下响起清脆而有节奏的嚓嚓声⋯⋯

当林的背影消失在黑暗中,一个女人从另一端的暮色中走来,突然扑向那棵树抽泣着。背影像是梅⋯⋯

不久,某省一家市报刊发了一则一位叫林的青年作家英年早逝的讣告。又不久,据省报新闻,林的长篇小说在国外某文学奖中提名,国内一重大评奖活动中排名第二。

一个叫梅的女人真的想起了上苍⋯⋯

别吵，别吵，让我想想

——关于奚同发小说的质疑或批评

孔会侠

思绪的莫名其妙让我吃惊。读完同发的小说已经好多天了，写些什么却一直不太清楚。直到最近，坐下来再次翻看那些小说、用心捕捉我的感受和思考的时候，不知何年何月听过的两句歌词竟然鲜明地出现在脑海，连同那童声旋律一起，这句歌词是："别吵，别吵，让我想想。"前面是什么？不知道，后面是什么？也不知道。但前面和后面，跟我的心思肯定毫无关系，不然，它们就会随着一起浮荡出记忆表层。这是典型的断章取义，但心思的微妙力量决定的此类断章取义（不对，这里是断句取义），我喜欢。因为它可能是最合适的切入，是最准确的表意。

首先，它表达了我对自己状态的焦虑。假期啊。都说老师的假期是集中的一大块时间，可以干些活儿，但是，它更是孩子们的假期，孩子从早到晚在眼前晃荡，他不容商量、理所当然地要求陪着做作业，陪着看电影，陪着去游泳，过分的是，他还要陪着玩幼稚的"三国杀"。原本肥胖的时间像挂在案头的一整扇猪肉，这样一刀一刀地陪来陪去，剩给自己的，是那可怜的瘦瘦一绺，做不成什么像样的大餐了。这句话，说出了我的渴望：多想将家里的喧嚣排拒在书房门外，将孩子的培养大计抛诸脑外，沉静下来，沉在自己的心绪起伏中，沉在自己的文字构想中。好好想一想，好好想一想……

但是，这句话是因同发小说而来，它应该更多地表达了我看完同发小说后的心情。

同发从写小小说而来。之前，他的小小说写得风生水起，《最后一颗子弹》《白纸黑字》《选择》《幸福一小时》等都广受好评，有些还作为阅读理解题被选进学生们的试卷，可见其小小说写作经验的成熟。但是，他开始过渡到中短篇小说的写作，大有"壮士一去兮不复返"的志向和气概，其内驱力大致有二：一个是写作者自身孜孜不倦的上进心使然，一个是时事了悟与写作追求进入另一重天地后的不得不如此。作为"名记"的同发，他新鲜而广阔的社会接触是小小说的篇幅所盛不下的，而那些随着阅历和见识逐渐深化的、对复杂的世道人心的感受和理解，也是小小说的挖掘所不能痛快道尽的。何况，还有那举手投足间曲里拐弯的人心流程、明暗参差间斑驳多样的人性风景，是小小说的简练过不了瘾的。因此，从小小说转到中短篇，同发是信念坚定，想法清晰，铁了心的。

箭发出去了，飕飕的，在文学界有些响动。但是，别吵，别吵，让我想想，让我细细辨一辨这射法、这力道、这弧线、这落点。

同发的世界好似和我们的一样大，都是身处这么多平方米的土地上，身处拥挤的人潮人海中，但他与世界的交锋面却比我们大多了，因工作关系他所积累的真实素材，比我们丰厚多了。同发明白这一点，也自觉地"取己之长"（或许，促使他最初拿起笔写作的就是这么多的见闻）。过去，他的小小说就"大量洋溢着新闻敏感性"，而现在，他近期的创作，《雀儿问答》《日子还将 GO ON》《彼此》《烟花》等中篇小说，仍多是一双"新闻眼"对都市光怪陆离的现象的聚焦，读来有股直接扑来的当下气息，他以文笔近距离地打量我们存身期间的当代生活，但他的立意更在于"对多元、驳杂、无序的当代生活进行近距离的剖解，对都市生活中疼痛并憧憬着的各样人生进行心理切片式的分析与研究"。他想关照这个世界的复杂，他想说出他的理解和看法。

同发的努力不止在向下挖掘这个向度，他还努力在不同写作方式的尝试和突破上。他尽可能地从前辈作家，尤其是老师李佩甫处吸收写小说的方法，如拼接结构、内意识的流动、象征物的表意等，并积极实践在自己文本中。

不知为什么，在阅读同发任何一部作品的时候，我都能清晰感到主体内心的深层存在与文本核心意义的存在，这存在与他所述事件的细致繁杂恰成反比：简单。好像手穿过水流、杂草，摸到的始终是那块底石，这底石潜在那里，形象模糊，任水波大兴、水草摇曳，却坚硬不动。这简单有时是面对吴梅时感叹的"这是一双如何生动如婴儿般的明眸呀"，有时就是董震欧不满所里事务而快意辞职、不忍不惧带些鲁莽的索性，有时是《雀儿问答》中杨小一沉默承受中的少年纯善……这些简单让我喜欢。这或许是同发的心性使然，他有着身经种种却仍保留未变的生命底色。也或许，是他构思上未脱净的小小说的壳。小小说，筋骨精致，行文简洁，几笔就传神地显出意境和韵味，但在中短篇小说中，如果作者没有思维构架上的脱胎换骨，而是在小筋骨上着意那些血肉附着物的增加，就难以避免形似神不似的可能，虽有人事纠葛的拉长扩大，却仍有意义单薄、张力不足的嫌疑。这就有意思了：明明，他小说中的人和事，几乎篇篇都致力于呈现出现代都市光怪陆离的世相，他明明是努力地用各种加法来细致写那些复杂，有时是情节的节外生枝、有时是人心的柳暗花明、有时是叙述方式上的多变（甚至"踏莎行"等曲牌都被用来有意赋予），但一层层剥开后，那内核却简单分明，会不会少了什么呢？会少些什么呢？发力的大方向没什么吧？

我想，目前的写作，应该是同发处在"过程是不可超越的"的过程中的一段，也许只是他将过未过的转型期。因此，仍有对材料简单化处理、文意曲致不够的嫌疑，有一些巧合的情节链条仍在他小说的结构中起重要作用，反而架起了深入挖掘的可能。在此，新闻素材是他个人的优势，他很容易就能让情节离奇动人，但事实上，如何让这些离奇情节落地，落到灰扑扑却坚实无比的现实中，以可信服的生活逻辑和人心逻辑，在读者惊奇后一步步落在他们心里，唤起他们经验的呼应或认识上的恍悟，反而，日常性事件更有可能。同发的优势给他带来了更大的困难，这困难不是叙述方式上的，而是对材料的真正吃透。吃透事件的层层隐含，吃透人物发于自身种种特征的种种可能，吃透作者自己内心那些暧昧混沌的想法，不急于出手，让写作前的种种：材料本身蕴含的多个可能走向、人物们此起彼伏的大呼小叫、自己内心多种想法的撞击博弈，都释放出来。一阵阵喧嚣过后，写作主体就告诉他们：别吵，别吵，让我想想！于是，写作者摒除这些纷扰，在沉静中想想，再想想，让那最终的所写跟自己的思考和性情真正结合，并相互表现和成全。小说不仅要托起一个个真实可感、经得起现实经验推敲的人物形象，还要托起一个隐在其中的真实可感、声气可闻的作者形象。

好了，就此结束吧，结束常常是宁静的开始，宁静常常是悟到的必须。我也别吵吵了，让同发想想。作者的进步，其实跟别人说什么都不大有关系，自己要想、想了多久、想得透没透，才是他进步的唯一可靠途径。看同发的小说，足见其写得认真、想得认真，相信他会越写越深刻，越写越精炼，越写越好。

小说与现实：以奚同发的小说为例

　　传统现实主义所谓的小说就是对现实的反映这种观点，在当下似乎越来越多地受到作家们的反对。纳博科夫曾说："文学是创造。小说是虚构。说某一篇小说是真人真事，这简直侮辱了艺术，也侮辱了真实。其实，大作家无不具有高超的骗术，不过骗术最高的应首推大自然。"王安忆也强调："小说不是直接反映现实的，它不是为我们的现实画像，它是要创造一个主观的世界。"当强调小说不是为现实画像，而是在创造一个主观的世界的时候，强调文学是创造，小说是虚构的时候，作家们其实已否定了小说所谓的客观反映现实的功能。这种认知，相比较传统现实主义小说理念，毋庸置疑，更加符合小说艺术的特质。

　　米兰·昆德拉曾经用一段形象的语言表述了时代、现实对于文学产生的巨大影响，"堂·吉诃德起身进入一个在他面前广阔敞开的世界。他可以自由地外出，也可以在他高兴时回家。早期的欧洲小说都是些穿越世界的旅行，而这个世界看上去无边无际……他们生存于一种没有始终的时间和没有边界的空间之中，介身于一个前程未可限量的欧洲之中。……在巴尔扎克笔下，这条遥远的地平线已经像一片风景一样消失了。它消失在那些现代组织和社会制度（警察、法律、金钱和犯罪的世界、军队、国家）背后。在巴尔扎克的世界里，时间……已经动身乘上了被称为历史的火车。这列火车坐上容易，下来就难了。……再往后，对爱玛·包法利来说，这条地平线缩成了一点，看上去像是道屏障，历险是那屏障之外的事，从而渴求变得不堪忍受。外部世界失去的无限性被灵魂的无限性取代。"昆德拉形象地展示了小说和时代、现实的关系。现实社会的发展，社会制度以及社会的种种精神都在对时代的小说构成深刻的影响。所有的小说都是某一特定时代的小说，都是对这个特定时代的发言。正如昆德拉所说，从爱玛·包法利以后，外部世界的冒险对于小说来说已经成为历史，这是因为现代发达技术已经消除了所有外部探险的空间，剩下的，就只是对人类自我灵魂的探索，是对人类自我灵魂的无限性的探索。从这个意义上说，当当下很多小说作家仍然执着于描述对外部世界的探险，描绘外部世界的复杂性的时候，我们可以这样说，这些小说，即便很多有着很时尚的语言，塑造着当下很时尚的人物形象，但是，毫无疑问，这些都是过时的小说。

奚同发的作品显然和自己所处的时代是合拍的，他显然很明确要表达的是这个时代的特殊的精神状况，他总是有意识地在表达这个时代人隐秘的精神，而且，所有这些对小说主人公精神的关注，都和我们这个特定时代密切相关，都是这个特定时代的精神产物。2013年1期《中篇小说选刊》转载的《烟花》中，付晓海与梅雯的结合，一开始似乎是场艳遇。当付决定要娶梅时，梅怀上付的孩子后却神秘地消失了。小说结尾对梅雯令人费解的行为做了一个暗示，似乎梅雯的丈夫没有让梅雯怀孕的能力。这里面梅雯的精神，以及始终没有正面出场的梅雯丈夫的精神，显然带给我们更多思考。《没时间，忙》似乎在写现代都市的两性冒险，他们在各种各样的复杂、奇怪的男女关系中迷失了自我，借助叙事者的感慨，"如今我已混淆了真实与虚幻。不过，一个手机号码，几首流行歌曲，并没有随她一起从那个城市消失。现实多么可怕，一个人的存在怎么就是一个电话号码……"小说毫无疑问地关注着现代性笼罩下的人性的变异。

我们或者可以对小说和现实的关系作这样一个简单的界定：小说和现实密切相关，但小说不等于现实，也不能精确描摹现实，小说对现实的叙说，只不过是作家借由对现实做出自己的评价和分析而已。

小说最能表现出的，不是社会现实的精确性，而是作家对社会认知的宽广度，以及作家的社会责任意识。另外，还有一个事实，即现实对文学的影响还在于作家的现实职业身份往往会不自觉地被带入到自己的作品之中。

大约正是由于作为记者的职业意识，让奚同发对社会保持着普遍的关注，这很大程度上刺激了他的写作更倾向于表达外部的社会性的东西，而不是倾向于表达更自我的东西。这个职业影响了奚同发写作的范围，他近年的作品涉及的主题范围十分宽泛，既有当下流行的底层写作、打工文学，如《彼此》《雀儿问答》，也有现代化社会对人的精神状态的影响，如《没时间，忙》，还有对人的精神深层次的考察，如《出卖》。在这些作品中，虽然不能说奚同发精准地描写了社会现实，但是，我们却能看到，奚同发借助他的文学作品，对某些社会现实发出了犀利的批判。例如2013年10期《青年文学》刊发的他的中篇小说《雀儿问答》，描述了乡下少年杨小一，因家境贫困早早辍学，把上大学的梦想深深压抑到自己内心深处。因央视记者调查"你幸福吗"的问题，激发了他对梦想的重新向往。此时的杨小一已不奢望上大学，只是想去自己理想的大学校园转转。为了实现自己的目标，他进城打工。小说详细描写了杨小一进城后一路打工到他梦想大学所在的城市，并且请假到大学参观。此时，意外发生了。门卫拒绝他进入大学。在杨小一翻墙进入校园后，却被保安发现关进保安室。此时的杨小一确定地知道，自己在大学校园自由游转的那一个小时，是自己生命中最幸福的一个小时。在这些作品中，融记者、作家身份为一体的奚同发，把他的社会敏感性与社会责任感毫无保留地呈现出来。我们不能说这些作品精确描摹了社会某个群体的真实生活状态，但是，毋庸置疑，这些作品却真实地呈现了这个时代的特殊的时代精神，彰显着作家的时代批判意识和姿态。

小说的要义不在于精确地描摹现实表象，并不意味着小说与现实无关。相反，优秀的小说总是和现实有着密切的联系，当然，这个联系不是表现现实，而是发现现实。如果说描述现实、发现现实是小说自古以来的一个很重要的价值所在的话，那么，在今天这样一个发达传媒时代，小说发现现实的意义更重大。在发达传媒似乎搜奇猎怪无所不在地表达当下这个世界时，小说家表达的空间已经严重受到限制，这也给当下的小说提供了一个新的写作难度。今天想成为一个优秀作家，比起过去更艰难，虽然无所不在的媒介在给小说家提供写作资料方面比过去更加便捷、丰富。但在这种情况下，小说作家必须有智慧的眼光，独特的视野，才能够发现这个世界被大众所忽略的东西。

奚同发小说的一个很重要价值在于，他发掘了生活复杂的一面，发现了我们生活在这个时代的人的多面性，而拒绝用幸福、痛苦之类单一的词汇把我们的生活概括。也就是说，当大众媒介用幸福、不幸等简单词汇来概括一个人丰富驳杂的生活的时候，当生活在这个世界的我们用简单的富二代、穷人、成功者、失败者等词汇来给我们视野中的人做简单的定位的时候，奚同发呈现了生活在这个世界中的每一个个体的复杂性和多面性。他发表于《延河》杂志上的短篇小说《出卖》中的护士纪梅，长期追求医生余克平，但余却在妻子去世后封锁了自己的心房。结果，长期追求无果的纪梅接受了她当年护校的同学的求爱，事实上，她当年护校的同学非常爱她，而且，小说也说，她突然发现自己也是爱着这个护校同学的。而后从外表看，他们的生活非常幸福，纪梅的丈夫不但深爱着她，还且事业有成，成了一家医院的副院长。但是，小说最后似乎不经意的几笔，比如余克平觉得这个副院长和自己很像，比如纪梅安排余克平去看当年他妻子的人体标本，似乎都在揭示，纪梅远没有解开深爱余克平的心结，在她幸福的表象之下还存在着更多的东西。

在这方面，最有意味的是他发表在2013年第7期《阳光》杂志上的中篇小说《彼此》。小说分别借助警察、记者、打工者、建筑承包商几人的视角展开，而他们之间又有互相的对视。这样，同时呈现了自己眼中的自我与他人眼中的自我之间的矛盾，全面呈现了生活在这个时代的人的多面性。小说中的二黄，作为一个乡村出身的大学生，在乡亲眼中，已是成功人士，能够成为文化人进入城市，可是他真实的生活境遇却是，在城市找不到工作，不得不到建筑工地栖身。董震欧警校毕业，托关系进了派出所上班，整天挨所长训斥，愤怒至极，辞职后游荡在商场。但此时的董震欧，在记者邹晓亮眼中却是让人羡慕、嫉妒的，"瞧人家多么休闲，上班时间不用去上班，还可以在这里听音乐吃爆米花，说不定还在想 Style 骑马吧？"建筑商冯峻在欠他债的地产商和他欠债的打工者之间的夹缝中艰难斡旋，"但我真的没有钱，现在恨不能把自己变成钱……平民百姓还有点积蓄存款搁银行里，我们哪有存款啊，都扔工程里了，而且还要银行或投资公司拆借、贷款。总之，从成为有钱人开始，一下子变成了穷人……"当冯峻在这里心力交瘁、压力重重时，他在邹晓亮眼中的形象却是"瞧那对儿父女，那男人肯定是个有钱的主，穿那皮衣，一看价格不菲，女儿打扮得一个小公主……她爸爸那么有钱一个老板，像女儿的仆人，大包小包拎着，眼看双手都快提不住了。"在这里，所有人对自我的认知都和自己在他人眼中的形象错位，没有人是幸福的，也没有人是悲惨的，每个人都呈现了他的多面性。甚至，这种多面性也影响了他们的命运。比如二黄，显然被自己的视野所限制，想当然地认定冯峻的生活境况是优越的，他不给工人工钱就是想故意赖账，而没有认识到冯峻的另一面，才铤而走险，最终身亡。更别有意味的是小说的结尾。借助二黄的死亡，邹晓亮成功了，他成为名记者；董震欧成功了，他成了英雄警察。在媒介宣传上，成功救得孩子的董震欧不是几个小时前还"被辞职"的行将离开公安队伍的刺儿头警察，而成了一贯优秀的警官；成功抓拍到这一系列镜头的记者邹晓亮不是马上要被迫离开报社的实习记者，而成了该报优秀的首席记者。毫无疑问，在不明内情的公众眼中，他们将会永久留下这样的形象：董震欧一贯优秀，邹晓亮似乎很久以来就是报社的首席记者。没有人会看到他们几个小时前的另一面。传媒以及大众带有偏见的眼光会遮蔽一切与大家既定认知相抵触的事实。但是，小说家奚同发呈现了这个世界最本真的人的不同侧面，他们成功的一面，他们落魄的一面，甚至指出，他们成功的一面与落魄的一面是那样的紧密相连、水乳交融，而并非如大众媒介所呈现的那样单一。借助对人的多面性的发现，奚同发表现了我们这个时代的复杂性，以及生活在这个时代的人的精神的复杂性，同时，也实现了对这个时代的更为深刻的认知和批判。

奚同发的小说中，你可以看到他努力的方向，他显然在不断努力突破现实表象，寻找着破译这个时代秘密的密码。